DUMONT

Lucy Schröder, Schneekugeldesignerin mit zwei, drei magischen Fähigkeiten, muss die Welt retten. Naja, nicht die ganze Welt, aber immerhin ein marodes Kaufhaus und den schwerkranken Enno. An solchen Aufgaben sind schon ganz andere gescheitert. Dass sie Enno neuerdings zu lieben meint, macht die Sache nicht leichter. Oder vielleicht doch? Das Orakel des fahlen Fisches, das Lucy bei schwierigen Fragen zu konsultieren pflegt, orakelt nämlich: »Wenn die Liebe auf dich zurast, bleib einfach stehen. Manche überleben.« Kurz entschlossen startet die spröde bis unnahbare Lucy ein Liebesintensivprogramm für Kaufhaus und Mann: Chamäleons, Fachverkäuferinnen, der Piepel von obendrüber – keiner kann (und will) sich retten vor der ganzen Liebe, die Lucy heraufbeschwört. Aber wird sie auch reichen, um den kranken Enno zu retten? Lucy selbst jedenfalls ist neuerdings irgendwie anders … sanftmütiger. ›Lucy Schröders gesammelte Wahrheiten‹ ist ein ebenso trauriger wie lustiger Roman um die Selbstfindung einer jungen Frau.

Susann Rehlein

Lucy Schröders gesammelte Wahrheiten

Roman

DUMONT

Von Susann Rehlein ist bei DuMont außerdem erschienen:

Die erstaunliche Wirkung von Glück

FSC
www.fsc.org
MIX
Papier aus verantwortungsvollen Quellen
FSC® C083411

Oktober 2017
DuMont Buchverlag, Köln

Umschlaggestaltung: Lübbeke Naumann Thoben, Köln
Umschlagabbildung: © Rüdiger Trebels
Satz: Angelika Kudella, Köln
Gesetzt aus der Minion Pro
Druck und Verarbeitung: CPI books GmbH, Leck
Gedruckt auf säurefreiem und chlorfrei gebleichtem Papier
Printed in Germany
ISBN 978-3-8321-6430-0

www.dumont-buchverlag.de

And death is just a breath away. But so is life.

Thomas Feiner

What?!

Lucy Schröder

Wahrscheinlich hat die WG sie angezeigt. Diese Arschkrampen. Oder Friedemann vom Lieferservice. Jedenfalls sitzt sie jetzt diese Woche zum zweiten Mal auf ihren Fäusten dem fahlen Pawel gegenüber. »Auf Ihrer Schirmmütze steht *Fuck you*?«, fragt er.

»Sagen Sie bloß«, erwidert sie. »Wir im einundzwanzigsten Jahrhundert sagen übrigens Cap dazu. Cap, Komma, die.« Sie tippt an den Schirm. Er schüttelt den Kopf und notiert irgendwas. Wahrscheinlich schreibt er nur deshalb die ganze Zeit auf seinem Block rum, damit nicht so auffällt, dass er ihr nicht in die Augen gucken kann. Für einen Analytiker findet sie ihn unerwartet schüchtern. Auf einer Skala von eins bis zehn würde sie ihm eine Neun geben, was die Schüchternheit angeht. Sich selbst nur eine Sieben. Das sagt doch alles. Ihre Hausaufgabe, näselt er, sei es gewesen, Leute kennenzulernen, nicht, sich lediglich unter ihnen aufzuhalten. Er klingt wie ein Kastrat, als er das sagt, und sieht auch so aus, wie er da mit ihrem viertelseitigen Bericht rumwedelt. Natürlich, das müsse er zugeben, der vierspurige Kottbusser Damm mit dem Lärm und den Menschenmassen sei eine Herausforderung, und dass sie mal alle Straßenlaternen zwischen Kottbusser Tor und Warschauer Platz katalogisiert habe und die defekten dann auch gleich gemeldet, sei ehrenwert, aber gelten lassen könne er den Ausflug trotzdem nicht.

»Giltet nicht?«, fragt sie kokett, soweit sie kokett erinnert. Aber er ist nicht zu beeindrucken. Außerdem hat sie die defekten gar nicht gemeldet. Wem auch, der Regierung? Das hat sie nur geschrieben, damit der Bericht länger als drei Zeilen wird.

»Wann haben Sie zuletzt geduscht?«, fragt er grob unhöflich. »Dreipunktwäsche. Heute Morgen«, antwortet sie neutral, soweit sie neutral erinnert. »Nicht schon wieder meckern. Das wurde über Jahrhunderte so gehandhabt.«

»Wenn man auf dem Land lebte und der nächste Bauernhof fünf Werst entfernt war.« Eins zu null für ihn. Sie lacht trotzdem nicht. Wenn er nicht kooperiert, kooperiert sie auch nicht. Dabei platzt sie fast in dem Bemühen, nicht *Schlagbáum* zu sagen und *Butterbróty*, neben der Maßeinheit Werst die einzigen beiden russischen Wörter, die sie weiß. Pawel ist Russe. Hat er durch die geschlossenen bleichen Lippen gestanden, als sie bei ihrer ersten Sitzung vor zwei Wochen nachgefragt hat. Mütterlicherseits. Schade. Väterlicherseits wär lustiger. Pawel Kortschagin klingt einfach exotischer als Pawel Schneu, löst allerdings auch Erwartungen aus, die Pawelino dann eh nicht erfüllen würde.

Sie soll bitte in der realen Welt Leute kennenlernen, sagt er im Aufstehen und lächelt noch ein letztes Mal buttrig auf sie herab, und ihm nächste, spätestens übernächste Woche per Mail (er hat also Kenntnis von der Existenz des Internets) über die neuen Menschen in ihrem Leben berichten. Anhand dieses Berichts wird er über sein weiteres Vorgehen entscheiden.

Mindestens drei Seiten: Kindheit, Interessen, Eigenheiten, was man mit den neuen Leuten zusammen erlebt hat. Das kann sie aber nicht.

Verdammt.

Zurück in der WG knallt sie ihre Zimmertür hinter sich zu, was nicht viel Eindruck macht, weil die anderen beiden nicht da sind.

Sie braucht einen Plan. Und zwar asap. Sonst muss sie demnächst in eine sogenannte Einrichtung, das hat Pawel ihr deutlich mitgeteilt. Der sozialmedizinische Dienst wird sich bei ihm nach ihren Fortschritten erkundigen. Wen die einmal an der Angel haben, den lassen die nicht wieder zurück in seinen Teich. Es droht gewissermaßen das Goldfischglas. Und da würde sie eingehen wie … wie … wie … Was ihr bevorsteht, ist so abscheulich, dass es dafür keine angemessene Formulierung gibt – sagen wir der Einfachheit halber, in einer psychiatrisch kontrollierten Einrichtung würde sie eingehen wie eine Primel im Goldfischglas. Sie heißt übrigens Lucy. Und auch wenn ihr der Arsch auf Grundeis geht, wird sie nicht zulassen, dass ihr auch noch die Felle davonschwimmen.

Sie legt sich auf ihren Futon und versucht anzufangen nachzudenken. Aber die Entscheidung zwischen Pest und Cholera ist nichts, worüber man gerne nachdenkt, weshalb sie froh ist, als um zehn nach sechs Friedemann wie verabredet achtmal klingelt. Sie springt auf, rast durch den dunklen Flur zur Tür, zieht sich das T-Shirt zurecht, öffnet. Reizend, soweit sie reizend erinnert, fragt sie: »Hast du mich bei der Psychiatrie angezeigt?«

»Angezeigt?« Sie hat ihre Kontaktlinsen nicht drin, aber so unscharf wie seine Ränder jetzt werden, muss sie annehmen, der süße Friedemann schlottert. Das kennt sie schon von ihm. Wenn den Angst durchfährt, schüttelt es ihn wie unsachgemäß bediente grüne Götterspeise.

»Ja«, sagt sie mit Betonung auf der ersten Silbe.

»Ich hab niemanden angezeigt«, flüstert er. »Ich bringe dein Essen. Vier Dosen Ravioli mit Tomatensoße, eine Tüte Gummibärchen, Äpfel und so. Und warum jetzt angezeigt?«

»Mord«, sagt sie. Er wird noch ein bisschen unschärfer.

»Soll ich wieder den Müll mit runternehmen?«, duckt er sich in den Fußabtreter.

»Das hat der Piepel von obendrüber gemacht.« Sie drückt Friedemann einen Zehner in die Hand, sagt »danke, stimmt so«, schnappt sich die Kiste und macht ihm die Tür vor der Nase zu. Er klingelt wieder achtmal. Sie reißt die Tür auf, er lässt die Klingelhand sinken, hält mit der anderen anklagend den Zehner hoch und sagt: »13,98.«

»Kleingeist«, erwidert sie und zieht ihren knallgrünen Fell-Brustbeutel unter dem T-Shirt hervor; Friedemann ist inzwischen eine Art Suchbild. Hoffentlich geht da kein Teil verloren. Sie zählt ihm 3,98 in die Hand, sagt wieder »danke, stimmt so« und geht rein. Als in ihrem Zimmer alle Lebensmittel in dem Schrank unter dem Fenster gebunkert sind – nur die Gummibärchen kommen in die Küche, sonst isst sie die auf, da helfen auch drakonische Strafen nicht, zumal sie kaum etwas so sehr liebt wie Stubenarrest –, schnappt sie sich ihr Notebook und geht zurück auf den Futon.

Zweimal Penisverlängerung, einmal Malediven. Enno hat schon seit drei Monaten nicht gemailt. Ist wahrscheinlich angepisst. Der letzte Satz in seiner letzten Mail an sie war: »Ich würde dich gern persönlich kennenlernen.« Er hat es nicht besser gewusst. Kennenlernen gibt's bei ihr nicht. Das macht einem jede Menge unappetitlichster Symptome, ohne dass man sinnvollerweise Aspirin plus C dagegen nehmen kann. Am liebsten ist sie eigentlich allein auf dieser Matte. Sie klopft darauf, und ein zarter Staub steigt auf.

Ironie des Schicksals, dass sie sich ausgerechnet jetzt an Leute ranschmeißen muss. Wäre nämlich Enno noch da, könnte sie sich einfach an ihn ranschmeißen. Sogar mit Genuss, vermutet sie. Der ist nett. Höflich, distanziert. Doch nach dem Ding mit der Schneekugel, die sie ihm als Antwort auf seine letzte Mail geschickt hat, ist er ihr natürlich nicht mehr zugetan. Wäre niemand mit ein bisschen Würde im Leib.

Lucy baut Schneekugeln. *Lucy tells the truth* lautet der Slogan auf ihrer Website. Sie behauptet, mit ihren Schneekugeln wahrsagen zu können. Eigentlich behauptet sie das nicht nur, sondern sie kann das wirklich. Nicht immer gleich gut und manchmal, wie in Ennos Fall, auch gar nicht, aber sie kann das. Und weil das die Leute faszinierend finden und irgendwie jeder gern Antworten kriegt, statt ein Leben lang nur Fragen zu haben, kann sie sich vor Aufträgen kaum retten. Man schickt ihr eine Mail mit einem Foto von sich, ein paar Sätzen zur Biografie und einer Frage. Die biografischen Details braucht Lucy gar nicht, aber sie will nicht unseriös wirken. Sie sieht das Foto und hat mehr oder weniger sofort eine Szene im Kopf, die sie dann umsetzt. Irgendetwas, das der Person widerfahren wird. Kein Text, keine Erklärung. Es hat aber noch nie Nachfragen gegeben. Die Leute wissen, was gemeint ist. Lucy selbst nicht unbedingt. Manchmal beantwortet sie auch eine Frage, die nicht gestellt wurde, aber hätte gestellt werden müssen. Der Mensch neigt dazu, vor Angst auf irgendwelchen kleinen Nebenschauplätzen rumzufechten, statt dort, wo es um Leben und Tod geht. Ist ja irgendwie auch verständlich.

Doch wenn sie die wirklich wichtige Frage beantwortet, fühlen die Menschen sich verstanden, angenommen, betreut. Das ist nicht schön. Also für Lucy nicht – führt es doch dazu, dass sie Päckchen mit Pralinenschachteln bekommt oder ellenlange Dankesmails, deshalb hat sie sich vorgenommen, das sein zu lassen. Aber sie kann sich schlecht beherrschen. Sie ist ein wenig obsessiv, was die Schneekugeln angeht beziehungsweise die Wahrsagerei. Außerdem bastelt und baut Lucy gern und hat sich im Laufe ihres Lebens diesbezüglich viel angeeignet. Gut, die meisten der Kunststofffigürchen für die Schneekugeln lässt sie von einer kleinen Firma gießen, in einem Ort, dessen Postleitzahl mit einer Neun anfängt, aber manchmal, wenn jemand ein besonders interessantes Schicksal vor sich hat, in dem Tiere vorkommen oder Fabelwesen, macht sie das selbst.

Entsprechend werkstattmäßig sieht es in ihrem riesigen Berliner Zimmer aus. An drei Wänden, auch vor den Fenstern, raumhohe Metallregale mit Materialien und Werkzeugen. Mittendrin steht ein zwei Meter fünfzig langer Tapeziertisch, es riecht nach Staub und verschmortem Plastik, und die tannengrüne Bettwäsche weist Brandlöcher und Kleberspuren auf, weil sie im Bett arbeitet, wann immer es geht.

Die Zeitschrift *emotion* wollte mal eine sogenannte Homestory über sie machen. Sie ist nämlich ein bisschen bekannt. Und wohlhabend auch. Aber sie lässt niemanden hier rein, das steht mal fest. Zur Antwort hat sie der betreffenden Redakteurin eine Schneekugel mit einem Meer winziger Kerzlein geschickt, die angingen, wenn man die Kugel drehte, und vorausgesagt, dass die Schwangerschaft nicht halten wird. Seitdem hat sie Ruhe. Auch von den anderen

Medien meldet sich keiner mehr. Die kennen sich wahrscheinlich untereinander. Dabei war die Kugel hübsch und vierhundertsechzig Euro wert.

Meistens sagt sie aber okaye Sachen voraus. Nur Enno hatte eben auch Pech. Wie sie darauf kam, weiß sie nicht. Doch sie hat ihm eine fußballgroße stahlgraue Schneekugel mit goldenen X-Chromosomen statt Glitter gemacht, darin er selbst auf einem Futon, wie verpuppt unter der Bettdecke. *Geschlechtsumwandlung* hat sie das Kunstwerk genannt und seitdem nichts mehr von ihm gehört. Männer bekommen wohl ungern gesagt, dass man sie unmännlich findet. Ihnen ein neues Geschlecht zu verpassen ist diesbezüglich natürlich der Gipfel. *Ey, Zarter, als Frau wärst du viel besser. – Oh, danke für den Hinweis, ich überleg's mir.*

Blöd nur, dass sie damit einen Brieffreund verloren hat. Er schreibt nicht mehr. Seit siebenundachtzig Tagen. Aber sie schreibt ihm einfach trotzdem weiterhin jeden Abend, was sie den Tag über so gemacht hat, oder am Morgen, worüber sie gerade nachdenkt. Das ist meistens gar nichts Großes, nichts Bedeutendes, aber sie liebt das.

Friedemann hat Ravioli gebracht. Dass er achtmal klingelt, nervt. Entweder ich baue eine Klingel, die jukeboxmäßig Songs abspielt, je nachdem, wie oft man drückt. Oder ich sage ihm, einmal Klingeln reicht inzwischen. Mein Vater ist ja tot. Die verabredeten Klingelzeichen sind hinfällig. Was für ein Irrsinn: Einmal bis viermal klingeln war für ihn (einmal Post, zweimal Lieferservice, dreimal Onkel Karl, vielmal Frauen), ab fünfmal für mich. So musste er mir im Flur nicht begegnen.

Verkehrsunfall vor meinem Fenster. Wieder nur Lemminge unterwegs. Ich gehe nie raus, damit ich nicht in die Verlegenheit komme, jemanden retten zu müssen. Weißt du etwa, in welchem Rhythmus man Herzdruckmassage und Beatmen wechselt? Genau! Du solltest auch daheimbleiben.

Heute hat sie Enno sogar noch weniger geschrieben. Bloß ein bisschen was, damit er Bescheid weiß: *Zwangsweise draußen gewesen. Ein Mann hat mich angemacht. Ich hab ihn leben lassen.*

Diesen Enno findet sie ansprechend. *Computerdoktor* steht auf seiner Website. Das ist genauso stark untertrieben wie bei ihr das *tells the truth*. Sie kann wahrsagen, und der Typ kann Wunder programmieren. Gut sieht er auch noch aus, weiß sie vom Foto auf seiner Website: schwarze Haare, treudoofe Augen, schwarzer Rollkragenpullover.

Sie checkt noch mal ihre Website. Keine Aufträge reingekommen in den letzten zehn Minuten. Da kann sie sich in aller Ruhe mit Pawels bescheuerter Hausaufgabe beschäftigen.

Sie will keine Leute kennenlernen.

Aber zu den Bekloppten gesperrt werden will sie auch nicht.

Es muss was passieren.

Bei dem Gedanken werden ihre Hände ganz kalt, und sie beugt sich aus dem Bett, guckt drunter, fischt zwei mit Wollmäusen behangene, leblose blaue Handschuhe vor. O Gott, was da alles liegt: ein Springseil, zwei Akkuschrauber, Teile eines Flipperautomaten. Das Skateboard hatte sie auch ganz vergessen. Sie zieht es zu sich ran, wischt es am Laken ab, was keine gute Idee ist, und lehnt es neben die Tür. Das Skateboard war mal ihr ein und alles. Auch wenn sie nicht wirklich fahren kann, zumindest nicht bremsen. Aber jetzt hat sie seit sieben Monaten keinen Spaß mehr gehabt. Dafür jede Menge Schlaf. Irgendwas muss sich ändern, das stimmt ja vielleicht sogar. Mehr spielen wäre vielleicht ein Anfang. Von heute an jeden Tag zehn Minuten aufs Skateboard. Man kann sich Spielen verordnen wie ein Medikament.

Aber rausgehen? Das ist eine bittere Pille. Müssen wirklich alle Menschen gleich oft rausgehen? Wo steht das denn? Hätte sie gewusst, dass das verlangt ist, sie wäre einfach alle zwei Tage einmal die Straße hoch- und runtergegangen. Und weil sie das nicht wusste, hat sie jetzt erschwerte Bedingungen. Straße allein reicht nicht mehr. Sie muss Menschen kennenlernen.

Was ist der Vorteil vom Draußensein? Sex hatte sie viel länger nicht als Draußensein. Das interessiert keinen. Dabei ist das viel blöder. Sex macht einen milde und seelenruhig. Rausgehen tötet einem den letzten Nerv. Mit diesem Gedanken sollte sie Pawel vielleicht nächstes Mal konfrontieren. So wie der aussieht, ist dem unbehaglich, wenn jemand das Wort Sex nur ausspricht. Sex! Sex! Sexsexsexsexsexsex! Wieso muss jemand wie Pawel eigentlich nicht in eine Einrichtung? Oder ihr Vater? Hat ihr Vater etwa eine Strafarbeit dafür bekommen, dass er seine Tochter seit deren siebtem Geburtstag mehr oder weniger ignoriert hat? Rausgegangen ist er auch nie, mal abgesehen vom Büro.

Und ihre Großmutter war noch schlimmer: Die hat ihr Leben hauptsächlich in dieser kleinen Villa an der Elbe verbracht, soweit Lucy das weiß, hat Katzen gehortet und exotische Gerichte gekocht und Mittelchen gebraut. Ihre Kontakte beschränkten sich auf ihre Klienten, die sich von ihr Sachen wahrsagen und Krankheiten heilen ließen. Die Welt in Besitz nehmen sieht anders aus.

Theoretisch hätte Lucy auch diesen Weg einschlagen können. Mehrere der neun Parteien des schäbigen Mietshauses, in dem sie wahrscheinlich die größte und schönste Wohnung hat, von der sie aber nur ein Drittel bewohnt, wären dankbare Abnehmer für Dienstleistungen dieser Art. Aber sie hat sich schon früh gegen den Hexenkram entschieden. Und das hat unter anderem mit Rodschers Tod zu tun. Darüber wird jetzt erst mal nichts gesagt. Das ist ein düsteres Kapitel, und wenn eh Land unter ist, will man sich ja nicht noch zusätzlich die Petersilie verhageln. Jedenfalls macht sie Wahrsagen nur noch im Rahmen ihres Schneekugelbusiness.

Ein seriöser, gut durchdachter Schlachtplan muss her. Wenn sie den nicht in ein Brettchen löten will, braucht sie Papier. Zoë hat so puddinggelbe Hefte, die liegen manchmal auf dem Küchentisch rum und sind voller Formeln. Die französischen Zwillinge Zoë und Rocco, die kurz nach dem Tod ihres Vaters bei ihr eingezogen sind, studieren Mathe.

Sie steht auf, um so ein Heft auszuborgen. Sie tritt in den dunklen Flur, macht kein Licht, rennt, als wäre ihr Vater noch am Leben, rüber zu Zoës Zimmer, und als könnte Zoë da sein, klopft sie leise an deren Tür. Dann drückt sie die geschwungene Messingklinke runter. Früher ist das mal das Wohnzimmer gewesen. Seit dem Tod ihrer Mutter war es abgeschlossen. Da haben sicher Brettspiele in den Schubladen gelegen. Da gab es einen Teppich, auf dem ein

Kind krabbeln konnte. Lucy erinnert sich nicht, wie Wohnen im Wohnzimmer funktioniert. Nicht nach so langer Zeit. Zögerlich tritt sie ein. Es ist kalt. Lichtflecken wie Kotze auf dem Boden und an den Wänden. Es riecht nach kalter Tapete. Der graue Boden ist schwarz im Zwielicht.

Dann stockt ihr der Atem. Diese Flachzange! Die ist hiermit ihr Zimmer los!

Lucy starrt nach oben und hält sich mit beiden Händen den Kopf. Migräne schneidet ihre linke Hirnhälfte in durchsichtige Scheiben. Über ihr wie ein Grüppchen Geier ihre Schuhe. Die hängen zusammengebunden an der Lampe. Drei Paar. Lucy guckt auf ihre Füße, die in den Arbeitsschuhen von Herrn Klöckener aus dem zweiten Stock stecken, zu dessen Keller sie den Schlüssel hat. Mit den Arbeitsschuhen hat sie sich beholfen, als der Pflichttermin bei Pawel vierzig Minuten bevorstand und sie ihre Schuhe nicht finden konnte. Dass die fehlten, war ihr vorher nicht aufgefallen, weil sie eine begeisterte Stoppersockenträgerin ist und leider wie gesagt nicht wusste, dass Rausgehen oberste Bürgerpflicht ist.

»Zimtzicke«, sagt sie ins Grau. »Jetzt weiß ich, wer mich angezeigt hat.« Sie tritt unter die Lampe, springt hoch, reißt an dem Schuhbündel, springt noch mal, hängt sich rein, und ihre Schuhe kommen samt der Ikealampe runter. Einen Zentimeter neben ihrem Kopf. Sie schleift das Bündel bis zur Tür, wo sie die Schuhe losfrickelt, die Lampe samt Putz liegen lässt.

Nur weil die grausamen Zwillinge selbst erst ab einer hohen Schmerzschwelle etwas fühlen, können sie doch nicht davon ausgehen, dass es anderen (Lucy!) auch so geht. Zumindest sollten sie nicht, um ihr wöchentliches Fühlen zu absolvieren, andere (Lucy!) leiden lassen. »Mist!« Offenbar ist ihre Zwillingstheorie Bullshit. Sie hat die beiden Franzosen nämlich aus dreiundzwanzig Bewerbern rausgesucht, weil sie davon ausging, dass Zwillinge zu sehr miteinander beschäftigt sind, um sich an sie ranzuhängen, wie das der Durchschnittsbürger gerne mal tut. Hat ja auch lange hervorragend funktioniert. Die hatten nur Augen füreinander. Was absurd ist, weil sie sich so ähnlich sehen, dass sie im Grunde im anderen stets sich selbst anschauen.

Das Elend nahm seinen Anfang, als Rocco plötzlich eine Freundin hatte. Zoë hat wütend ihren schwarzen, glänzenden Bob geschüttelt und brauchte nun, da ihr Bruder im Nebenzimmer Rapunzel flachlegte, ein anderes Gegenüber als Rocco. Und dass Lucy keine Lust hatte, ihre beste Freundin zu sein, sich von ihr Zeug in die Haare schmieren und sich durchsichtige schwarze Kleider nähen zu lassen, hat sie gleich noch fuchsteufelswilder gemacht.

Lucy geht noch mal zurück, nimmt sich ein gelbes Heft in A4 aus Zoës Regal, fegt mit dem Unterarm einmal von links nach rechts über das Regalbrett, dass es nur so scheppert, dann dreht sie sich um und hastet rüber in ihr Zimmer.

Warm ist es und hell. Aber ganz schön dicke Luft hier drin, man müsste mal lüften. Sie schaltet die Wahnsinnswattbirne über dem Arbeitstisch aus und drückt auf den schwarzen Bakelitknopf neben der Tür, woraufhin sich leise ratternd hinter den Regalen die schwarzen Vorhänge schließen. Zurück auf dem Futon schlägt sie Zoës Heft auf und will einen famosen Leutekennenlernplan aufschreiben. Leider fällt ihr nichts ein, außer

ichwillnichtichwillnichtichwillnichtichwillnichtichwill-

nichtichwillnichtsalsmeineruheichwillverdammtnochmal-nichtssalsmeineruheichwillmeineruhe

pipikacke

Sie reißt die erste Seite raus, um noch mal anzufangen, aber weil sie das Geräusch so mag und das Gefühl dazu, reißt sie die anderen Seiten auch gleich raus. Eine nach der anderen. Sie passt auf, dass sie nicht mehrere Seiten auf einmal erwischt – das tut zwar sehr gut, weil man sich ab zehn ein bisschen anstrengen muss, aber dann ist das Heft so schnell leer. Als das Heft leer ist, holt sie sich die Blätter ins Bett, von denen einige bis zum Fenster gesegelt sind – drei haben auch direkt vorm Bett Herrn Klöckeners Arbeitsschuhe unter sich begraben –, und zerreißt einfach weiter. Herrlich! Sie springt auf und reißt und macht auf Stoppersocken einen Papierschnitzeltanz von großer Schönheit und großer Martialität.

Schnaufend stoppert sie dann zurück auf den Futon, von wo aus sie befriedigt den Zustand ihres Zimmers betrachtet.

Auf dem Bauch liegend, guckt sie zu, wie ihr der Pony vor den Augen hängt, und denkt nach. Wut und Hass durchfahren sie in schnellen Schüben. Sie ist es nicht gewohnt, zu machen, was andere ihr befehlen, und sie hat auch nicht die Absicht, sich jetzt, mit sechsundzwanzig, daran zu gewöhnen. Wutbröckchen verätzen ihr den Magen und die Kehle. Ihre Brust ist wie zugenietet. Nur ihr Hintern ist kalt. Könnte an dem Riss liegen, der quer über ihre Jeans geht.

… eine Jeans … Wenn das mal nicht die Lösung ist!

Sie sagt leise »yippieh«, schiebt sich vom Futon und geht auf Händen und Füßen zur Tür, richtet sich auf und rennt rüber zu Zoës Zimmer. Klopft nicht, geht rein, schnappt sich Zoës rosa Tutu, das über deren Schreibtischstuhl hängt, und rennt zurück in die muffige Sicherheit ihres Zimmers. Und hier ist der Plan: Lucys Jeans ist so alt, dass kein Lebender sich an ihr Geburtsjahr erinnert. Unzählige Male wurde sie geflickt und genäht. Und nun ist über dem Hintern nicht mehr genügend Grundsubstanz vorhanden, um einen Flicken anzubringen. Diese Jeans hat ein erfülltes Leben gehabt und darf sich zur ewigen Ruhe begeben. Lucy braucht eine neue. Die gibt es im Kaufhaus. Und außerdem sind da Leute, die man beobachten kann. Lucy wird also, ohne ihre Ideale und Grundsätze zu verraten, während des Hosenkaufs ein wenig Zeit im Kaufhaus Schönstedt verbringen und Leute kennenlernen. Ganze Biografien einfach vom Futon aus zu erfinden wagt sie nicht, aber in einem Kaufhaus sollten sich doch zwei, drei Leute kennenlernen lassen. Schließlich laufen die da eine Weile auf der Suche nach Produkten rum und können nicht weg, ehe sie nicht bezahlt haben. Vielleicht erfindet sie aus Spaß noch eine Person dazu, bloß um zu sehen, ob er das merken würde. Pawel Schneu scheint ihr kein besonders scharfer Hund zu sein. Der will einfach sehen, dass sie ein Mindestmaß an Initiative zeigt, und gut. Deshalb reicht ihm auch ein Bericht per Mail. Der will nicht mehr Arbeit mit den Verrückten als unbedingt nötig. Der hat zu Hause ein Leben, dem er sich widmen möchte – erfüllte Abende mit Fachbuch und einem Glas Mineralwasser.

Und sie kriegt zur Belohnung für einen anstrengenden Tag eine Jeans, in der ihr nicht der Hintern abfriert. Sie ertastet mit der Hand den fast zehn Zentimeter langen Riss. Erst mal das Tutu drüberziehen. Sie steht auf und macht ein bisschen den Sterbenden Schwan. Mit Tutu ist man stark bekleidet, obwohl das so zart ist. Es plustert sich auch an hässlichen Frauen sehr edel, muss sie sagen. Leider gibt es keinen Spiegel in der Wohnung. Die Packer haben damals versehentlich das gesamte Bad ausgeräumt, nicht bloß die Sachen ihres toten Vaters. Seit knapp einem Jahr hat Lucy deshalb nur noch ein kleines Handtuch mit Segelbooten drauf und ein Set Unterwäsche. Aber sie sieht auch ohne Spiegel das Gespinst um ihren Leib, hebt noch mal anmutig den Arm und liebt es heimlich. »Auf in den Kampf, Lucy Schröder«, ruft sie, salutiert und knallt die Hacken zusammen. Es knallt allerdings wegen der Stoppersocken nicht so richtig. Draußen hupt ein Irrer Stakkato. Die Menschen haben diesen Drang, gehört und gesehen zu werden. Darauf muss sie sich einstellen. Ohrenschützer, dunkle Sonnenbrille vielleicht. Am besten wäre es allerdings, gleich ganz drin zu bleiben.

Den Kottbusser Damm hat sie diese Woche ja eh schon zweimal absolviert, als sie bei Pawel Schneu vorgeladen war, auf die paar Meter kommt's da auch nicht mehr an. Aber schwierig wird das trotzdem, da sollte man sich nichts vormachen. Erst sieben Monate gar nicht die Wohnung verlassen und dann in kürzester Zeit dreimal – sie ist zwar keine Agoraphobikerin, sondern bloß gern zu Hause, aber ihr ist schon bewusst, dass sie sich mit diesem drastischen Wechsel ihrer Gewohnheiten einem gewissen Stress aussetzt. Die Leute streifen einen mit ihren erbärmlichen Körpern, Autos achten beim Abbiegen nicht auf Fußgänger. Außerdem fragen alle Leute, die den Weg nicht kennen, ausgerechnet Lucy, wo's langgeht. Offenbar sieht sie aus, als wüsste sie Bescheid.

Zu Pawel raus waren es nur zwanzig Minuten mit der U-Bahn, in denen sie sich zumindest so lange schlafend stellen konnte, bis der supersexy Typ, der im grauen Maßanzug vor ihr an der Stange lehnte, anfing, Klimmzüge zu machen und ihr dazu das Schwert, das er seltsamerweise dabeihatte, zum Halten reichte. Wenn sie nicht aufs Überleben in der Menge konzentriert gewesen wäre, hätte sie das wahrscheinlich sogar lustig gefunden und ihn in einen Kampf verwickelt. Wer ist schon so doof, freiwillig sein Schwert aus der Hand zu geben! Sie ist eine Kriegerin, das hätte er eigentlich sehen müssen. Aber irgendwie hat der was anderes gesehen und ihr beim Aussteigen einen Luftkuss zugeworfen. Sie hat sich den gleich wieder vom Mund gewischt, aber er hat nur gelacht. So ist das manchmal zwischen Männern und Frauen.

Zur Vorbereitung des Hosenkaufs holt Lucy sich aus dem picobello aufgeräumten Keller von Herrn Klöckener, wo es die tollsten Maschinen gibt, von denen sie sich immer mal eine ausleiht, ein paar gelbe Lärmschützer, mit denen sie beabsichtigt, die Straße zu bannen. Sie schließt den geräumigen Kellerverschlag wieder ab und geht nach oben, löst ihre Arbeitsstiefel aus dem Schuhbündel unter Zoës Lampe – dann können endlich die Blasen verheilen, die sie sich in Herrn Klöckeners Quadratlatschen geholt hat.

In der Tür dreht sie sich noch mal um, blickt im Dunkeln durch den zenmäßig aufgeräumten Raum mit der heruntergekrachten Lampe. »Mit Schlampen wie dir kann ich nicht zusammenwohnen, Zoë«, sagt sie. »Ein Mindestmaß an Ordnung muss sein. Such dir bitte bis nächsten Montag eine neue Bleibe. Für deinen feinen Herrn Bruder gilt dasselbe.« Ihre Worte klingen hallig-dumpf, wie aus dem Maschinenraum eines Schiffes nach oben zur Brücke hin gesprochen. Die gelben Lärmschützer haben Qualitäten. In ihrem Zimmer tippt sie exakt diese Worte, allerdings ohne den ersten Satz, in ihr Handy und schickt sie ab.

Vielleicht wird sie Zoës Zimmer bunt streichen und ein Trampolin darin aufstellen. Ein Trampolin wollte sie schon immer. Und Roccos Zimmer? Gehört ihr jetzt auch! Ein Skateboard-Parcours da rein? Sie muss echt mal wenden und bremsen lernen. Und die Wände werden kariert sein. Rosa, weiß. Genüsslich zieht sie ihre Arbeitsstiefel an. Passen wie angegossen.

Das ist genau der Humor der französischen Zwillinge: jemandem die Schuhe klauen und an die Lampe hängen. Das haben sie wahrscheinlich irgendwo in der Stadt gesehen und dachten, die Deutschen machen so was in ihrer Freizeit. Wobei, die Erklärung wird viel einfacher sein. Die beiden sind einfach grausam. Die essen auch ständig Sachen, die den Blick noch auf einen gerichtet haben, Sardinen und Krabben und so.

Lucy sieht es förmlich vor sich: Was für einen Spaß die beim Aufhängen der Schuhe hatten. Wahrscheinlich hat Rocco Zoë unter den Schuhen flachgelegt vor Begeisterung. Ja, die machen das, obwohl sie Zwillinge sind. Denkt zumindest Lucy mit ihrem nun offiziell kranken Hirn.

Jedenfalls haben sie vermutlich synchron die Hände vor den Mund geschlagen, als sie nach ihrer Rückkehr aus Tokio, wo sie ein Schlaumeierstipendium hatten, festgestellt haben, dass Lucy von dem Spaß gar nichts mitgekriegt, dass sie ihre Schuhe gar nicht gebraucht hat. Dass sie sieben Monate nicht draußen gewesen ist und deshalb nur Stoppersocken gebraucht hat.

Nachdem sie eingezogen sind, haben sie immer mitleidig auf Lucy geguckt, woraufhin Lucy drohend gefaucht hat oder geknurrt – da ist denen das Mitleid vergangen. Am Anfang haben die Blumen in die Küche gestellt, klassische Musik angemacht, gelüftet und durchgesaugt. Einmal haben sie auch eine Zeitschrift auf den Küchentisch gelegt, ein Post-it in einem Artikel über posttraumatische Belastungsstörungen. Die Zeitschrift hat Lucy fast rückstandsfrei zu Sternchenkonfetti zerstanzt, das sie in Zoës Rucksack geschüttet hat.

Die Menschen sind zum Glück nicht sehr konstant in der Verfolgung ihrer Ziele. Nur zu bald haben Rocco und Zoë Lucy aufgegeben.

Dass Lucy nun so lange nicht draußen war, hat sie an ihr Versagen erinnert, stellt Lucy sich vor. Sie hätten einen Menschen retten können und haben es nicht getan. Bevor sie nach Toulon zu ihrer Mutter abgereist sind, wo sie noch zwei Tage sein werden, haben sie zur Beruhigung ihres Gewissens rasch den sozialmedizinischen Notdienst angerufen. Lucy wurde zu Pawel Schneu beordert. So war das wohl.

Und jetzt zerbeißen die grausamen Zwillinge gerade an der Côte d'Azur Frösche und beraten, wie sie an ihre Sachen kommen, ohne Lucy noch einmal sehen zu müssen. Und zwar weil sie wissen, dass Lucy gefährlich ist und ihnen haushoch überlegen hinsichtlich sämtlicher Überlebenstechniken. »Bin Montagvormittag wie immer außer Haus«, simst Lucy Zoë noch. Aber die wird gar nicht merken, dass »wie immer außer Haus« eine Provokation ist, eine ironische Volte. Je klüger die Leute, desto dümmer sind sie auch, das ist Lucy schon öfter aufgefallen. Ihr Vater zum

Beispiel: Ökonom mit einem IQ, höher als der von Einstein, und trotzdem … Lucy hebelt sich eine Dose Ravioli auf und geht damit auf den Futon.

Diese Ravioli, man mag es kaum glauben – sie hält noch mal die Nase in die Dose – riechen nach nichts. Die Ravioli hat sie quasi erforscht, die isst sie ja schon seit über sieben Monaten. Hätte sie gewusst, dass es sieben Monate werden, sie hätte eine Langzeitstudie machen können: Wie sehe ich aus, wenn ich mich sieben Monate lang von kalten Dosenravioli ernähre? Sie weiß es nicht genau, weil der Badezimmerspiegel ja nicht mehr da ist und sie auch noch jeden Tag zwei, drei grüne Gummibärchen gegessen hat und einen Apfel, aber sie glaubt, sie sieht aus wie immer. Jedenfalls sind die Ravioli geruchlos, hat sie festgestellt. Schmecken auch nach nicht viel. Leicht süß, leicht glitschig, und das war's auch schon. Das Essen war wirklich besser, als die martialischen Zwillinge noch in der Wohnung anwesend waren. Eingeweide, Hering in Aspik, Blutwurst mit Apfelspalten. Es war, als bräuchten die beiden jeden Abend einen neuen Kick.

Und Lucy auch.

Nur allzu bald war sie ihnen komplett verfallen. Die beiden hatten sie im fest Griff. Kaum zogen diese absonderlichen Gerüche durch die Wohnung, schnürte sie schnüffelnd durch den dunklen Flur zur geschlossenen Küchentür und wieder zurück in ihr Zimmer. Die beiden haben sie nie eingeladen, mit ihnen zu essen. Gegen halb neun knallte verlässlich die Küchentür, und für Lucy blieb eine abgedeckte Schüssel mit Stäbchen daneben auf dem Küchentisch.

Aber das ist fast acht Monate her. Seitdem gibt's in dieser Wohnung kalte Ravioli direkt aus der Dose. Das talgige Gefühl im Mund ist ein Garant dafür, dass Lucy es nicht übertreibt, dass sie sich nicht umbringt mit schlechtem Essen. Wenn schon von Essen sterben, dann von einem Kugelfischsushi, das die Zwillinge ihr im Kühlschrank hinterlassen. Vielleicht ist es ja am Montag so weit. Eine letzte herrliche Mahlzeit.

Wahrscheinlich ist das Essen zunächst gar nicht für sie bestimmt gewesen, doch nachdem Lucy sich eine Woche lang von den Resten aus dem Kühlschrank bedient hatte, konnten die martialischen Zwillinge nicht anders, als ihre Pflicht zu tun und ihre Vermieterin zu beköstigen. Es hat sich durchaus für die beiden gelohnt, Lucy ist nicht kleinlich. Dafür hat sie von der mannshohen Liste an der Küchentür, die überschrieben ist mit *Was ihr in dieser Wohnung keinesfalls zu tun habt* die Punkte *laut lachen* und *Musik hören* gestrichen. Ihr Vater war ja schon fast ein halbes Jahr tot, da konnte sie sich an Gelächter in der Wohnung ruhig mal gewöhnen. Und eigentlich hat sie Zoës Meerschweinchengegiggel auch gemocht und erst recht Roccos mickrigen Bass. Sie hatte das Lachen nur aus Lust an der Bosheit unterbunden.

Es ist, als hätten sich die Leute auf der Adalbertstraße verdoppelt in den Monaten, in denen sie nicht draußen gewesen ist. Und nicht etwa derart, dass die alten Türkinnen noch eine weitere Schicht Kleidung übergezogen hätten. Junge Engländer, Iren, Spanier, Franzosen kommen ihr entgegen wie Bands beim Fotoshooting fürs Plattencover. Sie sind laut. Nicht dunkel und kehlig wie die Alteingesessenen, die auch nicht eben leise sind, sondern hell und schrill.

Lucys Beine sind starr und steif, das linke vor allem. Sie kommt sich vor, als wär sie lange krank gewesen. Dabei macht sie seit Jahren jeden Morgen Liegestütze und an der Stange in ihrer Tür Klimmzüge. Sie hielt sich für vorbereitet. Mutlos stöckert sie am Morgen um zwanzig nach neun unter dem knallblauen morgendlichen Himmel lang. Das kann so nicht gewollt sein. Über ihr fährt ein Greifvogel wieder und wieder in einen Schwarm Tauben, die immer neue Formationen bilden, um ihn loszuwerden. Nicht alle Geschichten nehmen ein gutes Ende. Noch lange trudeln Federchen durch die Luft.

Lucys linkes Bein pendelt sich allmählich ein. Aber ihr Gesicht ist eiskalt und hart. Die Nase läuft, die Augen tränen, durch die gelben Lärmschützer klingt die Welt wie ein gewaltiges Wehr bei Öffnung der Schleusentore. Lucy hat gedacht, die machen gehörlos, aber die drücken einen ins Geschehen rein, tauchen einen unter, statt einen abzuschirmen. Umkehren müsste man. Die Welt ist kälter und wogender, als angenehm ist. Wörter in den Schaufenstern wie *Lokum* und *Schamiyet*, *Mhalabia* sprechen sich, als würde einem die Süßigkeit bereits den Mund zukleben. *Schwartenmagen* und *Eisbein satt* an der urberliner Kneipe drei Häuser weiter liest sich auch nicht angenehmer. Lucy atmet hektisch durch die Nase und beeilt sich, voranzukommen.

Das Tutu ist verrutscht und gar nicht mehr so toll, das Unterhemd bildet eine Wurst in ihrer Taille. Dass sie ungeübt ist mit Kleidern, weiß sie, das muss man sie nicht auch noch fühlen lassen. Wobei … Ihre Großmutter hätte gesagt, was man nicht gefühlt hat, kann man auch nicht wissen. Ihre Großmutter hätte ihr ja mal zeigen können, wie das geht mit den Kleidern, statt sich zu verpissen. Lucy merkt, wie sie vor Wut den Unterkiefer anspannt. Sie kämpft sich weiter, das Kinn vorgeschoben. Wie eine Bulldogge im Tutu. Immerhin kann sie so ein bisschen Tempo machen, wären da nur nicht die Leute, denen jegliche Sensibilität fehlt und die viel zu dicht an ihr vorbeigehen. Das ist zu dicht! Zu dicht! Sie fühlt den Luftzug, riecht, wie die riechen. Lucy tritt neben einen Hauseingang, setzt für einen Moment die Lärmschützer ab, hält sich die Hände vor den Mund und schreit. »AAAAaaahh!«

Keiner dreht sich um. Keiner guckt her. Hätte sie gewusst, dass Schreien auf dem Kottbusser Damm ein gängiges Modell der Entlastung ist, sie hätte es schon eher gemacht. Aber viel bringt es nicht, dafür war es zu leise. Immerhin kriegt sie wieder Luft und kann weiter. Sind Pärchen nicht früher mal eng umschlungen gegangen, statt den ganzen Bürgersteig zu blockieren?

Lucy keilt sich zwischen ihnen hindurch, zieht nur die Lefzen hoch, als die sich auch noch beschweren, krallt die Hände in ihr Tutu und stiefelt voran.

Ihr Vater hat hin und wieder Sachen für sie mit heimgebracht, als sie ein Kind war. Das waren immer Jungssachen:

Jeans mit Flicken auf den Knien, Pullover mit ausgeleierten Bündchen. Sie wusste damals gar nicht, dass man neue Sachen besitzen kann. Dass Mädchen Kleider tragen können, kannte sie natürlich aus der Schule. Lange, glänzende Haare, mit rotem Samt bezogene Haarreifen. Aber sie brauchte all das nicht.

Lachhaft, wie dringend sie die ganze Zeit Zoës rosa Tutu gewollt hat … Vom ersten Augenblick an, als die zarte Zoë damit durch die Tür getrippelt kam wie eine Primaballerina. Lucy plustert mit beiden Händen das Tutu hoch, das jetzt ihres ist. Primalucy. Passt nur nicht so recht zur orangefarbenen Wattejacke. Kalt ist ihr auch, obwohl sie natürlich ihre Jeans unter dem Tutu anhat. Die anderen Frauen hier auf dem Kottbusser Damm wirken souverän. Von denen zuppelt keine die ganze Zeit an ihren Sachen rum. Die haben wahrscheinlich nicht den halben Rücken nackt, weil alles rutscht.

Mit letzter Kraft erreicht Lucy den von der Zeit bespieenen und benagten Jugendstilpalast von Kaufhaus Schönstedt und wirft sich hinein. Sie muss sich dringend abseits des Gewühls in irgendeine dunkle Ecke hocken und ein Stündchen vom Lärm und Getöse der Welt ausruhen.

Doch dann herrscht da drin dumpfe Stille. Dreckiges, grelles Licht. Die Halle ist groß und leer wie ein Soldatenfriedhof. Zwischendurch immer wieder wie Grabstellen verwaiste Verkaufsinseln mit beigefarbener oder eisblauer Ware, über denen vergeblich irgendwelche Birnchen blinken. Versprengte Omas in bronzefarbenen Parkas oder Mohairpullovern streicheln Ponchos und gesteppte Westen. Das weiche, graue Linoleum auf dem Fußboden schlägt vor Langeweile

Blasen. Es riecht nach Chemie. Die heizen direkt mit Kernkraft. Lucy schleppt sich einmal quer durch die Mitte. Hier gibt es keine dunklen Ecken. Man ist ein Kaninchen im Eisstadion. Ein räudiger, beinahe zahmer Stadtfuchs, auf den längst jemand angelegt hat.

Die Verkäuferinnen an der Kasse und bei den Verkaufsinseln sind fahl unter viel Make-up. Dennoch lächelt jede einzelne, als ginge es um ihr Leben.

Eine zeigt auf Lucys Ohren. Lucy setzt die Lärmschützer ab und hört eine launige Heimorgelmelodie. Sie grinst schmerzverzerrt und hält einen Daumen hoch, aber die Dame lächelt längst wieder durch sie hindurch. Diese Untoten kennenzulernen könnte schwer werden. Lucy sieht sich vor ihrem inneren Auge Topflappen häkeln in einer Psychiatrie, deren Aufenthaltsraum aussieht wie diese Halle hier. Außer ihr bloß ein paar andere Verrückte, die aber wegen ihrer weißen Hemdchen und der fahlen Haut kaum zu sehen sind. Nur die Topflappen sind rote und grüne Punkte in dem ausgeflockten Weiß.

»Gürtel aus hundert Prozent echtem Rindsleder für nur zehn Euro«, pustet eine Frau, die optisch noch in den Siebzigern des letzten Jahrtausends steckt, in ein Mikrofon, das sie sehr dicht vor ihren Mund hält. Lucy bleibt ein bisschen bei ihr stehen und guckt ihr zu. Sonst nimmt keine der sechs anwesenden Kundinnen Notiz, aber die Frau ist sich selbst genug. Mit wiegenden Hüften und ausgestrecktem Hintern umkreist sie auf goldenen Stilettos ihre kleine Verkaufsfläche und betastet das Rindsleder. Am liebsten würde Lucy ihr in den schwarzen Bienenkorb auf ihrem Kopf fassen und fragen, ob sie mit Wim Wenders gebumst hat, um an die Rolle in diesem tristen Schauspiel zu kommen. Doch eine andere Stimme lenkt sie ab. Die kommt vom Band, ist aber genauso spannend. Die böse Stiefmutter, die Schneewittchen einen bestimmten Apfel schmackhaft machen will, und jeder, außer Schneewittchen selbst, weiß natürlich, was Sache ist. »Unsere Empfehlung für einen entspannten Einkaufsbummel«, säuselt die Stiefmutter, »gönnen Sie sich zwischendurch eine Tasse Bohnenkaffee und ein Eclair in unserer Cafeteria in der vierten Etage.«

O ja, hinsetzen, ausruhen von der Drangsal und dem Elend der Straße. Aber *Bohnenkaffee*? Wer sagt denn so was heute noch? Und es wird auch das erste Eclair in Lucys Leben sein. Dieses Kaufhaus wird ein lehrreiches Abenteuer.

Und das wird es tatsächlich, aber das liegt nicht an dem Eclair. Nein, dieser Typ aus der U-Bahn letztens steht auf der Rolltreppe sieben Stufen über ihr: maßgeschneiderter Anzug, dazu rote Sneakers und Hipster-Rucksack. Seltsamerweise kein Mantel, und sein Schwert hat er auch nicht dabei. Dieser Mann stinkt bis zu ihr runter nach Verderben und nach Geld und gehört definitiv hier nicht rein. Und dennoch: Mit schweißnassen Händen streicht Lucy an ihrem Tutu rum. Hätte sie doch nur was anderes angezogen. Rosa passt gar nicht zu ihr. Er wird sie lächerlich finden statt beeindruckend. Jetzt dreht er sich um und grinst auf sie runter. Sie macht zwei Schritte zurück, mehr geht nicht, weil sie heftig gegen eine massige Oma in braunem Glitzerpullover und braunem Rock gestoßen ist, und tritt rasch wieder eine Stufe nach oben. Hinter sich hört sie ein Gurgeln. Der Frau ist vor Schreck das Herz weggesackt, und das wird jetzt gerade verdaut.

Lucy hat leider Lust auf Verderben. Verderben ist besser im Bett als Liebe. Mit jeder Faser will sie von ihm aufgeräufelt werden. Und Schwertmann weiß das. Am Ende der Rolltreppe dreht er sich zu ihr um. Seelenruhig guckt er auf sie runter und ist bereit, sie in Empfang zu nehmen und tätig zu werden. Je näher sie ihm kommt, desto größer wird die Angst und desto kleiner die Lust. Die Kanten der Stufen sind gezackt wie Messer, und Lucy wird von dem Metall automatisch zu ihm hochgefahren wie ein Hühnchen zum Kopfabschneiden. Zwei, drei ihrer Instinkte scheinen aber noch in Betrieb zu sein. Als sie oben ankommt, stiebt sie in einem Affenzahn an ihm vorbei. Endlich bei den Klos, rennt sie rein, schließt sich ein, versucht, leise zu atmen. Ist sie etwa verliebt? Herzrasen, Ziehen im Unterleib, Hitze, Kälte – es fühlt sich danach an. Aber ausgerechnet in den? Liebe ist das Böse, hat ihr Vater gepredigt. In dem Fall stimmt das sogar.

Da hat man's wieder: Rausgehen bringt nur Probleme. Wär sie mal daheimgeblieben. Sie setzt sich auf den Klodeckel, hört leeren Kopfes zu, wie ihr Herz wimmert und ihr Geschlecht puckert und umgekehrt. Die nächste Stunde bleibt sie da hocken. Zumindest hatte sie vor, die nächste Stunde da hocken zu bleiben, aber man lässt sie nicht. Man lässt sie einfach nicht in Ruhe. Was hat sie der Welt getan, verdammte Axt?! Jedenfalls springt sie bereits vierzig Minuten später auf und rennt raus. Bei den Waschbecken macht sie kehrt, geht noch mal rein beziehungsweise geht sie in die Nachbarkabine, weil in »ihre« gerade eine junge Frau mit sehr wenigen, aber aufwendig frisierten Haaren gegangen ist. Sie pinkelt, zerrt sich ihre Kleider hoch und rast wieder raus. Gleich neben den Klos und den Garderobenschränken ist diese Cafeteria, wo es Eclairs gibt. Lucy rennt rüber. An der Kasse sitzt ein fröhlicher Marilyn-Verschnitt mit plustrigen weißblonden Haaren.

»Da drin stinkt's. Da werden einem alle fünf Minuten Maiglöckchen auf den Hintern gesprüht«, sagt Lucy, die eine Weile gebraucht hat, zu begreifen, dass das, was da in der Klokabine zischte, nicht ihr inneres Feuer war.

»Kaffee?«, erwidert Marilyn und zeigt zum Kaffeeautomaten hinter sich.

Will die sie verarschen? Lucy bauscht anklagend ihr Tutu hoch. »Das stinkt nach Maiglöckchen!«

Die Kassenfrau steht auf und hebt ihrerseits ihr weißes Marilyn-Kleid an, wiegt sich in den Hüften, nickt Lucy zu und setzt sich wieder. Ey, die hat sie nachgemacht, die verhöhnt sie und nimmt ihr Anliegen nicht die Spur ernst, oder wie muss Lucy das sehen?!

»Da drin stinkt's!« Marylin hat zu dieser Beschwerde nach wie vor keine Meinung, aber hellblaue Augen und rot geschminkte Lippen. Sie ist sehr schön. Lucy ist trotz Tutu dreckig und dumm.

»Kaffee?«, versucht die Frau es noch mal.

Die weiß wohl nicht, in welcher Gefahr sie schwebt? Klo zu dicht neben der Cafeteria. Wenn man das meldet, ist die Monroe aber gleich mal ihren Job los. Lucy macht kehrt und rennt in ihrer Maiglöckchenwolke zur Rolltreppe. Ruhe. Schweben und atmen. Kein Schwertmann weit und breit. Zum Glück warten Männer nie, nie, nie auf Frauen. Schon gar nicht auf Frauen, die aussehen und riechen wie Lucy. Der ist längst daheim und liegt auf einem Dessous-Model. Entspann dich, Lucy Schröder, von dir will keiner was.

Sie ist ganz runtergefahren und schlurft im Erdgeschoss über die unwirtlichen Ebenen. Keine Skelette am Wegesrand, das nicht, aber wie die Mitarbeiter in diesem Klima überleben und noch dazu sehr lächeln, höchstens ein bisschen bleich sind und matt, ist ihr ein Rätsel. Man stirbt ja schon nach einer gewissen Zeit ohne ausreichend Sauerstoff. Doch wie viel ist ausreichend? Schraubt man seinen Bedarf entsprechend herunter und überlebt trotz der widrigen Umstände? Darauf will Lucy es nicht ankommen lassen. Die Verkäuferinnen haben sicher so Tools, wo sie immer wieder Mund und Nase dranhalten und mit reinstem Sauerstoff versorgt werden. Dafür müssen sie sich nur kurz unter den Tresen bücken. Lucy hat so etwas aber nicht. Während ihrer weiterhin ergebnislosen Streifzüge – niemand will sie kennenlernen, keiner bietet ihr das Du an – schleppt sie sich also alle halbe Stunde an den Schokolinsen und Pralinen vorbei nach draußen vor die Tür und atmet tief die Winterluft ein, die jetzt auch nicht unbedingt astrein ist … porentief … Wie sagt man denn in dem Fall? Wahrscheinlich hat sie schon Wortfindungsstörungen von zu wenig Luft. Wieder drin, hat sie sich gerade mal bis zu den Sonderverkaufsflächen geschleppt, wo die Frau mit der schwarzen Bienenkorbfrisur den Leuten jeweils ein golden eingewickeltes Bonbon verspricht, für den Fall, dass sie eine ihrer hässlichen Taschen kaufen (eine Strategie, die nicht aufgehen dürfte, aber wer ist Lucy denn, sie diesbezüglich zu belehren), schon will sie wieder vor die Tür. Je länger sie sich hier aufhält, desto dringender will sie raus. Gar nicht nur, weil sie das Gefühl hat, zu wenig Luft zu bekommen. Sondern auch wegen der Kunden. Je bunter die Ware, hat sie das Gefühl, desto grauer die Personen, die sich darüberbeugen. Kraftlose Frauen mit aufgemalten Augenbrauen, Frauen, deren Kopfhaut man zwischen sorgsam geföhnten einzelnen Haaren hindurch sieht. Keinesfalls kann sie eine von denen ansprechen! Die sind so krank, dass sie jede Minute sterben können. Immerhin hat irgendwer wieder Musik angemacht. Man kommt sich vor wie auf dem Traumschiff: ein zarter Gong, und Sascha Hehn empfiehlt hellblaue Blusen zu weißen Hosen. Lebt Sascha Hehn überhaupt noch?

Um sich für vier Stunden Durchhalten zu belohnen und ihre Fluchtinstinkte niederzuringen, tuckert Lucy schließlich auf der Rolltreppe noch mal hoch in die Kuppel des Kaufhauses. Dort wird sie sich mit einem Bohnenkaffee und dem inzwischen gierig ersehnten Eclair neu beleben und endlich ihr Projekt starten. Bislang ist Kassen-Marilyn die Einzige in dem ganzen Laden, die gesund und munter wirkt und so, als könnte sie befragt werden. Sie hat nur leider eine andere Macke. Falls Marilyns einziges Wort Kaffee bleibt, ist Lucy nicht geholfen. Sie braucht Zahlen und Fakten und intime Details. Außerdem ist sie nicht sicher, ob sie wirklich eine Freundin möchte, die um so vieles schöner und lieblicher ist als sie selbst. Nicht dass Schönheit in ihrem Leben bislang ein Kriterium für irgendwas gewesen wäre, aber seit sie Marilyn kennt, weiß sie, was Neid ist, und welchen Wurmfraß er im menschlichen Organismus anrichten kann.

Draußen setzt die Dämmerung ein. Jeden Tag früher, oder was? Lucy hat noch keine Ergebnisse vorzuweisen, aber die Stadt nimmt das Kaufhaus mit orangefarbenem und gelbem Leuchten in die Zange. Lucy sitzt auf einem exklusiven Fensterplatz, dritter Tisch von rechts, der einzige blaue Stuhl, sonst stehen hier nur kackbraune. Sie trinkt Bohnenkaffee und betrachtet ratlos den toten Fisch auf ihrem Teller, zu dem der glatzköpfige Koch, der statt Marilyn in der Cafeteria anwesend ist, sie gezwungen hat, obwohl sie eigentlich ein Eclair wollte. »Erst was Richtiges, junge Frau. Eclair gibt's zum Nachtisch.« Lucy kennt das schon: Von Menschen hat sie noch nie bekommen, was sie wollte. Man muss nach Möglichkeit schauen, dass kein Mensch zwischen einem selbst und dem Objekt der Begierde steht. Die anderen meinen zu wissen, was gut für einen ist. Und wenn man nicht so geübt im Leute-Abschmettern ist, hat man statt Schokolade und Brandteig eben einen fahlen Fisch auf seinem Teller.

»Was mache ich nur mit dir?«, fragt sie ihn und stupst ihn mit der Kuchengabel an. Keine Reaktion. In diesem Augenblick betritt eine klapperdürre Frau den mit gefälschten Grünpflanzen abgesteckten Bereich. Sie ist älter, als die Polizei erlaubt, und hat Messer im Rücken. Na gut, ganz so irre ist es dann doch nicht. Aber *Messer im Rücken* wäre einfach die bessere Geschichte. So kennt man das Leben: Alles ist nur halb so aufregend wie möglich, gerade als hätte jemand auf halbem Wege Angst vor seiner eigenen Courage bekommen. In Wirklichkeit hat die alte Frau die vier Gemüsemesserchen mit farbigen Griffen nämlich bloß an der Seite ihres kamelfarbenen Mantels hängen. Das ist aber auch schon vergleichsweise interessant.

Die Frage nach dem Wieso stellt sich jedoch den sechs anwesenden Gästen nicht besonders drängend, weil die alte Frau, eine volle Kaffeetasse auf der Untertasse herumscheppernd, mit einem ziemlichen Linksdrall zwischen den Tischen voranruckelt. Ein junger Mann und seine Freundin zucken mit ausgestrecktem Arm von ihren Stühlen hoch, als sie an ihnen vorbeigeht, setzen sich dann aber wieder, als sie merken, dass die Frau es zumindest bis zum nächsten Tisch schafft. Ihr kamelfarbener Mantel sieht sehr kuschelig aus – gleichzeitig neu und wie aus einer längst verronnenen Zeit. Bei Lucy angelangt, stützt sie sich mit links schwer auf deren Tisch, mit rechts hält sie zitternd ihren Kaffee hoch. Es steht zu befürchten, sie werde gleich kentern und den Tisch und Lucy mit sich reißen.

»Können Sie den Fisch empfehlen?«, hüstelt sie, ihr faltiges Gesichtchen so dicht, dass Lucy Hautcreme riechen kann.

»Nein«, sagt Lucy in der Hoffnung, dass sie nicht auf sie fällt, sondern den Ausgang der Cafeteria erreichen wird, wo sie gerne in den Schlitten mit den Geschenken sinken oder sich an einem der Rentiere festhalten kann, die noch von Weihnachten hier stehen.

Die Dame wendet sich gerade ab, da fällt Lucy – Gedächtnisstörungen, Konzentrationsprobleme, dieses Haus ist buchstäblich die Pest – gerade noch rechtzeitig ihre Mission ein.

»Sie sind öfter hier?«, startet sie die Recherche.

»Ja«, sagt die Dame, schraubt sich in die Senkrechte und tippelt, nun überraschend trittsicher, von dannen.

Mist.

Außerdem würde Lucy wirklich gern wissen, was es mit den Messern auf sich hat.

»Weißt du es, lieber Fisch?«, fragt sie, über ihren Teller gebeugt, und der bauchige Latzhosenmann am Nachbartisch, der gerade die Entenkeule mit Rotkohl und Klößen und ein Hefeweizen vor sich aufgebaut hat, mustert Lucy angewidert. »'ne Irre«, konstatiert er.

»Ist was?«, fragt sie.

»Die verkaufen hier auch Kämme«, sagt er. »Kleiner Tipp.«

»Ich hätt Ihnen ja den Fisch hier«, sie zeigt auf ihren Fisch, den sie unter anderem wegen seiner Ähnlichkeit mit Pawel Schneu nicht anrühren kann, »für Ihren Kater gegeben. Aber weil Sie die Balkontür aufgelassen haben, ist der leider die nächsten Tage auf Brautschau. Und ewig hält so ein Fisch ja nun nicht.«

Jetzt guckt er richtig erschrocken. Beschließt dann aber, sie nicht für voll zu nehmen. Sie kann ihm bei diesem Denkprozess zugucken. Lucy hofft, dass man ihr nicht auch jede Regung ansehen kann. Meistens hat sie nämlich Regungen, die andere Leute als destruktiv bezeichnen würden und auf die sie entsprechend unangenehm reagieren. Lucy verabschiedet sich herzlich, soweit sie herzlich erinnert, von ihrem Fisch. Sie rafft ihre giftgrüne Felltasche an sich, drückt das Tutu runter, schiebt sich auf der dem Mann abgewandten Seite hinter dem Tisch hervor und geht eilig los.

»Abräumen is wohl nich, Pute?«, ruft der Handwerker, auf dessen Namensschild Schmöling gestickt ist, ihr hinterher, und sie beschwichtigt sich mit der Vorstellung, wie er am Abend gucken wird, wenn er, »Pauli! Pauli!« gurrend, seine furnierte Schrankwand entlanglaufen und begreifen wird, dass sie recht hatte.

Sie hat das Verschwinden von Herrn Schmölings Kater ja nicht herbeigeführt, sondern nur vorausgesehen. Trotzdem wirkt es wie eine Strafe, als ein knuffiger Mann im Cordanzug sich nun an sie heftet. Wenn er nicht hinter ihr her wäre, sie würde ihn umstandslos auf ihre Liste der kennenzulernenden Leute setzen. Das ist so einer, der keiner Fliege was zuleide tut und *ganz im Moment* lebt. *Hochsensibel* wahrscheinlich auch noch. Trotzdem funktioniert es: Kaum ist einem die Polizei oder der Hausdetektiv auf den Fersen, fühlt man sich schuldig, ob man nun was verbrochen hat oder nicht. Lucy schwitzt, ihr Atem geht flach. Sie hastet an Gesundheitsschuhen und Strickwesten vorbei, überlegt fieberhaft, wie sie ihn abschütteln könnte. Seine Sneakers quietschen. So hört sie, dass er näher und näher kommt. Sie ist geliefert.

Als er nun hinter einem Drehständer mit figurformender Wäsche hervorgequietscht kommt und sie ansteuert, reißt Lucy einen schwarzen BH mit rosa Dingern drauf vom Ständer, zum Beweis, dass sie lediglich zum Einkaufen anwesend ist, woraufhin der Mann zurückweicht. Man kann ihn verstehen. Lucy hat auch ein bisschen Angst vor der Frau, die jetzt vor ihr steht.

»Zu groß, der ist viel zu groß«, sagt die Verkäuferin, an der das meiste auberginefarben ist, mit Blick auf den BH, und greift Lucy in die offene Wattejacke und unter die Brüste. Lucy holt tief Luft, um ihr zu sagen, sie soll sich verpissen, da fährt die Frau schon fort: »Und der, den Sie anhaben, ist zu klein, viel zu klein. Sie brauchen einen neuen.«

»Quatsch, ich brauche nichts.« Lucy tritt einen Schritt zurück. Die Frau duftet infernalisch nach etwas sehr Süßem, das man in Märchen eventuell im Harem versprüht hätte, damit der Sultan Lust hat, sich zu paaren. Mit ihrer üppig beringten rechten Hand streicht sie jetzt durch die BHs am Drehständer und zieht einen Bügel heraus. »70 B, da bin ich mir sicher.« Sie guckt auf Lucy runter, grüne Augen, lila Lidschatten, Lachfalten, dann nimmt sie sie beim Arm, als wäre sie ihre Mutter, schiebt sie in eine Umkleidekabine und zieht den Vorhang zwischen ihnen zu. Lucy sagt noch mal »Quatsch«. Wie ist sie hier bloß reingeraten? Kerzengerade steht sie da und sieht Pumps aus lila Schlangenlederimitat hinter dem braunen Vorhang verharren. Als sie bis zwanzig gezählt hat und die Frau immer noch dasteht, zieht sie ihre Jacke aus und den roten Wollpullover mit den Brandlöchern im rechten Ärmel, streift den einzigen wegen des Möbelpackerirrtums ihr verbliebenen BH ab, und kaum hat sie den anderen umgeschnallt, ist die Frau in der Kabine und hebt Lucys Brüste an.

»Ey!«, sagt Lucy, obwohl sie hier ganz klar in der Unterzahl ist.

Die Lilane sagt: »Arme heben«, und Lucy hebt die Arme.

Die Frau zupft am unteren Rand des BHs. »Perfekt. Ich bin so eine Spitzenkraft.« Sie kneift ein Auge zu und guckt sich Lucy an. Unter die Lupe nehmen sagt man zu dieser Art Gucken auch. Und es ist nicht angenehm, das Objekt unter der Lupe zu sein, so viel kann Lucy zum gegenwärtigen Zeitpunkt schon mal festhalten.

»Ja«, sagt Lucy schnell, um die Frau von sich abzulenken. »Jemand wie Sie müsste zu Victoria's Secret. Mindestens.« Die Frau lacht schallend los. Ihre schwarze Dauerwelle wippt vor Lebensfreude. Der lila geschminkte Mund nimmt die ganze untere Hälfte des Gesichts ein. Lange hat Lucy niemanden mehr so lustvoll lachen sehen. Es dauert. Lucy würde gern einen Schritt zurücktreten, aber sie steht schon mit dem Hinterkopf an einem Kleiderhaken wie am Lauf einer Pistole.

»Wollen Sie wirklich rosa Herzchen auf Ihrem BH?«, fragt die Frau und hat schon wieder den Anfang eines nächsten Lachens in den Augen. Lucy schüttelt den Kopf. »Sie warten, und ich hole Ihnen ein schöneres Modell.« Umstandslos schiebt sie den Vorhang ein winziges Stück zur Seite und schlüpft auf die Verkaufsfläche.

Als sie mit zwei wintermeergrauen und von Goldfäden durchwirkten Teilen wiederkommt, schluckt Lucy einen Kloß runter. Die sind wunderschön. Es fühlt sich an, als würde die Frau ihr die BHs schenken. Als gäbe es nachher Grießbrei und einen Märchenfilm. Einen wird sie sofort anziehen müssen vor Glück.

»Könnten Sie bitte eventuell das Preisschild abschneiden?«, flüstert Lucy, und die Frau sagt »Moment« und geht raus. Als Lucy wieder angezogen ist und gerade versucht, das voluminöse Gespinst von einem Tutu über ihrer Jeans zu bändigen, kommt sie wieder rein, hebt Lucys Pullover hoch, schnippelt behutsam das Schild am BH ab und sagt dann hinter Lucy hervor: »Das Unterhemd muss in die Jeans. Dann rutscht nichts.«

Als sie kurz darauf die Kabine verlassen, erinnert sich Lucy, durchgeschüttelt von der Fürsorge dieser Frau, gerade noch rechtzeitig an ihre Mission. »Wie heißen Sie?«

»Hellmich«, sagt die Frau, die, abgesehen von ihrem Drang, Leuten an die Brust zu fassen, für schönstedtische Verhältnisse angenehm normal ist. Außerdem keine Anzeichen von Erschöpfung oder Atemnot. Nur reine Lebensfreude. »Lea«, ergänzt die Frau freundlich. Im Stillen beglückwünscht Lucy sich zu ihrer subtilen Form der Recherche und legt gleich nach: »Und wie alt sind Sie?« Sie kramt in der Tasche nach Heft und Stift.

Lea hebt eine Augenbraue.

»Ich bin Lucy Schröder, ich bin sechsundzwanzig und wohne allein«, zählt Lucy auf, damit die Frau sieht, dass sie bereit ist, ihrerseits etwas von sich preiszugeben, und hält ihr die Hand hin, die die Frau perplex schüttelt. Leider schweigt sie dazu. Und dann ist die Gelegenheit vorbei, weil ein ganz und gar sandfarbener Mann mit fettigen Haaren gebückt vor Lea steht, in der Hand knallrote Wäschestücke. Lucy verzieht sich.

Ein paar Minuten später stellt sich an der Kasse heraus, dass Lucy nicht einfach nur die zwei BHs kaufen darf, sondern dazu passende meergraue Unterhosen in 36 bekommen muss, auf denen es golden glitzert.

»Ich hätte gern nur die BHs«, unternimmt sie einen Versuch der Abwehr.

»Das glaube ich gern«, sagt Lea. »Aber ich hab Ihren BH gesehen und hab deshalb eine klare Vorstellung von dem ausgeleierten Slip, den Sie tragen.« Die lila Dame packt alles in eine Blümchentüte, tippt den Betrag in die Kasse, nimmt Lucys Bankkarte. »Jetzt sind Sie vielleicht ein bisschen wütend, weil Sie sich nicht gegen eine Verkäuferin durchsetzen können, aber ich schwöre Ihnen, Sie werden nie wieder einen Ihrer Baumwollschlüpfer tragen. Natürlich kann das im Grunde nicht sein, aber diese Wäsche hier«, sie hebt die Tüte hoch, »fühlt sich an, als wäre sie aus Feenhaar gewebt und mit den Schuppen von Meerjungfrauen durchwirkt. Man fühlt sich unbeschreiblich weiblich darin.«

»Die armen Feen«, sagt Lucy, »die armen Meerjungfrauen«.

Lea Hellmich lacht schallend los. »Guter Punkt, eins zu null für Sie.«

Lucy hat eher das Gefühl, es steht tausend zu eins für die Verkäuferin. Sie muss jetzt mal los. Als sie ihren alten BH aus der Kiste neben dem Tresen fischt und in ihrer grünen Felltasche versenken will, streckt die Lilane die Hand aus und schüttelt energisch den Kopf.

»Das ist mein ältester und einziger Freund«, bringt Lucy hervor.

»Zeit für neue Freunde«, sagt Lea kalt und schmeißt, bevor sie sich dem nächsten Kunden zuwendet, Lucys alten BH zurück in die Abfallkiste, aus der Lucy ihn mit der linken Hand unauffällig wieder rausfischt und in ihre Jackentasche stopft.

»Das bestimme immer noch ich, wann es Zeit ist für neue Freunde«, murmelt sie im Davongehen.

Frau Hellmich – die natürlich alles mitgekriegt hat und Lucy ihren ollen BH gönnt und jetzt garantiert hinter ihr hergrinst – heißt also Lea und ist so üppig, dass Lucys Vater einen Mangel an Selbstdisziplin konstatiert hätte. Sie ist Anfang fünfzig, liebt Lila, obwohl das seit ungefähr vierzig Jahren aus der Mode ist. Sie ist zupackend und erschreckend gut gelaunt. Ihr scheint es eher um Freude zu gehen als um Selbstdisziplin.

Immerhin eine Bekanntschaft in den fünf Stunden, die Lucy jetzt in diesem Kaufhaus anwesend ist. Fünf Stunden, die sich wegen der zahlreichen Bedrohungen anfühlen wie fünf Minuten, sich in der Lebensbilanz wegen der schlechten Luft aber wahrscheinlich wie fünf Jahre niederschlagen.

Für Pawel Schneu reichen diese dürftigen Eckdaten wahrscheinlich noch lange nicht. Lucy hatte sich das leichter vorgestellt: mit Leuten ins Gespräch kommen, Daten und

Fakten abfassen, Belohnungsjeans kaufen, nach Hause gehen, Tür zuschließen, auf den Futon hauen, Ravioli essen. Wie soll sie denn bis Ladenschluss drei oder vier Leute zusammenkriegen? Mist, verdammter! Einmal noch geht Lucy kurz vor die Tür. Dann wird sie – Ersticken hin oder her – die verbleibende Zeit nutzen, endlich Informationen über irgendwelche Leute ranzuschaffen. Sie muss die ab jetzt direkt ansprechen, sonst wird sie hier nie fertig. Vielleicht kann sie so tun, als würde sie für ein renommiertes Institut eine Umfrage zum Thema *Fit durch die kalte Jahreszeit* durchführen. Leider viele Unfitte hier, aber sie kann da jetzt nicht pingelig sein. Ihr doch egal, wenn Psycho-Pawel die kontaktieren will, um Lucys Angaben zu prüfen, und dabei feststellt, dass die soeben an Krebs gestorben sind. Das ist dann eben Zufall gewesen. So!

Der Winter schmeißt sich auf Lucy wie ein schlammbespritzter Köter. Sie steht ganz starr vor der Tür und genießt die nasse Kälte im Gesicht. Leider drängen Leute heran, wollen rein, streifen Lucy dabei. Die wissen offenbar nicht, in welcher Gefahr sie schweben. Sie nimmt noch drei mächtige Atemzüge, dann wendet sie sich um, geht in dem Pulk nach drinnen, setzt sich in die Buchabteilung und hält Ausschau nach einem Opfer. So ist jedenfalls der Plan. Aber leider schließt sie versehentlich mal kurz die Augen. Ihr ist schwindelig, sie hat Kopfweh … Sie wacht auf, als ihr Gesicht die rote kunstlederne Seitenlehne entlangschabt. An ihrer Wange ist Spucke. Ungeschützt in der Öffentlichkeit schlafen, ist sie irre? Immerhin geht es ihr deutlich besser. Sie schaut sich um und findet im Nachbarsessel einen vielleicht sechsjährigen Jungen in dreckigem Rosa vor, der ein Wimmelbuch auf dem Schoß hat. Niedlich ist er auch, Backen wie ein Putto, dazu ein wacher Blick, den wird sie jetzt in- und auswendig kennenlernen. Danke, Kaufhaus Schönstedt, für diese Chance! Der guckt sich das Babybuch so genau an, der kriegt gar nicht mit, dass sie ihn betrachtet und dann zur Kasse geht und sich von der Verkäuferin in eisblauem Mohair ein Buch für sein Alter (sie hat auf ihn gezeigt, die Verkäuferin hat genickt), geben lässt, das sie ihm kauft.

Erst als sie ihm das Wimmelbuch vom Schoß zieht und das neue Bilderbuch, in dem es offenbar um Außerirdische geht, drauflegt, kommt er zu sich und guckt sie nicht eben freundlich an.

»Wie heißt du denn, Kleiner?«

Keine Antwort. Er guckt wütend zu ihr hoch.

»Für die Babykacke bist du zu alt«, sagt sie auf ihn runter. »Ich hab dir ein Buch für erwachsene Kinder gekauft, Kassenbon liegt drin, da steht meine Telefonnummer drauf, falls deine Mutter dir nicht glaubt, dass ich es dir geschenkt hab.«

Keine Antwort.

Sie guckt ihn sich an. Der ist irgendwas zwischen ärmlich und verwahrlost. Eigentlich bräuchte er 'ne Stulle und 'nen neuen Anorak, seiner ist an mehreren Stellen eingerissen, sehr schmutzig und vor allem rosa. »Aber wie ich die Sache einschätze, ist deine Mutter die meiste Zeit eh breit wie Bratwurst und kriegt das gar nicht mit. Kannst mich aber auch so mal anrufen und erzählen, wie es in der Schule war. Wie alt bist du eigentlich? Was sind deine Hobbies?«

»Meine Mutter kriegt alles mit. Und wer sie beleidigt, den boxe ich«, piepst der Junge zu ihr hoch, sieht aber nicht aus, als werde er gleich zum Angriff übergehen. Eigentlich will er jetzt mit seiner Beute in Ruhe gelassen werden. Er hat das Buch schon aufgeschlagen und eine dreckige kleine Hand auf die erste Doppelseite gelegt.

»In welche Klasse gehst du denn?«, fragt Lucy. Er antwortet nicht. Der kennt wohl die Theorie ihres Vaters nicht, dass man immer sofort etwas zurückgeben muss, wenn man etwas bekommen hat. Sie hat 19,99 für ein Buch ausgegeben und nach wie vor keinerlei Informationen. Die Menschen wollen sie offenbar nicht kennenlernen. Und man kann sie nicht zwingen. Noch nicht mal Kinder kann man heutzutage mehr zu was zwingen. Das war früher auch anders. Aber Lucy Schröder gibt nicht auf.

»Wenn du das Buch durchgelesen hast, sehen wir uns in der Zooabteilung bei den Kaninchen«, ködert sie ihn total geschickt. Zur Not besticht sie ihn mit einem flauschigen Tier. Alle Kinder wollen ein Tier.

»Mhm«, sagt er, ohne aufzublicken.

Wie lange er wohl brauchen wird für das Buch? Sie plant mal eine Stunde ein, fährt noch bisschen Rolltreppe und denkt nach. Das macht man viel zu selten im Leben. Also: Rolltreppe fahren. Nachdenken tut man eher zu oft. Und immer über die falschen Sachen. Wie konnte es passieren, dass ich ganz allein bin? Wieso sterben alle? Und wieso sind die so scheiße zu mir? Wieso habe ausgerechnet ich Segelohren? Zu all den anderen Übeln?

Die stetige Bewegung der Rolltreppe versetzt Lucy in eine angenehme Trance. Wenn sie jetzt den Schwertmann träfe, sie wüsste schon, wie sie reagieren würde: Haare aufschütteln, Lippen lecken, Augenaufschlag – und dann mit ihm mitgehen und, während er mit seinem Penis Sachen macht, fragen, wie alt er ist und welchen Beruf er ausübt.

Im Grunde ist er ihre Zielperson gewesen. Er war der Erste, der ihr begegnet ist, und der Einzige hier, der sie kennenlernen wollte. Das hat sie ja mal glatt versemmelt.

Leider ist Schwertmann zum Glück nicht mehr da. Sie fährt und fährt. Hoch und runter und wieder zurück. Sehr bedächtig und gleichmäßig. Das mag Lucys Körper. Am schönsten findet sie es, wenn sie unter dem geschwungenen gläsernen Dach ankommt. Sie ist Michelangelo, der hoch oben ein Fresko fertigstellt, während unten Leute in der Kathedrale sind und dringend aufs Klo müssen und sich fragen, ob es in dieser Kathedrale ein Klo gibt, und wenn ja, wo. Einer Frau, die sich durch Lucys hochfahrenden Gedanken schiebt, muss sie leider sagen, sie sollte vielleicht mal abnehmen, damit sie demnächst wieder problemlos auf Rolltreppen passt.

»Sag bloß«, erwidert die Frau und bleibt ungerührt eine Stufe vor Lucy stehen. Lucy muss einen Schritt zurückmachen, um nicht zwischen ihren fleischigen Schulterblättern zu ersticken. Auf der nächsten Ebene wird die Frau zum Glück von der Treppe zwischen Pullover und Shirts gespuckt, und Primalucy bauscht ihr Tutu und fährt total elegant noch ein paar Runden runter und hoch und runter, und als ihr langweilig wird von den Ballettgesten und Drehungen, die Stunde aber immer noch nicht um ist, fängt sie an, mit ihrem Smartphone die fragilen Jugendstildetails an den Lüstern und Brüstungen zu knipsen. Aber das ist ein Fehler. Das hat wieder den hochsensiblen kleinen Mann im Cordanzug auf sie aufmerksam gemacht, der ihr schon neue Unterwäsche eingebrockt hat.

Leider steht er nicht bei den Handtüchern – davon könnte sie nämlich noch das eine oder andere brauchen –, sondern bei den Töpfen und Pfannen. Während sie ihm entgegenfährt, wartet er unten an der Treppe und will sie verhaften oder so. Sie tut, als würde sie einen gelben Kaugummi kauen, lässiger geht's nicht. Gelangweilt gucken ist auch eins ihrer Spezialgebiete. Hat sie jahrelang trainiert, um keinesfalls zu heulen, während sie Mafia-Rodscher sein Schutzgeld in die Hand drückte. Gut, dass die Kindheit irgendwann vorbei ist, die erlangten Fähigkeiten jedoch bleiben. Während sie also Luft kauend und schmatzend dem Detektiv entgegenfährt, hat sie Zeit, ihn zu analysieren. Er hat keine Kinder, das weiß sie sofort. Er hat ein trauriges Mondgesicht mit prallen Lippen, die aussehen wie geschminkt. Als Lucy unten ankommt und nur noch zwanzig Zentimeter sie trennen, macht er endlich einen Schritt zur Seite. Sie quetscht sich zwischen ihm und der hellgrauen Klaumeldeschranke am Fuß der Treppe durch und wähnt sich schon in Sicherheit, da hat sie eine Hand auf der Schulter. Der weiß wohl nicht, in welcher Gefahr er schwebt? Sie schießt herum, springt vor, steht – Schuhspitze an Schuhspitze, Nasenspitze an Nasenspitze – vor ihm, die von der Treppe nachrückenden Leute müssen um sie herumgehen und tun das ohne Murren.

»Tsssss«, zischelt sie, die Zungenspitze an die Schneidezähne gepresst, die Nase drohend gekraust.

Er tritt einen Schritt zurück und sagt mit gequältem Gesichtsausdruck: »Sie dürfen hier nicht fotografieren, junge Frau, das ist heutzutage eine Persönlichkeitsrechtsverletzung. Hab ich mir nicht ausgedacht; ich weiß, die Eleganz des Gebäudes verleitet dazu. Tut mir l ...« Der ist doch tatsächlich drauf und dran, ihr Verständnis heischend eine Hand auf den Arm zu legen.

»What?!«, herrscht sie ihn an. Sie kann seinen Schweiß riechen und Patschuli. Er hat einen erbärmlich schiefen Scheitel.

»No photos«, flüstert er. Die Hausdetektive sind auch nicht mehr das, was sie mal waren. »Sweets?«, fragt er und zieht zwei Eukalyptusbonbons aus der Hosentasche.

Lucy steckt beide ein. »Ihre Frau hat Braten gemacht, irgendwas gibt es zu feiern. Ich kann nicht erkennen, was«, sagt sie streng. »Bringen Sie ihr nachher besser Blumen und Pralinen mit. Viel von beidem.«

Wie bei den meisten Leuten sieht Nachdenken bei ihm aus, als hätte er Blähungen. Es verschafft ihr Zeit. Sie geht um ihn herum, mal die ganzen verschiedenen Eierbecher hier begutachten.

Ab da kauft sie zur Sicherheit ein und besitzt bald neben Unterwäsche einen neuen Tacker und eine Familienpackung ihr unbekannter Gummibärchen. Die neuen Kaufhaus-Schönstedt-Tüten stopft sie nicht in ihre grüne Felltasche, sondern hält sie in der vorgereckten Hand, damit sie jederzeit als Kundin zu identifizieren ist. Die Recherche wird teuer, wenn sie so weitermacht. Man kann die Tüten vielleicht mehrfach benutzen, aber allein die Aufenthalte in der Cafeteria! Leute mit weniger Geld müssten sofort in die Psychiatrie, das steht mal fest. Die könnten solchen Aufwand gar nicht betreiben. Weiß man ja eh, jeder normale Mensch ist längst in der Klapse, während Psychopathen die Welt beherrschen. Auf dem Weg zur Zooabteilung lacht sie leise ihr fiesestes Psychopathenlachen. Interessiert aber keinen.

Hier riecht es nach Heu, und es herrschen andere Gesetze als im Rest des Kaufhauses. Hierher kommen andere Leute. Aus anderen Gründen. Ein paar können sich Zoo nicht leisten, ein paar sind zu alt für Zoo. Der kleine Junge in dem dreckigen rosa Anorak kommt ein ganzes Stück hinter Lucy rein, das Buch mit den Außerirdischen hält er mit beiden Schmutzgriffeln an seinen Bauch gepresst, damit wird er wohl heute ins Bett gehen. Sie tut, als hätte sie ihn nicht gesehen. Auf direktes Interesse ist er ja nicht so angesprungen. Es gibt schwarze, gelockte Kaninchen. Zur Not kauft sie ihm wirklich eins. Wahrscheinlich hätte sie das schon gemacht, wenn sie wüsste, wie man die da aus dem Plastikding rauskriegt und ob die beißen und wegrennen wollen oder in der Schönstedt-Tüte hocken bleiben, wenn man die da einmal drin hat.

Sie muss jetzt mal in die Puschen kommen, sonst verbringt sie den Rest ihres Lebens in einem schimmeligen Kaufhaus auf der Suche nach Freunden.

Gleich zwei Kassiererinnen stehen, statt in Sachen Kaninchen zu beraten, an der Verkaufstheke und unterhalten sich. Die eine streichelt währenddessen einen kniehohen Hund, an dessen anderem Ende der Leine kein Mensch ist. Die wirken entspannt, die kann man vielleicht auch mal kennenlernen. Ein Mann schiebt eine große Ladung nach Verwesung stinkender Futtersäcke herum. Bis der Junge hoffentlich bald mal kommt, geht Lucy von Terrarium zu Terrarium. Die weißen Mäuse kosten je 1,99. Wahrscheinlich sind sie Futter für die Pythonen. 139,95. Gruselig sind die in butterwürfelgroße durchsichtige Plastikschalen gequetschten Zikaden, Grashüpfer oder Grillen. Geht es denen gut da drin? Leben die gern in Großfamilien auf engstem Raum? Kaum vorstellbar, aber Lucy kennt sich mit Ungeziefer nicht aus. Jedenfalls ist das hier sehr schönes Ungeziefer, und die Schachteln haben was von ihren Schneekugeln. Hätte sie nicht Angst, die dann an sich dran zu haben, im Kragen, unter dem Tutu, im Haar, sie würde glatt die Deckel abmachen, dann könnten sie selbst entscheiden, wie sie das handhaben wollen mit Nähe und Distanz.

Der kleine Junge in seinem Drecksrosa wagt sich heran. »Wie viele sind da drin?«, fragt er, das Buch unterm Arm, tippt auf eine Schachtel und guckt begeistert zu Lucy hoch. Sie könnte sich wegschmeißen. Der sieht echt aus wie einem Bilderbuch aus den Fünfzigern entstiegen: blaues Auge, getrockneter Rotz unterm rechten Nasenloch. Lucy dachte, so werden die heute gar nicht mehr hergestellt. Heute sehen die Jungs doch alle aus wie Harry Potter.

»Tausendsiebenhundertneunundachtzig.«

»Woher weißt du das?«

»Steht doch drauf. Kannst du nicht lesen? Tausendsiebenhundertneunundachtzig Zikaden, eins fuffzisch.«

»Das sind aber keine Zikaden.«

»Echt?«

»Das sind Heimchen.«

»Dann haben die Loser hier das falsch ausgepreist«, sagt sie. »Wie heißt du eigentlich?« Aber er hat schon die Schachtel gepackt und ist auf dem Weg zur Kasse, sich bei den Frauen beschweren.

Lucy flirtet derweil mit einem männlichen Degu, 39,95, dessen Kumpel wie irre das hölzerne Laufrad bedient und auch nach wiederholtem Bitten nicht tauschen will, weshalb der eine Degu eben übrig ist und Lust auf Flirten hat.

Er kommt an die Scheibe und blinzelt mit seinen schön geschwungenen Augen, da kommt der Junge zurück.

»Du hast mich angelogen«, sagt er anklagend, und von der Kasse schauen die zwei Frauen böse her. Lucy braucht schon wieder neue Freunde.

»Na und?«, fragt sie und zwinkert dem Degu zu. Der zwinkert zurück. Vielleicht sollte sie den bei Pawel Schneu melden. Sie kennt schon seine Heimat, sein Hobby und was er frisst – das ist mehr, als sie über die meisten Menschen berichten könnte. Der Kleine zupft an ihrer Wattejacke.

»Man darf nicht lügen.«

»Ich schon. Du nicht.« Der Degu putzt sich mit seiner rechten Vorderpfote die bebende Nase. Wenn man mal eine Schautafel braucht für die Bedeutung von *possierlich*, sollte man ein Degumännchen darauf abbilden. Wie wohl die Deguweibchen aussehen? Mies wahrscheinlich.

»Du auch nicht. Keiner darf.«

Der Mensch ist die einzige Spezies, bei der die Weibchen die Tutus tragen.

»Ey, ich rede mit dir.«

»Guck mal, die eine Maus hat die andere gebissen.« Lucy zeigt auf das Terrarium vor ihm, das ihn aber gar nicht interessiert.

»Ich kann Mäuse nicht leiden«, sagt er.

»Ich auch nicht. Aber Kaufhaus Schönstedt auch nicht, wenn dich das beruhigt. Die werden als Lebendfutter an Schlangenbesitzer verkauft.«

»Du lügst schon wieder«, sagt der Junge mit fester Stimme, aber er guckt zweifelnd.

»Geh doch nach vorne, petzen. Die Ladys werden dir schon sagen, dass es stimmt. Wie alt bist du eigentlich?«

»Dich kann ich auch nicht leiden.«

»Na, dann hätten wir das ja geklärt. Ich dich auch nicht. Und wenn du mir nicht sagen willst, wie du heißt und wie alt du bist und was deine Hobbys sind, kannst du jetzt mal Leine ziehen, ich hab zu arbeiten.«

»Was arbeitest du?« Er ist einen Schritt näher an sie rangetreten, sein rosa Anorak drückt sich an ihr rosa Tutu. Zweimal Rosa in der Tierabteilung ist ein Versuch. Allerdings ein vergeblicher. Hier leuchten noch nicht mal die Goldfische. Und wahrscheinlich sind auch sie beide demnächst verblichen, wenn sie sich nicht bald verzupfen.

»Ich bin Kaufhausdetektiv.«

»Echt? Meine Hobbys sind Detektiv. Ich bin sechs.« O Gott, jetzt klebt er noch dichter an ihr dran und hält beide Hände hoch, sechs Finger ausgestreckt.

»Echt. Aber mit dir in deinem rosa Anorak bin ich zu auffällig. Ich muss ermitteln. Zieh Leine.«

»Okay.« Er hält ihr die rechte Hand hin. »Tschüss.«

»Hast du sie noch alle? Anfassen? Ich will mir doch nicht die Windpocken holen oder Läuse.«

Er zieht die Hand zurück, betrachtet sie, steckt sie ratlos in die Anoraktasche. »Ich hab keine Läuse.« Geduckt schleicht er los, Richtung Kasse.

Scham hat sie seit ungefähr zehn Jahren nicht mehr empfunden. Sie beschließt, sich noch ein Stündchen an seine Fersen zu heften. Wenn es sich ergibt, könnte sie ihm unterwegs einen frisch gepressten Orangensaft kaufen; der sieht aus, als bräuchte er Vitamine und zwei Eukalyptusbonbons. Der Junge ist sechs, hat einen rosa Anorak an, er liebt Bücher, kann aber nicht oder kaum lesen, er wurde kürzlich verkloppt, und er mag keine Mäuse. Für die übrigen

Fakten muss sie ihm dann noch hinterhergehen zur Bierbar im Untergeschoss. Manchmal ist Hellsehen keine Freude. Sie wird der Mutter aber nicht die Leviten lesen. Immerhin hat die ihn schon sechs Mal über den Winter gekriegt. In Lucys Obhut wäre er sofort krepiert. Dabei brauchen Kinder fast nichts, das weiß man ja.

»Ey, Kleiner, ich heiße Lucy!«, ruft sie und folgt ihm. Falls er sie gehört hat, dreht er sich jedenfalls nicht um. Die eine Kassiererin guckt strafend, als sie an der vorbeigeht. Die andere streichelt inzwischen einen Dackel mit ausgeleierten Zitzen, dessen Frauchen sich nicht entscheiden kann, welche Futterdose sie will, und sieht Lucy nicht. Bloß weg hier.

Im Untergeschoss steht sie im Dunst der Hähnchenbraterei an eine Säule aus rotbraunem Holzimitat gelehnt und schaut fassungslos der Mutter des Kleinen beim Biertrinken zu. Die Theke der Kellerkneipe *Zapfsäule* ist von kleinen Stehlampen in der Form gefüllter Biergläser beleuchtet. Die knuffige Barfrau kennt Lucy schon aus der Süßwarenabteilung im Eingangsbereich. Wahrscheinlich ist dort atmungstechnisch der beste Arbeitsplatz und die Bar im Keller der schlimmste, und das Kaufhauspersonal zirkuliert. Lucy erkennt die Mutter von dem dreckigen rosa Zwerg sofort, dafür muss man nicht hellsehen können. Die müde Frau Anfang dreißig mit dem feinen blonden Haar trägt eine angegilbte Bluse und hat eine halbvolle Biertulpe vor sich stehen. Rechts und links sitzt jeweils ein Mann, von denen einer im Gegenzug für ein paar schöne Stunden ihren Wochenendeinkauf bezahlen wird. Es ist nur noch nicht raus, welcher. Unter ihrem Hocker kauert verschämt ein abgenutzter Schulranzen mit Delphinen drauf.

»Achtung, eine Personaldurchsage. Paulchen Panther bitte an Treppe eins einfinden. Paulchen Panther, bitte.« Knacken im Lautsprecher. Alles hier ist wie in Aspik. Der Mann rechts neben der Mutter hat gerade langsam die schwere weiße Hand gehoben, um zwei Bier zu ordern. Der links von ihr zieht einen Stielkamm aus seiner Hosentasche und fährt sich ein paarmal durch die Haare. Die Blonde guckt nicht hin. Traumschiffmucke geht an. Seltsamerweise kommt der Kleine nicht. Lucy verrottet, hat sie das Gefühl, während sie sich hier unten im Herrschaftsbereich des *Fruitinators* aufhält. Daran ändert auch das bunte Obst in seinem Display nichts, das von einer fröhlichen Oma bedient wird, oder ist es umgekehrt: bunte Oma, fröhliches Obst? Sie hat sich einen hellbraunen Barhocker vor den Spielautomaten stellen lassen, darauf sitzt sie nun sehr aufrecht und drückt mit knallroten Krallen den handtellergroßen Obststoppknopf des Fruitinators. In der anderen Hand hat sie ein Weinglas. Der vor sich hin kichernden Lady geht's trotz ihres von den Jahren verbogenen und verzogenen Körperchens blendend. Lucy eher nicht so. Sie hat Hunger. Und Durst. Und Heimweh. Wo bleibt der Kleine nur? Noch zehn Minuten in dieser feuchten dunklen Bierschwemme, und man kann Most aus ihr machen.

Als der Linke unvermittelt seine Hand auf den Arm der Mutter des Kleinen legt und es im Fruitinator klimpert, fällt auch bei Lucy der Groschen: die seltsame Durchsage bezüglich Paulchen Panther vor einer halben Stunde. Rosa. Na klar, das hat mit dem Kleinen zu tun. Zumindest lohnt Nachgucken sich. Was wurde durchgesagt? Treppe eins?

Sie nimmt die Rolltreppe ins Erdgeschoss, genießt glückselig das Auftauchen. Blöderweise gibt es hier kein für Kunden zugängliches Treppenhaus. Bloß geradeaus die Personaltreppe. Daneben ist ein kleines Pult, auf das gerade eine Frau im Bleistiftrock eine Plastikkarte hält; sie klinkt die Tür auf und verlässt die Verkaufsfläche. Lucy hechtet vor, ergreift die Türklinke, zieht, aber die Tür ist schon zu. Und nun? Während sie dasteht und auf einer ihrer schwarzen Locken kaut, stellt die Frau in hellblauem Mohair, bei der Lucy das Kinderbuch gekauft hat, sich neben sie. Lucy macht einen erschrockenen Schritt zur Seite. Wieso merkt die nicht, dass sie quasi in Lucy drinsteht? Gut, dass man mit dieser Art Eindringen keine Kinder machen kann, sonst wäre die Erde schon längst wegen Überbevölkerung ins All gekippt, weil verdammt noch mal keiner auf diesem bescheuerten Planeten spürt, wo er selbst aufhört und wo die anderen anfangen. Die Frau mustert die Haare kauende Lucy, aber bevor ihr eingefallen ist, wie sie sie weiter belästigen kann, geht die Tür auf, und Lucy blickt in ein ungewöhnlich geräumiges Treppenhaus. Ein ungefähr sechzigjähriger Mann mit zwei Paar Boxhandschuhen am Handgelenk und der kleine Rosane kommen ihr entgegen, dahinter freudig glühend BH-Lea.

»Ich muss dann mal wieder. Die warten im Fitnessstudio auf mich«, murrt der Boxer. »Tschüss, Tom.«

Tom (!) hebt einen Arm, aber der Boxer hält nichts von Abklatschen und geht rüber zu den Fahrstühlen. Lea schaut ihm sehnsüchtig nach.

»Das hast du gaaanz toll gemacht«, sagt jetzt die Frau neben Lucy, die in ihren eisblauen Pullover gezwängt ist wie einst Lucys Teddy in ein Barbiekleid. »Ich hab dir was mitgebracht.« Sie überreicht ihm eine Tafel Vollmilch mit ganzen Smarties drin.

»Sie haben doch gar nicht gesehen, ob und was er toll gemacht hat«, sagt Lucy. »Sie lügen ihn an. Das ist ja wohl das Letzte. Und was ein Übermaß an Schokolade anrichten kann, und eine ganze Tafel ist definitiv zu viel, sieht man ja an Ihnen.«

Die Frau sieht nicht aus, als hätte sie Lucys Kritik verstanden.

»Quatsch, der Junge braucht Lob«, sagt sie. »Lob hat noch keinem geschadet. Wer sind Sie überhaupt, hier unverschämt zu werden …«

»Lucy Schröder«, sagt Lucy. »Und um beim Thema zu bleiben: Falsches Lob braucht er definitiv nicht, der ist doch nicht doof.« Der Kleine guckt verständnislos und schiebt sich die Schokolade zur Sicherheit in den Hosenbund. Lucy will eigentlich noch verschiedene andere Dinge sagen, da hakt die auberginefarbene Lea sich bei ihr ein und zieht sie mit sich.

Gegen Lea ist man machtlos. Das kennt Lucy schon. Deshalb hat sie neue Unterwäsche.

»Der Kleine lernt boxen«, erzählt Lea gut gelaunt. »Der kam hier immer heulend an nach der Schule. Zwei Wochen lang haben wir ihn getröstet und betüttelt. Aber das bringt ja nichts.«

»Meine Rede«, sagt Lucy. »Wo wohnen Sie?«

Lea Hellmich hebt eine Augenbraue. »Kinder sind knallhart«, sagt sie dann. Versager werden sofort identifiziert und nach Möglichkeit ausgemerzt.«

Davon kann Lucy ein Lied singen. Und sie war nicht mal ein Versager. »Wer bezahlt?«, fragt sie.

Frau Hellmich guckt fragend.

»Na, die Trainingsstunden hier.«

»Achim gibt sowieso um zwanzig Uhr oben im Fitnessstudio einen Body-Combat-Kurs. Der trainiert Tom gerne, quasi zum Aufwärmen.«

Lucy schiebt den Kopf vor und guckt Lea Hellmich aus geringer Entfernung in die Augen. Lila Lidschatten, der Wahnsinn. »Erzählen Sie mir doch nichts. Außer Ihnen macht niemand was für umme.« Lea Hellmichs rechtes Augenlid flattert. Ha! Treffer. »Dachte ich's mir doch«, fügt Lucy zufrieden hinzu. »Also, raus mit der Sprache: Wie viel haben Sie dem Boxer bezahlt, damit er einen kleinen Loser trainiert, den er total unter seinem Niveau findet?«

»Ich koche ihm zwei Sonntage im Monat Schweineschnitzel mit Rotkohl. Seine Frau hat ihn letztes Frühjahr verlassen.«

»Und ausgerechnet das Schnitzel fehlt ihm am meisten? Das ist jämmerlich.«

Lucy will jetzt mal gehen. Doch leider ist Lea nach wie vor bei ihr eingehakt und merkt nicht, wie Lucys ganze linke Seite juckt und zuckt. Wo will die denn hin mit Lucy? Rechts von ihnen, auf einer der Sonderverkaufsflächen, sprüht ein Mann sich ein Parfüm vorne ins Hemd. Lea duftet auch atemberaubend. Gleich muss Lucy brechen von dem ganzen Parfüm. Sie macht sich los.

In ihrem Rücken sagt Lea: »Das Schnitzel fehlt ihm am wenigsten, aber dass ich ihm geben könnte, was ihm am meisten fehlt, fällt ihm leider nicht auf.« Lucy dreht sich um. Da steht eine traurige Frau, ganz und gar aus Liebe gemacht. Leider ist Liebe keine gute Bausubstanz.

»Okay. Verstehe. Sorry. Das haben Sie nicht verdient.«

Jetzt muss sie aber wirklich los und alles aufschreiben, was sie erfahren hat. »Ich muss los.«

Dummerweise hakt Lea sich wieder bei ihr ein, und in Leas Wolke aus morgenländischen Düften wehen sie durch das Kaufhaus – glücklicherweise Richtung Ausgang. Lea schaut auf die kleine goldene Uhr an ihrem Handgelenk. »Ich muss Margarete Fiebig noch die Messer abnehmen.«

Lucy bleibt stehen. »Dann haben Sie die auch gesehen?«

»Ja, Margarete ist jeden zweiten Tag hier. Kriegt ihren Gratis-Kaffee, bleibt oft bis Ladenschluss.«

»Aber was hat es mit den Messern auf sich?«

»Keine Ahnung. Wir müssen uns beeilen.« Sie packt Lucys Hand und zieht sie mit sich. Hand in Hand wie alte Freundinnen sprinten sie in Richtung Süßwarenabteilung und sehen jetzt tatsächlich die magere alte Frau in ihrem kamelfarbenen Mantel zum Ausgang zuckeln. Gerade hält sie inne, um den obersten Mantelknopf zu schließen. Zehn Meter noch. Lea Hellmichs Busen bebt. Lucy findet gut, dass sie selbst keinen bebenden Busen hat. Sie ist auch schneller als die Verkäuferin. Doch bei den Pralinen werden sie von dem Knuffel in Cordhose und Ökosneakers aufgehalten. Er guckt, als hätte ihn jemand gehauen. Der Beruf des Detektivs hat in Lucys Augen innerhalb eines Tages enorm an Attraktivität verloren. Der Mann hebt den Arm.

»Frau Hellmich, wenn ich das recht sehe, sind Sie seit geraumer Zeit nicht bei den Miederwaren gewesen, wo sich doch Ihr Arbeitsplatz befindet. Erfreuen Sie mich mit einer sehr guten Erklärung, oder Sie bekommen diesmal wirklich eine Abmahnung.« Er wippt vor und zurück vor Unbehagen darüber, streng sein zu müssen.

Während Lea ein zerknirschtes Gesicht aufsetzt, sagt sie

leise und wie beiläufig zu Lucy: »Geh, mach du das, du weißt schon«, und schiebt sie von sich weg. Lucy sieht, dass die alte Frau gleich die Klaumeldeschranke im Eingangsbereich erreichen wird, hinter sich hört sie Lea die Worte *Migräne* und *Übelkeit* aussprechen, woraufhin der Mann betroffen schnauft und Lea Hellmich sanft in den Arm nimmt. Dazu brummt er beruhigende Laute. Erst rollt sie noch genervt mit den Augen, aber bald schon erstirbt ihre Abwehr, sie entspannt sich, schließt die Augen.

Lucy, so gern sie bei dieser phänomenalen Szene verweilen würde, gibt Gas, schiebt mal eben eine Frau mit Kinderwagen zur Seite, als wäre sie der Hulk persönlich, erreicht kurz vor der Glastür mit ausgestrecktem rechtem Arm die alte Frau, fährt einmal mit der Hand über deren Mantel, sammelt die Messer ab. Die merkt das gar nicht, wackelt weiter. Im selben Moment setzt das Gellen der Schranke ein, Lucy hat sich nicht rechtzeitig abgefangen, ist wie beim Staffellauf noch ein Stück mitgelaufen, hat jetzt drei Küchenmesserchen in der Hand, eins mit blauem Griff und zwei mit roten Griffen. Neben ihr blinkt es wie irre, Leute gucken her, mit dem rechten Fuß steht sie hinter der Schranke. Aber die Oma ist durch, dreht sich nicht um. Vielleicht ist sie schwerhörig und kriegt gar nichts mit von dem Getöse. Jetzt legt sich auch noch eine Hand bleischwer auf Lucys Schulter. Der Mann, zu dem sie sich umdreht, ist aber nicht der Detektiv. Er ist sehr groß und sehr dünn, hat eine rote Uniform an, die mit ihren goldenen Troddeln aussieht wie die eines Zirkusdirektors oder Löwenbändigers. Entgegen seiner pompösen Aufmachung wirkt er, als wäre er mit grauem Haferschleim aufgezogen worden. Interessante Erscheinung, unnütz lange Wimpern. Trotzdem: Nichts wie weg. Er läuft ihr natürlich nicht hinterher. Die Uniform erfordert einen würdevollen Gang.

Als sie auf den Kottbusser Damm abbiegt, sieht sie die alte Frau an der Ampel stehen. Sie stellt sich vor sie, hält der Verdutzten die Messerchen hin und sagt: »Hier, das sind Ihre.«

Die Frau hebt die Hände. »Nein, nein, die gehören mir nicht«, sagt sie sehr glaubwürdig. Offensichtlich klaut sie nicht absichtlich. »Wer sind Sie überhaupt? Was wollen Sie von mir?«

»Mein Name ist Bond.« Und bevor Lucy *James Bond* sagen kann, erwidert die Frau: »Angenehm, Fiebig.«

»Die Messer hier …«, sie hebt die Messer noch mal hoch, »hab ich …« Aber da hat die alte Dame sich schon mit einem »Die Kartoffelmesser von Schönstedt kann ich empfehlen, meine Liebe, davon hab ich auch einige zu Hause« abgewandt und dackelt in ihren ausgetretenen Schuhen über die Kreuzung.

Lieber Enno,
falls du morgen auf YouTube ein Filmchen siehst, in dem eine Frau in oranger Wattejacke und rosa Tutu im Kaufhaus Schönstedt von einem roten Nussknacker verhaftet wird, aber fliehen kann: Das bin ich. Außerdem hab ich eine Frau kennengelernt, von der das Alter außer Höflichkeit nichts übriggelassen hat. Nur Wracks trudeln hier rum, und ausgerechnet ich soll in die Psychiatrie.

Mein ganzer Körper summt wie ein Bienenstock.
Ich zittere mich vom Futon zum Fenster und zurück. Ob ich je wieder Ruhe finde? Das da draußen war Stress. Es geht schon damit los, dass ich nie von A nach B komme, ohne jemanden anzurempeln, was ja okay wäre, wenn mich das Rempeln befriedigen würde. Aber es befriedigt mich nicht.
Da kommt vorhin auf der Höhe vom Restaurant Hasir, wo Tische den halben Bürgersteig verstellen, so eine Elfe Arm in Arm mit ihrem Freund. Die ist perfekt zurechtgezupft und riecht nach Parfüm für vierhundert Euro. Und die zwei ziehen noch nicht mal in Erwägung, ein Schrittchen zur Seite zu treten, damit auch die ranzige Lucy Schröder Platz hat. Also spanne ich meinen Körper an, gehe einen Schritt schneller und stoße ihr meine Schulter in ihre nicht vorhandenen Brustmuskeln. Sie schreit auf vor Empörung, ihr Freund muss sie trösten.
Jedenfalls bin ich hinterher in Zorn getränkt und schleiche triefend und schlotternd durch die Kälte nach Hause, und es geht mir schlecht. Aber das sein lassen und zur Seite treten kommt im entscheidenden Moment nie infrage. Würde ich ihnen nämlich Platz machen, sie würden nicht den Blick heben und sich mit einem Lächeln bedanken. Nein, sie fänden selbstverständlich, dass jemand wie ich jemandem wie ihnen Platz macht. Ich bin der Golem. Aus Dreck und Lehm zusammengepappt.
Jetzt weine ich fast. War wohl doch alles ein bisschen viel heute. Mein einer Tag in der Berufswelt. Die meisten Menschen halten sich da ihr Leben lang auf.

Immerhin hab ich fürs Wochenende eine Tüte Obst geschenkt gekriegt und esse die ganze Zeit Litschis. War zu schwach, dem Obsttypen zu sagen, er soll sich zum Teufel scheren. Morgen nehme ich einfach die andere Straßenseite. Wobei, da hockt die Bettlerin, die mich immer an der Jacke zieht. Hast du heute auch Leute angerempelt? Nein, du machst das nicht. Du führst ein Leben. Du weißt, wie das geht. Trotzdem, kein Anlass zu Hochmut. Bleib schön bescheiden. Sauber und bescheiden. Und hör verdammt noch mal auf, mich zuzutexten.
Yours, Lucy

Nach einer Stunde Schlaf setzt sie ihre Batman-Schlafbrille nicht ab, sondern tastet sich zum Kühlschrank unter dem Fenster vor, holt nach einem konkreten Gewichtsvergleich zwei der vier angefangenen Raviolidosen raus und gießt die eine vorsichtig in die andere. Wo sind nur die Löffel? Mit dem Korkenzieher kann man nicht essen, aber mit dem silbernen Servierlöffel ihrer Großmutter. Weil Blinde Kuh so Spaß macht, will sie gleich noch mehr Spaß. Sie parkt die Dose neben dem Bett, tastet sich zu ihrem Skateboard vor und geht damit in die Mitte des Zimmers, von wo aus sie plant, die Dielen entlangzusegeln wie Johnny Depp den Äquator, aber dann knallt sie gleich mal gegen das Materialregal. Sich den Kopf haltend, schleppt sie sich zurück zum Bett. Dass davor die Dose stand, hat sie vergessen. Mist. Sie setzt die Schlafbrille ab, holt sich aus Zoës Zimmer einen weißen Pullover und wischt die Sauerei damit weg.

Sie braucht viel Schlaf an diesem Wochenende. Noch nie war sie so müde. Dabei sind draußen elf Grad und Sonne, und das am 24. Januar. Aber Kaufhaus Schönstedt war ein ziemliches Wechselbad der Gefühle, jede Etage ein anderes Becken mit anderer Temperatur – ziemlich belastend für den Kreislauf, aber wahrscheinlich irre gesund. Die können die schicken Luxusthermen an den Stadträndern glatt schließen. Einfach jeder einmal die Woche ins Kaufhaus. Da heizt es einen richtig durch. Da fühlt man alles, von Wut und Hass über Zärtlichkeit bis hin zu einem Heulbedürfnis, wie man es noch nie hatte.

Den kleinen Piepel von obendrüber hat sie Falafeln holen geschickt. Den kennt sie, weil er immer für sie zur Post geht und Sachen erledigt. Im Gegenzug zahlt sie ihm alles, was er an Geld so braucht, für Schokoriegel und Schulbücher. Sein Vater arbeitet im Schichtdienst und bringt nicht so die Punkte. Seit zwei Wochen hält der Kleine sich häufiger bei ihr auf. Sitzt im Flur, guckt Filme, stört nicht, pullert im Sitzen. Der ist irgendwie mickrig neuerdings, fand sie, als er eben reingekommen ist und demütig gefragt hat, ob er bei ihr Film gucken darf. Auf die Frage, ob alles in Ordnung ist, hat er nur geguckt wie ein angeschossenes Reh und genickt. Sie hat gesagt, er darf sich was zu essen aussuchen. Da hat er sich Falafeln gewünscht. Seltsame Wahl für ein Kind. Aber das tut ihr sicher auch gut, mal anderes Gemüse als Tomatensoße.

Und während er jetzt im Flur *Transporter – The Mission* guckt und sich die Hälfte der Zeit die Augen zuhält, lötet sie in ihrem Zimmer ein neues Objekt zusammen. Nicht direkt eine Schneekugel, vielleicht irgendwann mal, ganz am Ende. Es ist ein fahler Fisch, inspiriert zu gleichen Teilen von Pawel Schneu und dem Essen in der Cafeteria. Er ist achtzig Zentimeter mal einen Meter dreißig groß und speit, wenn alles glattgeht, Zettel aus, die wie Lose aussehen und Botschaften enthalten.

Wer im Glashaus sitzt, sollte sich besser im Dunkeln ausziehen.

Verstand ist etwas, das man verlieren kann, ohne es je besessen zu haben.

Es macht Spaß, diese Sprüche im Internet zusammenzusuchen und einzuspeichern. Sie braucht noch gutes Papier und gute Tinte, meergrün vielleicht, und einen kleinen Computer muss sie in Auftrag geben, der die Sätzchen nach dem Zufallsprinzip auswählt. Nach zwei Stunden hat sie dreißig Sprüche zusammen, aber sie braucht viel mehr. Das Publikum, wo auch immer der Fisch sein Publikum finden wird, kann ihm die Flosse drücken, und ein Zettel landet daraufhin in seinem Maul. Mal sehen, ob sie hinkriegt, dass man den Zettel an den perlmuttglänzenden Fischzähnen abreißen kann. Erst mal ist sie noch beim Drahtgestell für den Corpus. An der Flosse hat sie die Papierbespannung und die Folie für die Schuppen schon getestet. Das wird ein größeres Projekt. War gar nicht so geplant, macht aber Spaß.

Zwischendurch skatet sie mit dem Piepel durchs Zimmer, aber er hat Schiss, was wahrscheinlich gut ist, weil er nie auf die Fresse fällt, sie aber andauernd. Hinterher darf er sich an ihrem langen Tisch eine grüne Cap beschriften.

»Bin ich nicht cool?«, fragt Lucy, während er die Klebebuchstaben hin- und herschiebt, weil ihm kein Wort einfällt. »Skaten und so …«

»Mein Papa ist cool, du bist lieb«, sagt er, ohne aufzublicken.

»Krasse Fehleinschätzung, Piepel, du musst noch viel lernen«, sagt sie und zieht die Schachtel mit den Buchstaben zu sich ran, aber ihr fällt auch nichts zu ihm ein. Am Ende nimmt er *Transporter.* Sie hilft ihm mit den Buchstaben und beißt sich auf die Zunge, damit ihr nicht rausrutscht, dass *Transporter* debil ist. Dann heult der nur, und das will sie aus naheliegenden Gründen vermeiden.

Sie legt sich hin, er verzieht sich in den Flur auf seinen geliebten blauen Sitzsack, den sie für ihn hat nähen lassen. Hat mehrere Folgen, der *Transporter*-Kram.

Nach einem ausgedehnten Mittagsschlaf wacht Lucy mit einer Begeisterung auf, die sie so schon lange nicht mehr verspürt hat und befremdlich findet. Als wäre in ihrem Mittagsschlaf Alkohol gewesen.

Die Batman-Schlafbrille noch auf den Augen, macht sie, die Beine in die Luft gereckt, eine Runde Fahrradfahren – Mandala-Meditation hat ihre Großmutter das genannt, und sie haben das vor drei Leben zusammen auf dem Fußboden gemacht, Lucys Karfoffelstampferbeinchen in der Luft, daneben schlanke Beine an der Großmutter, und sie haben eine Viertelstunde durchgehalten. »Das ist wie Heizen: Täglich absolviert, wirkt es Wunder«, pflegte sie zu sagen. Wie schon erwähnt, war sie leicht gestört, aber auf eine lustige Weise. Als Lucy die Schlafbrille abnimmt, sieht sie den Piepel auf ihrer Bettkannte hocken und sie anschauen.

»Spinnst du? Mich so zu erschrecken!«

»Du siehst aus wie meine Barbie, als ich ihr die Haare abgeschnitten hab«, sagt der Piepel versonnen.

»War deine Barbie da schön oder hässlich?«, versucht Lucy rauszukriegen, ob es sich bei dem Satz um ein Kompliment handelt.

»… voll schön …«, seufzt der Piepel. Na, da kann der Herr Vater sich ja schon mal auf das Coming-out seines Nachwuchses freuen.

Sie schickt ihn in den Flur, die Falafeln holen und aus der Küche Besteck. Er bringt begeistert zwei Paar pinke Stäbchen, die den Zwillingen gehören, und dann hocken sie nebeneinander auf dem Futon und versuchen, mit Stäbchen Falafeln zu essen, was weniger aufregend ist, als es klingt, aber für den Kleinen reicht es.

Lucy mailt Enno für alle Fälle mal wegen des Computers, der in ihren Fisch kommt; vielleicht ist er mit einem Auftrag zu locken, wenn ihn ihr aufregender Alltag schon seit drei Monaten nicht zu irgendeinem Kommentar veranlassen kann.

Nachdem sie zwei Minuten gewartet hat und natürlich keine Antwort kommt, holt sie ein neues Heft aus Zoës Zimmer und notiert, was sie über ihre Freunde Lea und Tom weiß und über die magnetische Margarete. Das ist gar nicht so wenig. Man muss mit den Menschen Erlebnisse erleben, dann bekommt man die Informationen viel leichter als durch Abfragen. Allerdings stimmen die Informationen dann nicht mit hundertprozentiger Sicherheit, sondern basieren auf Interpretation und Intuition. Dass Lea in den alten Boxer verliebt ist, hat sie ja nicht ausdrücklich gesagt, aber das war schon zu sehen. Ob solche nicht verifizierten Informationen Pawel reichen? Auch dass die Mutter den Jungen vernachlässigt, man weiß das ja nicht ganz genau … Ob sie Pawel mal anrufen sollte und nachfragen, welche Art Informationen er braucht? Ach, nee, schon von dem Gedanken wird ihr ganz flau im Magen. Und da fällt ihr Friedemann vom Lieferservice ein, sie haut sich die flache Hand vor die Stirn. Irre! Sie kennt den ja. Und auch den Piepel! Sie kennt ja längst Leute, sie hatte die nur nicht als menschlichen Kontakt gewertet. Und jetzt noch die ganzen neuen Leute aus dem Kaufhaus dazu: Sie braucht nie mehr rauszugehen. Sie ist frei, frei, frei! Pawelino kann sie mal.

»Wie heißt du eigentlich?«, fragt sie den neben ihr auf dem Futon lungernden Piepel, spießt ein Falafelbällchen auf und schiebt es sich ganz in den Mund.

»Valerie«, sagt der Piepel und guckt treuherzig aus hellblauen Augen zu ihr auf.

Lucy hustet Kichererbsenteilchen über ihr Bett.

Als das Kaufhaus Schönstedt am Montag endlich aufmacht, ist wahrscheinlich keine der sieben Omas, die vor ihr durch die Glastür stürmen, so erleichtert wie Lucy.

Heute muss sie noch einmal hierher, weil die grausamen Zwillinge nachher hoffentlich ausziehen und sie ihnen nicht begegnen will. Sie ist lieber schriftlich mutig. Im direkten Kontakt hat sie Angst vor denen. Sie wird den Tag nutzen, die schon kennengelernten Leute noch genauer auszuspähen. Dann hat sie Material satt für Pawelino und kann sich erstens ihre Jeans kaufen und sich zweitens darin zum Winterschlaf hinlegen.

Aber so ganz stimmt das nicht. Sie ist nicht nur hier, weil

sie muss. Sie wollte herkommen. Schon seit gestern Abend. Ihre Wohnung schien plötzlich kein sicherer Ort mehr zu sein. Es ruckelte und rumpelte darin, als wäre Lucy ein unverdauliches kleines Tier, das aus Gründen der Selbsterhaltung ausgespien werden müsste. Ihre Lieblingstasse stürzte sich vom Küchentisch und zerbarst in ein Puzzle für Fortgeschrittene. Das war nicht wirklich schlimm, weil sowieso der Kaffee alle war. Auf dreien der angefangenen Raviolidosen im Kühlschrank war Schimmel, Lucys linkes Lid zuckte. Die Schneidezähne taten ihr weh. Zudem hatte ein Teil von ihr praktisch schon seit der Morgendämmerung um halb fünf den einen Ärmel der Wattejacke übergestreift und wollte los, mehr von den Gummibärchen holen, die ganz anders waren als jene, die Friedemann liefert: aromatisch wie von kleinen Insekten umschwirrte Brombeeren auf einem sonnenbeschienenen Hang. Innerhalb von einer halben Stunde hatte sie am Vorabend alle aufgegessen, hatte sich berauscht, sich in Genuss regelrecht verloren. Stundenlang war ihre Spucke Ambrosia. Dabei ist Punkt drei auf der mittlerweile achtundfünfzig Punkte umfassenden und mit *GILTENTE GESETZE!* überschriebenen Tapetenrolle, die sie mit acht an ihre Zimmertür gepinnt und über die Jahre immer weiter vervollständigt hat: *Täglich nicht mehr als drei Gummibärchen (Versteck ist bekannt).* Die Orthografie musste sie mit den Jahren aufhübschen. Wer weiß schon mit acht, wie Gummibärchen geschrieben wird. Punkt drei wurde besonders oft überklebt, weil die Zahl der zu essenden Gummibärchen sich ungefähr in Lucys vierzehntem Lebensjahr drastisch verringert hat. Von zehn Stück auf eins, heute sind es wieder drei. Das hatte damals mit Rodschers Tod zu tun, auf den später wahrscheinlich leider noch eingegangen werden muss.

Kinder lieben ihre Eltern bedingungslos. Das ist ein ziemlich bescheuertes Naturgesetz. Besser wäre es, sie würden, falls ihre Eltern ungeeignet sind, ihren abgewetzten blauen Rucksack nehmen und damit zu Leuten umziehen, die versprechen, sie zurückzulieben. Aber das kommt praktisch nie vor.

Als Lucy fünf war, erwischte ihr Vater sie in der Küche bei einer Versuchsreihe zum Küssen. Woraufhin er Lucy mitteilte, dass er sie auch ins Heim geben könne, dass er das sogar schon öfter erwogen habe, und nur weil er so ein guter Mensch sei, ertrage er die Belastung, die für einen Witwer ein Kind, noch dazu ein ungestümes, ungehorsames, mit sich bringe. Sie solle ihm danken.

»Danke«, flüsterte sie.

Stefan, der noch kleiner war als die eh schon kleine Lucy, stand währenddessen stocksteif und mit schreckgeweiteten Augen an Lucys Stuhl, krallte sich in den Tisch, Lucys Hand trostlos auf seiner, und hatte die Augen zugekniffen. Statt auf Lucy ging die Schimpfe auf ihn nieder. »Frühreif«, »ekelhaft«, »faul« – obwohl die Vokabeln ihre Wirkung nicht verfehlten, konnte der Kleine sie im Detail nicht verstehen. Jetzt hatte er Spuckespritzer des fremden Vaters auf der Stirn, auch das Wort »Geifer« kannte er noch nicht.

Lucy flüsterte ihm von hinten zu, er solle gehen, und gab ihm einen kleinen Stoß, aber er konnte nicht, er kam nicht weg. Er kannte, im Gegensatz zu Lucy, diese Art alkoholbeförderter Lust an der Grausamkeit nicht und hatte ihr demzufolge nichts entgegenzusetzen. Dabei hatte es gerade angefangen, interessant zu werden, da Lucy nämlich ihre kühlen Handflächen an seine Wangen gelegt hatte und das Nacktschnecke-im-Mund-Gefühl einem herrlichen Ziehen im Bauch gewichen war. Doch das war jetzt Geschichte. Ur- und Frühgeschichte gewissermaßen, von jeder Menge Schlachten und Kriege überlagert. »Halbnackt«, sagte der fremde Vater, dabei hatten sie so viel an wie normal, das Wort »Flittchen« hatte Stefan schon gehört. Zum Glück nahm der Mann Stefan bald am Kragen und stellte ihn in die Küchentür, von wo aus er sich davonstehlen konnte.

Lucy, jetzt leider im Blickfeld ihres Vaters, seufzte.

»Und hör auf, die Kerze hier an- und auszupusten, das ist nicht niedlich und schon gar nicht besonders, falls du das dachtest. Das kann jeder. Du bist nichts Besonderes.« Er wurde mit jedem Wort lauter und sah aus, als werde er sie gleich zum ersten Mal schlagen. Aber er griff ihr nur ins Haar. »Ungepflegt auch noch. Gut, dass deine Mutter das nicht erleben muss.«

»Pah.« Tränen in den Augen, schaute Lucy trotzig zu ihm hoch, aber obwohl er ihren Blick direkt erwiderte, sah er sie nicht in seinem Zorn. Wieder und wieder fuhr er mit der flachen Hand durch die Luft – schnell, hart, unerbittlich. Da hätte er Lucy auch schlagen können. Und dann sagte er, schon im Weggehen, die Worte, die alles ändern sollten: »Es ist unbescheiden, Liebe zu wollen. Schau doch in den Spiegel. Einer wie dir wird nichts geschenkt. Also nimm erst gar nichts an, oder bezahl sofort, sonst holt sich das Schicksal das, was du am meisten liebst.«

»Der Königin ihr Kind«, sagte Lucy und wischte sich mit dem Ärmel übers Gesicht.

Kopfschüttelnd ging er zurück in sein Zimmer und schloss die Tür hinter sich.

Lange stand Lucy noch im Flur und hoffte in Richtung dieser Tür. Hoffte im Grunde die ganze Zeit. Zwei Jahre ungefähr. Bis sie an ihrem siebten Geburtstag aufhörte zu hoffen.

Dabei fing alles vielversprechend an. Lucy konnte sich neuerdings abends etwas vorlesen, und Thomas Schröder war seit Tagen gut gelaunt. Man hatte ihn befördert, Umweltschutz hatte neuerdings eine Lobby, und er verfügte plötzlich über ein Büro mit Ausblick und Zimmerpflanze und eine lächelnde Sekretärin, die einen Keks auf seine Untertasse legte. Und weil er gut gelaunt war, erinnerte er sich unglückseligerweise daran, wie es für ihn als kleinen Jungen das Größte gewesen war, gemeinsam mit seinem Vater mit freiem Oberkörper männermäßig Spaghetti zu essen. Und unter anderem weil ihm kein passendes Geschenk einfiel und er nicht wagte, die nagelneue Sekretärin mit dem Kauf eines solchen zu beauftragen, beschloss er, Lucy der Einfachheit halber so ein gemeinsames Essen zu ihrem siebenten Geburtstag zu schenken.

Aber wie sie da mit ihrem schmächtigen, bleichen Spinnenkörper ihm gegenüber am Küchentisch saß und ängstlich zu ihm herschielte, da begriff er, dass das ein Fehler gewesen war – dass er das nicht konnte. Seine Marianna war tot. Und dieses struppige, unfertige Tier wagte es, lebendig hier herumzusitzen, Kinn kaum an der Tischkante, so klein war es, linkisch vor sich hin zu fressen und Marianna dennoch ähnlich zu sehen. Mit knirschendem Kiefer würgte er seine Spaghetti herunter, fand es unwürdig, halbnackt zu sein mit einem fremden Kind. Auch noch den von ihr gekochten Schokoladenpudding zwang er halb herunter; als er jedoch ein Klümpchen darin fand, konnte er sich nicht länger beherrschen, warf brüllend die Schüssel gegen die Wand und stürzte aus der Küche. In seinem Zimmer hörte Lucy ihn weinen und grollen, aber sie drückte den Rücken durch und ging ins Bett.

Da sie sich von nun an noch seltener sahen und es kaum Berührungspunkte zwischen ihren Lebenslinien gab, beschränkten sich die Erziehungsmaßnahmen auf wenige Regeln, die eher allgemein ausfielen:

- *Nicht mit einem dicken Bauch nach Hause kommen*
- *Nicht von der Polizei heimgebracht werden*
- *Wenn ich dich bis in mein Zimmer höre, bist du zu laut*
- *Wenn ich zur Schuldirektorin bestellt werde, bist du zu auffällig*
- *Haushaltsgeld: 200 Mark pro Monat – wenn es nicht reicht, machst du was falsch*

Lucy umgab sich mangels väterlicher Erziehung mit einem eigenen Regelwerk wie mit einem Futteral, blieb fortan in ihrem Zimmer und durchquerte den Rest der Wohnung in größtmöglichem Tempo. Was für Regeln gebraucht wurden, schaute sie sich bei ihren Klassenkameraden ab: Für Vergehen gab es wahlweise Fernsehverbot, Stubenarrest oder Süßigkeitenentzug. Die meisten Kinder mussten um sieben zu Hause sein, um acht im Bett. Lucy stellte auch noch bestimmte Gedanken (Mama, Omi) unter Strafe und verordnete sich später ein Klimmzug- und Liegestützprogramm und einen Notendurchschnitt, der wegen ihrer geringen Begabung für die Naturwissenschaften naturgemäß kaum zu schaffen war, was wiederum zu Strafen führte.

Auf diese Weise war ihr Leben begrenzt wie das der anderen Kinder.

Den Schokoladenpudding kratzte ihr Vater eine Woche später selbst von der Wand und spülte das Spaghetti-Geschirr. Darauf war Lucy zu Recht stolz. Allerdings trank er dazu eine halbe Flasche Rotwein und konnte demzufolge nicht lernen, was aus dem Unglück zu lernen gewesen wäre.

In einer gewissen Hast steuert Lucy als Erstes die Tierabteilung gleich am Eingang an, um sich zu akklimatisieren. Die Tierabteilung ist von allen am wenigsten schönstedtisch. Schade, dass hier keine Bänke stehen. Tief atmet sie Heu und dunklere Futtergerüche ein. Für den Kleinen hat sie einen Apfel in der grünen Felltasche, aber zum Glück ist da erst mal kein rosa Anorak weit und breit. Immerhin sind schon drei Omas anwesend, und zwar bei den Kaninchen. Das eine hat kaum noch was von seinem schwarzen Fell, weil es immer so geliebt und an Mäntel gepresst wird. Ob die das am Ende abschreiben, quasi wie einen Tester bei den Parfüms? Kaufen wird das jedenfalls keiner.

Die Degus sind auch noch nicht freigekauft worden, alles ist wie gehabt: Der eine macht Frühsport, der andere klimpert mit den Wimpern. Aber heute ist Lucy nicht nach Flirten. Dieser Degu macht sich doch in seiner Hoffnung auf ein wenig Zerstreuung wahllos an alle ran, die nicht schnell genug vorbeigehen. Stattdessen sollte er lieber dem anderen Degu zeigen, wo der Hammer hängt und dass er gewillt ist, um das Laufrad zu kämpfen.

Zwei Mini-Echsen ziehen Lucys Aufmerksamkeit auf sich, weil sie auf dem Rücken liegen und an die Decke gucken. Das kennt Lucy, das macht sie auch, wenn sie kurz vorm Sterben ist. »Pantherchamäleon, 169,99« liest Lucy und hält ihren orangefarbenen Ärmel an die Scheibe, an der das eine döst. Nichts. Beim anderen ist es ähnlich. Es liegt auf einem knallgrünen Blatt und denkt gar nicht daran, die Farbe zu wechseln. Krank oder nicht – die müssen schon ihren Job machen, sonst wird das nichts mit einem neuen Zuhause. Aber wer ist Lucy denn, dass sie uneinsichtigen Chamäleonen sagt, was die zu tun und zu lassen haben?

Die Dummheit der Tiere regt Lucy auf, obwohl die ja nichts für ihre Dummheit können. Lucy hasst die regelrecht. Chamäleonen, Degus – keiner macht, was gut für ihn wäre. Null IQ. Null! Die Verkäuferin regt Lucy auch auf. Mit der kriegt man doch bloß Kontakt, wenn man ein dummer Köter ist. Jetzt gerade streichelt sie einen Mops. Immerhin hat Lucy dank der Aufregerei genug Adrenalin, um sich rauszuwagen aus der heuschobermäßigen Behaglichkeit der Tierabteilung und – nachdem sie einen Abstecher in die Süßwarenabteilung gemacht hat, wo auf dem Tresen Marzipanpralinen rumliegen, die man testen kann – die Hosenabteilung ins Visier zu nehmen.

Leider wird sie ihre Belohnungsjeans nicht kriegen. An der Rolltreppe greift der schlaksige Hausdetektiv in seiner roten Livree nach Lucys Schulter. »Kommen Sie bitte mit.« Und als nun auch noch der Mann im Cordanzug vor ihr steht, war's das. Die Macht ist heute nicht mit ihr, sondern mit den anderen. Sie kreuzt beide Hände und streckt sie nach vorn aus. Aber man nimmt sie nicht fest. Die rote Livree wird wohl eher mit Peitsche für die Tiger geliefert als mit Handschellen, also steckt Lucy die Hände in die Jackentaschen. Das rot uniformierte Klappergestell sieht enttäuscht aus, hat wohl mit Gegenwehr gerechnet. »Sie hat gestohlen!«, ruft er wichtig dem Cordmann zu und hofft offensichtlich auf Lob.

»Wir haben alles im Griff, kaufen Sie unbesorgt weiter ein«, sagt der Kleine, dessen tiefe Trauer von letzter Woche seltsamerweise nicht mehr vorhanden ist, milde zu den vier Männern mit Honeckerhütchen, die die Szene begeistert umkreisen. Die Minimenge zerstreut sich, aber man bleibt in der Nähe, denn es ist ganz klar, dass die Geschichte noch weitergeht.

»Was hat sie denn angeblich gestohlen?«, fragt der Kleine streng den Großen.

Verständnislos stottert der: »Na, Messer … am Freitag.«

»Mein Lieber«, der Kleine stößt einen Seufzer aus, so tief, als verzweifelte er an der ganzen Welt, nicht nur an seinem Mitarbeiter. »Glaubst du wirklich, dass dieses abgerissene Mädel Kartoffelmesser klaut, um sich mal 'ne richtig leckere Kartoffelsuppe zu machen, ja?«

Abgerissen? Sie? Lucy guckt an sich runter. Gut, an ihrem Ärmel fehlt ein Knopf, aber das ist eh nur ein Zierknopf, und dass ihr Hosenboden durchgewetzt ist, sieht man ja nicht, weil sie das Tutu über der Jeans trägt.

»Äh …«, macht das livrierte Klappergestell.

»Genau, äh«, seufzt der agile Kleine. Die vier Männer mit den Hüten grinsen hämisch über die Bücher hinweg, hinter denen sie stehen wie eine Herde Flamingos.

An Lucy gewandt, sagt er selig lächelnd: »Ich möchte mich in aller Form bei Ihnen für mein Personal entschuldigen. Darf ich Sie in mein Büro bitten? Hier entlang.«

Sie macht einen Knicks, hat sie schon Jahre nicht mehr gemacht, eigentlich noch nie. Aber es gibt Situationen, da fehlen einem einfach die Handlungsparameter, und dann ist Kurzschluss im Hirn, und irgendwas aus *Germany's Next Topmodel* wird reproduziert oder, wenn man Pech hat, aus *Spongebob.* Das ist jedem schon mal passiert, da muss Lucy sich gar nicht schämen. Und bei dem Kleinen hat sie dadurch sowieso nicht an Ansehen verloren, weil er ja nicht ahnt, dass Lucy im Vollbesitz ihrer geistigen Kräfte nie knicksen würde. Normale Frauen knicksen ständig, das weiß man ja. Das Klappergestell guckt ihnen enttäuscht hinterher, als der Kleine sie unter allerlei Höflichkeitsfloskeln durch eine Feuerschutztür mit der Aufschrift *Betreten verboten* und in einen neonsummenden, tristen Gang geleitet. Sie dreht sich um und streckt ihm die Zunge raus. Er schleicht von dannen.

Geschäftsführer steht an der Tür, die der Mann aufschließt. Na super.

»Setzen Sie sich«, sagt er und schiebt ihr einen mit hellgrauem Stoff bezogenen Metallstuhl hin. Der Teppich dünstet Grauen aus und hat Sperma- oder Eiterflecken.

Na gut, Korrektur, Lucy weiß ja, was es ist: Und zwar ist es Vanilleeis, von einem kleinen Mädchen, das für seine Mutter ein rotes Portemonnaie geklaut hatte und heulend auf seine Hinrichtung wartete. Der Geschäftsführer rief nicht die Polizei. Zum Dank hat sie das Eis, das er ihr spendiert hat, runtergeschmissen. Manchmal hätte Lucy es lustiger ohne ihre seherische Gabe. Eiter und Sperma wäre einfach die fiesere Geschichte gewesen.

Der Geschäftsführer zieht einen weiteren, mit hellgrauem Stoff bezogenen Stuhl vor ihren Stuhl, lässt sich drauffallen, beugt sich so weit vor, dass Lucy ein Stückchen wegrutscht, was sich auf dem grauen Teppich anfühlt wie Kreide auf der Tafel, dann stößt er atemlos aus: »Nieler, mein Name ist Jochen Nieler.« Er leckt sich nervös über die Lippen. »Ich will mich bei Ihnen bedanken, Frau …?«

»Nieler, wie passend«, sagt Lucy und rutscht noch ein Stückchen weiter weg. Er ist schon sehr aufgeregt. Wenn man da zu dicht ist, macht er einem gleich auch noch Wellen ins Gewässer. »Was ist eigentlich los?«, fragt sie. »Bitte in kurzen Sätzen antworten. Ich hab's eilig.«

Der Mann guckt verblüfft. »Erstaunlich, dass jemand, der so unfreundlich ist wie Sie, mir einen solchen Dienst erweisen konnte. Sie haben mir wirklich, wirklich einen großen Dienst erwiesen.«

»Komm zur Sache, Chefchen«, sagt Lucy und tippt auf ihre Uhr. »Ich verstehe nach wie vor kein Wort.«

»Meine Frau. Wie Sie gesagt haben. Ich hab am Freitag Sekt und dreißig dunkelrote Rosen gekauft. Und weil ich meine Brille nicht aufhatte, war der Sekt auch noch alkoholfrei.«

»Igitt«, sagt Lucy. »Na, da wird sie sich a …«, doch mit einer überraschend forschen Geste fordert er sie auf zu schweigen.

»Wissen Sie, junge Frau …« Tränen in den Augen, legt er ihr eine Patschhand aufs Knie, und sie beschließt, das mal so zu lassen. »Wissen Sie, meine Frau und ich wollen schon so lange ein Baby, wir haben alles versucht.« Lucy zuppelt ihre gelben Lärmschützer aus ihrer grünen Fell-Umhängetasche und setzt sie auf, er guckt komisch, fährt aber fort, klingt jetzt angenehm runtergedumpft: »Meine Ehe war am Ende, wir konnten kaum noch normal miteinander reden, haben um jede Kleinigkeit gestritten. Das Beste war noch der Versöhnungssex.« Lucy hält beide Hände auf die Lärmschützer, schließt die Augen, doch er fährt unnachgiebig fort, lauter jetzt: »Sie ist schwanger. Nach vier Jahren ist sie endlich schwanger. Quasi in letzter Sekunde. Und wissen Sie, junge Frau, wie viele Pluspunkte ich mit den Rosen und dem alkoholfreien Sekt gemacht hab? Milliarden. Sie denkt, ich hab das gespürt, hab sie gespürt. Dabei bin ich, was Spüren angeht, noch ganz am Anfang … Jedenfalls liebt sie mich wieder.« Lucy öffnet die Augen, sieht, dass an dem Mann das linke Augenlid zuckt. Sie nimmt seine Hand von ihrem Knie, nimmt sie in ihre Rechte, schüttelt sie, schiebt sich dann die Lärmschützer in den Nacken.

»Na, da gratuliere ich auch schön. Aber das hat nichts mit mir zu tun.«

»Und ob, junge Frau, und ob. Woher wussten Sie davon?«

»Ich wusste gar nix«, sagt Lucy und steht auf.

Der Mann steht auch auf und sagt: »Danke. Trotzdem: Bitte noch mal setzen.«

Lucy setzt sich.

Er stellt sich vor sie. »Kann ich Ihnen auch einen Gefallen tun?«

»Sie sind echt ein schwerer Fall«, sagt Lucy und lehnt sich zurück, schlägt die Beine übereinander, dass das Tutu sich wunderschön über ihren Knien bauscht. »Nicht mir sollten Sie einen Gefallen tun, sondern diesem Laden hier, dessen Geschäftsschädiger Sie ja wohl sind, wenn ich das Schild an der Tür richtig gelesen habe. Dieses Haus ist am

Arsch. Und das hat nichts damit zu tun, dass Konsum wider Erwarten doch nicht glücklich macht. Die Leute, für die Sie zuständig sind, ersticken hier drin buchstäblich.«

Er setzt sich wieder auf seinen Stuhl. Sagt nichts. Kriegt kein Wort raus. Nickt nur. Weiß das alles längst. Es steht schlimmer um den Laden, als sie gedacht hätte. Mist.

»Ich helfe Ihnen ein paar Tage«, beschließt sie kurzerhand. Sie ist eine verteufelt schlaue Person, das kann man nicht anders sagen. »Und im Gegenzug will ich eine Praktikumsbescheinigung.« Mit einer echten, hochoffiziellen Praktikumsbescheinigung sind die drei Seiten für Pawel, die sie sich hätte aus dem Hirn leiern müssen, hinfällig. Praktikum heißt, man ist in der ganzen Welt zu Hause, *comprende*? Aus ihrer grünen Felltasche zieht sie Heft und Stift und Pawelinos Visitenkarte, die sie rüberreicht. »Dort die Bescheinigung in vier Tagen hinfaxen. Da steht drin, dass Frau Lucy Schröder mega-kontaktfreudig ist und jede Menge Leute kennt. Sie lassen mich mal unbehelligt hier rum gucken. Ich klaue auch nix mehr, versprochen«, sagt sie. »Ich helfe Ihnen.«

»Ich weiß, das mit den Messern ist Frau Fiebig. Die muss Hausverbot kriegen, nicht Sie.«

»Ach, Quatsch«, sagt Lucy, reißt ein Blatt aus dem Heft und fängt an zu schreiben. »Man muss die einfach von den Messern fernhalten. Die klaut nicht bewusst, die ist irgendwie magnetisch. Blöd ist nur, dass sie sich eher für Haushaltswaren interessiert als für Socken, sonst würde ihr Magnetismus gar nicht auffallen.«

»Oookaayy. Verstehe.«

»Gar nix verstehen Sie. Und diese Lea ist eine Spitzenkraft, die sollten Sie nicht zusammenscheißen, sondern motivieren. Und wenn Sie die wirklich zu den Schreibwaren stecken, machen Sie einen Riesenfehler.«

»Woher wissen Sie, dass ich das vorhabe …?

»Ich kann hellsehen.«

»Aha. Äh … Ja, das stimmt schon, die ist zu alt für die Miederwaren, da wollen Männer eine junge, sexy Verkäuferin, wenn sie für ihre Gattin Dessous kaufen.«

»Wie kommen Sie denn auf das schmale Brett? Der eine Mann, der eine rote Unterhose gekauft hat, während ich da war, war heilfroh, nicht Catwoman fragen zu müssen, welche Größe er nehmen muss, wenn seine Frau doppelt so breit ist wie sie. Lea ist kraftvoll, mütterlich und zupackend. Die macht Ihnen doch einen guten Umsatz, oder nicht? Von den normalen Schönstedt-Tüten hab ich am Freitag drei gesehen, von Leas Blumentüten neun, das sagt doch alles.«

»Mhm, ja.«

»Nächster Punkt: Die Chamäleonen sind krank.«

»Chamäleons.« Er streicht sich zufrieden über die Miniwampe. Dass Männer immer recht haben müssen, ist eine ihrer anstrengenderen Eigenheiten. Dass man mit ihnen skaten und Bier trinken kann, macht das kaum wett. Wobei, mit dem hier kann man noch nicht mal trinken. Der trainiert Achtsamkeit oder Yoga oder so was.

»Die verfärben sich nicht«, sagt sie, während sie weiter auf dem Blatt Notizen macht. »Das hat irgendwie mit dem schlechten Klima hier im Haus zu tun. Zu warm ist es auch.«

»Sie könnten einfach Ihre dicke Jacke oben einschließen.«

»Klugscheißer.«

»Hoffentlich wird unser Baby ein Junge«, sagt er. »Die sind deutlich weniger ungehobelt. Wie lange würden Sie denn hier tätig sein wollen?«

»Eine Woche, höchstens anderthalb. Ich komme und gehe, wie ich lustig bin.«

»Eine Woche ist wenig. Andererseits haben Sie offensichtlich einen guten Blick. Und die Bezahlung? Woran dachten Sie?«

In seinem Achtsamkeitstraining wurde Zuhören offensichtlich noch nicht drangenommen. »Bezahlung will ich nicht«, sagt Lucy deshalb etwas lauter und nimmt die Lärmschützer ab. »Ich will, wie gesagt, 'ne Bescheinigung. Und jetzt noch mal ganz langsam und zum Mitschreiben: Jeder hat einen guten Blick, sofern er die Augen aufmacht. Ich hab mit Ihrem Glück nichts zu tun. Ihre Frau haben Sie alleine geschwängert. Und dass die Chamäleonen krank sind, sieht ein Blinder mit Krückstock.«

»Wenn es nur das wäre«, sagt er, während sich Lucy weiter Notizen macht. »Die Verkaufszahlen sinken, die Diebstahlrate ist hoch. Außerdem steigt die Anzahl der Defekte. Letzten Dienstag hat es in der dritten Etage so stark nach Fäkalien gerochen, dass wir kurz schließen mussten. Keine Ahnung, was das war. Ich frage mich, ob Sabotage am Werk ist. Die Gesellschafter sind sich untereinander spinnefeind. Ich hab da so ein Gefühl …« Beschwörend legt er ihr eine Hand aufs Bein und schaut sie wässrig an. Sie nimmt seine Hand mit spitzen Fingern von ihrem Bein und legt zum Schutz das Heft auf ihre Knie.

»Soso, Sie haben da so ein Gefühl. Sie als Mann sollten wissen, dass fühlen gar nichts bringt. Handeln ist schon immer die Lösung gewesen. Ich helfe Ihnen, den Laden auf

Vordermann zu bringen.« Sie reicht ihm den vollgeschriebenen Zettel rüber. »Hier stehen die achtzehn Regeln drauf, die Sie von nun an einzuhalten haben. Keine Sorge, das ist zwar wenig, aber es kommen noch etliche dazu in den nächsten Tagen.«

Er beugt sich darüber, liest laut: »1. *Um 10:00 Uhr die Türen aufschließen, nicht erst 10:04 Uhr …*« Er guckt Lucy irritiert an.

»Es kommt auf die Details an«, sagt sie. »Wer im Kleinen nicht korrekt ist, wird im Großen keinen Erfolg haben.«

»2. *Bank in der Tierabteilung aufstellen*«, liest er weiter. »3. *Kaufhausmusik SOFORT ändern. In der Musikabteilung nachfragen, und zwar bei der männlichen Aushilfe um die zwanzig, Tattoos, sogar auf den Fingern.*«

Er lacht. »Na gut. Zumindest Punkt drei erschließt sich mir problemlos. Schaden werden Sie schon nicht anrichten. Ich vertraue Ihnen jetzt einfach mal. Vielen Dank. Mittwoch in einer Woche Auswertung bei mir. Passt das?« Er steht auf. Sie steht auch auf und macht einen Schritt zur Seite, weil einiges darauf hindeutet, dass er sie umarmen will.

»Im Notfall können Sie gern auch anrufen. Ich bin ja immer da. Dieses Kaufhaus liegt mir sehr am He…«

»Jaja. Mir geht Ihr Kaufhaus am Arsch vorbei. Ich hab andere Gründe, hier zu sein. Aber was ich mache, mache ich richtig. Wenn Sie die Wahrheit nicht vertragen, sagen Sie es besser gleich.«

»Gut. Danke.« Er steht da, als hätte er soeben den Ärmelkanal durchschwommen. Fehlt nur noch, dass Tropfen aus seinen Haaren fallen.

»Eine schlechte Nachricht hab ich noch.«

»Ich weiß nicht, ob ich anderthalb Wochen mit Ihnen überlebe«, sagt er.

»Es wird ein Mädchen.«

Er sinkt wieder auf seinen Stuhl, bleibt debil grinsend sitzen, reibt sich mit feuchten Händen den Cord aus der Hose, was ihr erlaubt, leise zu gehen und ihr Abenteuer zu beginnen. Dabei hätte sie eigentlich nur noch die Jeans gebraucht.

Jetzt braucht sie erst mal dringend eine Tasse Kaffee. In diesem Fall beides: eine neue Lieblingstasse und Kaffee. Im zweiten Stock macht sie beim Geschirr halt, findet einen moosgrünen Kaffeebecher, der innen weiß ist und aus ganz dünnem Porzellan. Sie kauft den für 13 Euro, was ein unverschämter Preis ist, das teilt sie der Verkäuferin gleich mal mit. Die Verkäuferin klebt sich ein Lächeln ins Gesicht, das Lucy ihr am liebsten sofort wieder abkratzen würde, und sagt mit gekraustem Näschen: »China Bone, feineres Porzellan gibt es praktisch nicht. Eine sehr gute Wahl.«

Eine sehr gute Wahl, hat die Frau gesagt. Das ist doch was. Um ihre Sicherheit im Umgang mit Verkaufspersonal zu festigen, wird sie am Nachmittag auf dem Heimweg selbstständig Kaffee kaufen, falls sie sich noch erinnert, wie das geht.

Bislang haben zum Glück die Ereignisse sie wachgehalten. Aber sie hofft schon, dass der Tag in ruhigere Bahnen kommt. Lucy streichelt ihre grüne Tasse, in die sie in der Cafeteria den Kaffee hat laufen lassen. Doch kaum hat sie den ersten Schluck genommen, steht schon wieder der langstielige Detektiv in der auffälligen Uniform vor ihr. Der hätte sie glatt wegen dreier Messer à 79 Cent verhaftet, wenn man ihn gelassen hätte. Zu seinem Glück ist ein Tisch zwischen ihnen, sonst wüsste Lucy nicht, was sie täte. Der Typ hat sie wirklich, wirklich geärgert heute Morgen. Aber sie rennt nicht weg, sondern bleibt sitzen und legt die Handflächen flach auf das Resopal. Ihre Fingernägel sind ganz schön dreckig. Er hält ihr angewidert ein silbernes Schild hin, sagt drohend, dass sie sich das anstecken soll. *A.-Ermittlerin* steht drauf. »Ich weiß nicht, wie Sie das gemacht haben, aber ich werde Sie im Blick behalten. Verlassen Sie sich drauf. Ich lasse mir nicht kampflos meine Arbeitsstelle wegnehmen.« Dann dreht er sich um und marschiert von dannen.

Vielleicht sollte ihm mal jemand sagen, dass der Erfolg von Detektiven zu einem großen Teil darauf beruht, dass sie unauffällig sind. Andererseits: Wollen nicht alle kleinen Jungs Feuerwehrmann oder Zirkusdirektor werden? Das hat schon was, wie er unbeirrt alle Realität ignoriert, um seinen Traum zu leben. Aber sie kann ihn trotzdem nicht leiden, und deshalb notiert sie auf einem neuen Blatt unter Punkt neunzehn: *Detektiv unauffällig einkleiden.*

Wie sehr sie Angst hatte vor der möglichen Rache der martialischen Zwillinge, die auf ihre Kündigungs-SMS von Freitag nicht geantwortet haben, merkt sie erst, als sie nach Dienstschluss einmal die Wohnung abschleicht und nichts in Richtung Kugelfisch vorfindet – die haben superbrav all ihre Sachen ausgeräumt und vorbildlich geputzt, sogar die kaputte Lampe und den mit Ravioli besudelten weißen Pullover haben die beiden entsorgt, und auf dem Küchentisch steht ein Strauß Nelken. Einziger Angriff, der Zettel daneben: *Dein Unglück wird dir kein Glück bringen.* Den schmeißt sie doch gleich mal weg.

Friedemann kann in zwei Stunden Kaffee bringen. Das mit dem Supermarkt hat sie nämlich wegen der engen Gänge und der vitalen Leute da drin nicht hingekriegt. Und von diesen kleinen Gemüsemessern bringt er auch noch drei mit, sagt er. Lucy braucht die, weil sie den Beschluss gefasst hat, mal die Küche einzurichten. Oben auf dem Küchenbüfett findet sie die pinken Stäbchen, die sie den Zwillingen für den Piepel und sich selbst geklaut hat, wobei eigentlich ja nicht geklaut, sondern nur so geparkt, dass die beiden die beim Packen vergessen werden. Lucy fällt fast vom Stuhl, als sie vor Begeisterung über ihren Schachzug einen kleinen Sprung macht und der Stuhl seinerseits erfreut hochhopst. Sie balanciert sich wieder in die Senkrechte, schaut nach, ob da noch was rumliegt, vielleicht von ihrer Mutter da hingelegt. Aber so etwas passiert einem wohl nur ein Mal im Leben. Als sie ihm Sachen fürs Krankenhaus packte, hat Lucy im Schrank ihres Vaters einen aufgerissenen Briefumschlag entdeckt. *Für meine Lucy zum vierzehnten Geburtstag* steht drauf. Ist leider kein Briefbogen drin gewesen.

Von den Zwillingen wurde immerhin eine Flasche Kokosöl und ein wenig Geschirr im Schrank stehengelassen. Sie drückt alles an die Brust und rennt damit in ihr Zimmer, um es bei sich zu bunkern, bis ihr einfällt, dass der Plan ja war, die Küche und später auch die anderen Räume ihrem Herrschaftsbereich zu unterwerfen. Sie trägt alles im Schneckentempo zurück in die Küche. Sie muss nicht mehr rennen. Ihr Vater ist tot, die Zwillinge sind weg, sie wird unterwegs niemandem begegnen. Vor dem Küchenbüffet legt sie sich auf den Bauch und steckt den Kopf hinein, sieht das Papier, mit dem es vermutlich von ihrer Mutter ausgelegt wurde, also doch etwas. Sie hält die Nase daran, riecht Fischiges, Muffiges. Sie schiebt die Zungenspitze vor und hält sie an die hellgrünen Karos auf dem vergilbten Papier, schmeckt Holz oder so was, schmeckt Tränen und bleibt, den Kopf im Schrank, so lange liegen, bis ihr der Hals durchzubrechen droht.

Etwas weniger energetisch, als sie gestartet ist, und mit muttersehnsüchtig verheulten Augen holt sie schließlich Lackfarbe aus dem Regal in ihrem Zimmer, rot und schwarz. Sie projiziert mit ihrem kleinen Superprojektor ein Fadenkreuz auf die Wand und zeichnet es mit Lackfarbe nach, sodass am Ende eine große Dartsscheibe über dem Küchentisch ist. So sieht Küche-in-Besitz-nehmen aus, Leute! Sie liebt den Geruch der Farbe. Und der leichte Schwung des Pinsels … Nur ein Mal zuckt sie zusammen, als ihr die Stille um sie herum auffällt, in der sich ihr Atmen wie Schnaufen anhört. Als das Fadenkreuz fertig ist, holt sie sich einen feinen Pinsel und beschriftet eine weiße Kaffeetasse mit *Valerie* und lauter roten, gelben und blauen Blümchen. Der Piepel ist eindeutig zu jung für sein Kerlgehabe.

Sie hat noch ein paar kleine Elektromotoren im Regal. Die wird sie später unter der Decke anbringen und von dort die bunten Messerchen von Margarete Fiebig herabhängen und sich horizontal vor dem Fadenkreuz bewegen lassen, darauf zu und davon weg. Das wird ein lustiges Kunstwerk. Sehr hypnotisch. Und wenn sie erst eng befreundet sind, kriegt das Margarete Fiebig in klein als Schneekugel.

Als es achtmal klingelt, macht sie auf und sagt: »Komm rein, ich hab Ravioli da, die machen wir uns jetzt warm.«

Friedemann hält die Tüte mit dem Kaffee und den Gummibärchen zwischen sie und ihn und sagt: »Ich kann nicht. Deine Bestellung.« Er reißt ihr den Zehner aus der Hand, kramt hektisch nach dem Wechselgeld.

Der kriegt glatt zehn Punkte in Sachen Schüchternheit, denkt sie, während er schon wieder einen Treppenabsatz weiter unten ist.

Sie will nicht alleine sein, stellt sie fest, nachdem sie die Einkäufe in der Küche verstaut hat. Statt lange in ihren murrenden Eingeweiden nach dem Wieso zu lauschen, geht sie schnurstracks eine Etage höher und klingelt beim Piepel. *März* steht an der Wohnungstür. Piepel März. Manchmal muss man auch den kleinsten Anlass für ein Kichern nutzen. Sie hört aber sofort auf, als ein Mann Mitte dreißig ihr aufmacht. Er trägt ein vergilbtes, aber gebügeltes Oberhemd und eine braune Bundfaltenhose und dünstet Rauch aus. Jetzt steht er da schon eine Weile und stiert sie an.

»Kann Ihre Tochter runterkommen zum Spielen?«, fragt sie und guckt treuherzig, soweit sie treuherzig erinnert, während ihr bewusst wird, dass sie leider zerschlissene Jeans trägt und ein von ihr selbst gestaltetes Shirt, auf dem in Farbe ein Popel abgebildet ist, darunter die Maßstabsangabe *1:10 000*. Sie hätte sich umziehen sollen. Er guckt sich ihr T-Shirt recht genau an. Obwohl sie nicht sicher ist, ob hinter den toten Augen jemand anwesend ist, kommt sie sich vor wie in der mündlichen Prüfung, und sie ist leider nicht vorbereitet, weil sie in der Küche mit Farbe gematscht hat.

»Nein«, sagt er verständlicherweise und macht ihr die Tür vor der Nase zu.

Solcherart abgewiesen, geht sie zurück in die Wohnung und weiß nichts mit sich anzufangen. Das ist neu. Langeweile ist lediglich ein Mangel an Intelligenz, hatte ihr Vater sie als Vierjährige informiert, und seitdem war ihr eigentlich nicht mehr langweilig gewesen.

Aber heute. Und zwar dermaßen, dass nichts sie mehr rettet. Gummibärchen nicht, Skaten nicht, Bauen nicht – nichts. Was könnte sie nur machen? Ja, klar. Sich mit Schwertmann nackt ausziehen. Dann wäre die Langeweile angesichts der Sensation erst mal weg, hinterher aber nur noch schlimmer. Außerdem ist Schwertmann leider nicht anwesend, oder sieht man den hier irgendwo? Sie guckt sich tatsächlich in ihrem vierzig Quadratmeter großen Handwerks-, Schlaf- und Wohnsaal um. Nein, hier ist niemand. Für Leute muss sie raus. Oder auch nur für Eclair-Essen, Degu-Beobachten, sich von Lea Hellmich beraten lassen.

Es kann doch nicht sein, dass sie sich plötzlich nicht mehr selbst genügt, sondern in einen Konsumtempel will! Dabei gibt es in diesem Kaufhaus nur eine einzige Sache, die sie besitzen möchte: eine Jeanshose. Und die kriegt sie auch um die Ecke in der Boutique Basic Sole. Wahrscheinlich sogar schöner. Wut schießt in ihr hoch, sie schnappt sich das neben der Tür lehnende Skateboard, skatet aus dem Zimmer und mit Wutantrieb durch den gesamten Flur, schreit: »Das ist meine Wohnung. Ich lebe hier!«, fällt auf die Fresse. Weil sie vor der Küche hingekracht ist, geht sie da noch mal rein, holt sich ein grünes Gummibärchen aus dem Küchenbüfett ganz hinten, ganz unten, wo sie die vor zwanzig Minuten erst gebunkert hat, dann schaltet sie

Musik ein und tanzt Veitstanz durch den Flur, zum Glück nahe der Tür, sonst hätte sie die Klingel gar nicht gehört. Draußen steht der Piepel und heult und redet. Sie rast schnell in ihr Zimmer, macht Jamie T. aus. »Ich darf nicht mehr zu dir kommen«, sagt der heulende Piepel, der auf der Fußmatte stehen geblieben ist. »Mein Papa hat's verboten, weil du rumläufst wie ein Penner.«

Na, immerhin lebe ich noch, im Gegensatz zu deinem feinen Herrn Papa, denkt sie, sagt sie aber nicht, sondern zieht den Piepel über die Schwelle und an ihren Bauch, wo er sich aber gleich wieder abdrückt, um vorwurfsvoll zu ihr hochzuschauen.

»Heul nicht, das ist würdelos. Komm mal kurz rein.« Der Piepel späht ins Treppenhaus, entschließt sich dann aber mitzukommen. Die präparierten Dielen, die irgendwie kaputt sind und seit Jahren nurmehr sporadisch jammern, wenn man drauftritt, geben für den Piepel ihr Bestes, und der macht erschrocken einen Satz und gackert los. »Hinsetzen«, befiehlt Lucy in ihrem Zimmer und zeigt auf den Futon. Aber der Piepel hat schon die Blümchentasse in dem Chaos auf dem Arbeitstisch entdeckt und sich daraufgeworfen.

»Die ist für mich!«, ruft er.

»Hinsetzen!«

Der Piepel setzt sich, die Tasse an die Brust gedrückt, aufs Bett. Lucy reißt aus dem Bastelbogen ein beigefarbenes Blatt, Beige braucht sie eh nie. Dann lässt sie den Piepel von einem Dekobogen schwarze Blümchen in die Mitte rubbeln. »Wann kommt dein alter Herr immer von der Arbeit?«

»Um fünf.«

Sehr geehrter Herr März,
es tut mir sehr leid, dass Sie mich vorhin in diesem unangemessenen Aufzug angetroffen haben. Ich probe gerade für einen Auftritt an einer der städtischen Bühnen.
Um Sie von meiner Seriosität zu überzeugen, lade ich Sie hiermit für Mittwoch, den 10. 2., um 17 Uhr zu Kaffee und Kuchen ins Kaufhaus Schönstedt ein. Treffpunkt: am Eingang. Bitte bringen Sie Ihre Tochter Valerie mit. Ich würde mich sehr freuen.
Mit freundlichen Grüßen
Lucy Schröder

Der Brief ist nur eine Formsache, aber keine unwichtige. Wie der Lottoschein beim Lotto vielleicht. Sie sagt dem Piepel, er soll die Tasse dalassen, die kriegt er mit hoch, sobald sein Vater sich abgeregt hat.

»Wieso warst du eigentlich oben?«, fragt Valerie.

»Der Müll musste runter«, sagt Lucy. Dann gibt sie dem Piepel den Brief und schickt ihn hoch.

Die Tür klingt endgültig.

Lange steht sie im Flur. Dann guckt sie in Roccos leeres Zimmer, für das sie noch keine Verwendung hat. Hier war das Schlafzimmer der Eltern, und dann hat ihr Vater sich hier drin für fast fünfzehn Jahre verbarrikadiert. Behutsam schließt sie die Tür.

Man kann nicht Liebe fühlen, ohne gleichzeitig Schmerz in sich wahrzunehmen, Trauer und eventuelles Kopfweh. Ist eines davon zu stark und droht, das betreffende Menschlein zu überwältigen, krampft es sich zusammen und fühlt vor Schreck gleich mal gar nichts mehr. Auch die Liebe nicht. Jahrzehntelang halten manche das durch, atmen erst im Tod wieder aus und entspannen sich. Noch so ein vergleichsweise bescheuertes Naturgesetz, denn Liebe (Himmelsmacht!) könnte ja problemlos Schmerz und Trauer lindern, und gegen Kopfweh gibt es Tabletten. Aber so ist es nun einmal.

Lucys Vater war nach dem Tod seiner Frau unempfindlich gegen so ziemlich alles außer vielleicht den Lärm, der von Kindern ausging, wobei keine Rolle spielte, ob die Kinder glücklich waren oder nicht. Für ihn sollten anstelle von Liebe für den Rest seines Lebens geputzte Schuhe reichen, Prozesse im Zusammenhang mit Tensiden und Rotwein.

Sich gegen seine Herrschaft zur Wehr zu setzen, begann Lucy erst mit vierzehn, nach der Sache mit Rodscher. Aber sie tat das so dezent, dass es ihrem Vater, zumal er zu jener Zeit bereits das erste Mal krank war, wahrscheinlich nicht auffiel. Ein paar der Dielen im Flur gaben von nun an ein Jammern von sich, wenn man sie betrat, wegen einer gekonnt platzierten Schraube klemmte die Wohnungstür, und der kleine Kuckuck in der Kuckucksuhr zirpte zu jeder vollen Stunde »Memme«, die Wände im Flur waren übersät mit Hunderten gruseliger Leuchtspinnen. Der Effekt dieser Schreckenstaten wurde wahrscheinlich dadurch aufgehoben, dass sie ihm täglich vier Orangen auspresste, regelmäßig seine Bettwäsche wechselte und ihm Zeitungen und Bücher besorgte. Das tat sie vor allem, weil sie nicht genau wusste, ob sie seine Krankheit nur vorhergesehen oder verursacht hatte. Zur Sicherheit ging Lucy weiterhin zu sehr geregelten Zeiten ins Bett und falls nicht, bestrafte sie sich mit Gummibärchenverbot.

So tief in sich selbst versunken war sie, dass sie auch als

Erwachsene nie auf die Idee kam, ihr Meeresschneckenhaus aufzunehmen, ein paar Schritte weiterzutragen und sich im Herrschaftsbereich eines freundlicheren, farbenprächtigeren Meeresungeheuers niederzulassen.

Am Dienstagmorgen ist Lucy so gierig auf Kaufhaus Schönstedt, dass sie schon vor fünf aufwacht. Als wäre sie sieben und heute ihr erster Schultag. Gut, dass sie inzwischen bügeln kann beziehungsweise ihre Sachen mit Würde ungebügelt trägt. Die Lehrerin hatte die Augenbrauen hochgezogen, als sie Lucys in deren selbst gebügeltem hellblauem Hemd ansichtig wurde. Da wusste man doch gleich, dass man sich ganz nach hinten verzog, in die letzte Bankreihe, und da ausharrte, bis nach ein paar Jahren der Spuk vorbei wäre.

Lucy nimmt ein Morgenbad, statt nur zu duschen. Wenn schon mal so viel Zeit ist. Sie zupft sich zum ersten Mal in ihrem Leben die Augenbrauen. Das hätte sie lassen sollen. Sie wischt den Mülleimer aus. Sie macht mit dem Besen alle Spinnweben in der Wohnung weg. Da waren aber gar keine. Vielleicht wär das eine neue Einnahmequelle: Leuchtspinnen als Spinnenscheuchen für Spinnenphobiker. Sie isst eine halbe Dose Ravioli und einen Apfel.

Irgendwann ist es halb zehn, und sie kann los.

Unterwegs zwingt ihr der verdammte Obstverkäufer eine Mandarine in die Jackentasche, und es passieren auch noch andere unangenehme Sachen. So prangt ein Zimtherz aufdem Cappuccino Scuro, den sie sich gekauft hat, weil sie da plötzlich mitmachen wollte, bei dem Kaffeekaufen der gut aussehenden Menschen. Was soll sie denn mit einem Herz? Will der Typ sie verarschen? Das Kinn vorgereckt, geht sie noch mal zurück an den Tresen, aber die Frau, die gerade ihren Kaffee kriegt, hat da auch ein Herzchen drin. Der scheint das für alle zu machen. »Señorita?«, fragt er, aber sie dreht sich um und geht lässigst mit ihrem Cappuccino raus. Und da reckt ein Kleinkind ihr ein spuckenasses Gummibärchen aus seinem Buggy entgegen. Sie liebt Gummibärchen, aber doch keine angeleckten!

Trotz solcher Herausforderungen gelangt sie vergleichsweise unwütend den Kottbusser Damm entlang zu Schönstedts. Sogar ohne Lärmschützer, weil sie die plötzlich affig fand und zu Hause gelassen hat.

Und im Kaufhaus steht doch tatsächlich der heiß begehrte widerliche Schwertmann in der Kosmetikabteilung, hat edelsten Zwirn an, grinst über das kleine Regal sexuell zu ihr her und sprüht sich Axe ans Handgelenk. Ausgerechnet Axe. Da ist was faul. Sie ist offiziell für dieses Kaufhaus verantwortlich und wird eruieren, was da faul ist. Dass er ihretwegen hier ist – ihr gefolgt ist, weiß, wo sie wohnt und sie flachlegen, lieben, heiraten will –, muss sie sich gar nicht einbilden. Aber sie will. Nur kurz. Bitte. In größtmöglichem Abstand eiert sie an ihm vorbei, nicht ganz so geschmeidig, als wäre er nicht da, aber fast! Leider kommt er hinter ihr her, auf der Rolltreppe durch das gesamte Kaufhaus, immer fünf Meter zwischen ihnen. Der soll sich bloß nichts einbilden! Sie hat keine Angst und ist erst recht nicht auf ihn angewiesen! Sie ist eine freie Frau!

Seinen Blick weiterhin auf ihrem Hintern spürend,

schließt sie mit zittrigen Fingern neben den Klos ihre Jacke ein, pinnt sich ihr Schild *A.-Ermittlerin* an die Brust, lutscht einen Blutstropfen von ihrem Zeigefinger und wendet sich entschlossen um, will ihn befragen, was er hier zu suchen hat, wenn er doch nicht zum Einkaufen da ist. Doch jetzt ist er weg. Wohin also mit ihrer Entschlossenheit?

Während der paar Schritte in die Cafeteria fällt ihr wieder auf, dass sie kaum fünf Minuten in diesem Haus ist, und schon pfeift sie gesundheitlich auf dem letzten Loch. Sie riskiert gewissermaßen ihr Leben für den Deal mit Nieler, den sie noch nicht mal besonders mag. Dass man sich immer nach den Sachen sehnt, die einen am Ende umbringen, ist eine absurde Sache. Wobei: Sterben muss man sowieso, wieso also nicht von was Aufregendem: Rauchen, Fallschirmspringen, Kaufhaus. Aber wie lange ihr Körper das mitmacht, ist nicht klar. Sie atmet flach, ihre Haut juckt, und wenn sie lachen müsste, würde sie den Fahrstuhl ins Untergeschoss nehmen. Und das trotz ihrer Gier nach Schwertmann. Vielleicht ein mildes Gift im Kaffee und im Essen – ein Schachzug der Cafeteria-Betreiber, um den Umsatz zu steigern?

Aber erstens hatte sie bislang weder Essen noch Kaffee, und zweitens lächelt Dickie hinter der Gulasch-Spirelli-Theke so lieb, dass sie das am besten gleich wieder vergisst. »Na, junge Frau, ist zwar noch früh, aber wollen Sie mein Gulasch kosten? Macht groß und stark!«, schmettert er ihr entgegen.

»Groß und stark? Dick trifft's eher«, ruft Lucy zurück. »Gibt's heute keine Eclairs?« Sie gießt sich einen Kaffee ein.

Der Mann lächelt Lucy weiter begeistert an und sagt: »Tut mir leid, davon haben wir letzte Woche ein ganzes

Blech weggeschmissen. Ich hab fünf gegessen, weil mir das in der Seele wehgetan hat, aber ich darf nicht so viel.« Er streichelt seine Plauze. »Die Leute haben keine Ahnung, was gut ist.«

»Eclairs sind aus der Mode«, sagt Lucy. »Wie Pudel. Pudel sind auch keine schlechten Hunde, oder Collies, aber die sind halt aus der Mode.«

»Na, da weiß aber jemand Bescheid.«

»Da müssen Sie gar nicht so grinsen. Außer Ihnen weiß das jeder. Und ich weiß zum Beispiel auch, dass Sie Ihr Küchenkonzept überdenken sollten.« Sie stellt ihren Kaffee an der Kasse bei der offensichtlich ohne einen einzigen Gedanken selig vor sich hin lächelnden Marilyn ab und geht rüber zu ihm. Tippt auf das Schild an ihrer Brust.

»*A.-Ermittlerin*«, sagt sie.

»A wie anstrengend?«, fragt er.

»A wie außerordentlich.«

»Nicht doch eher abnervend?«

»Nein. Außerordentlich.«

»Na, da bin ich aber außerordentlich beeindruckt«, sagt er und sieht wirklich beeindruckt aus. »Die Stelle hat der Boss neu geschaffen. Da muss ihm der Arsch auf Grundeis gehen. Herzlich willkommen auf der Titanic!«

Bei »Titanic« hebt die Monroe den Blick und lächelt versonnen.

»Ach was, der Dampfer fährt noch ein paar Jährchen«, lügt Lucy, zückt ihren Zeigefinger, richtet ihn auf den Mann und sagt: »Sie sind zu fett. Jemand wie Sie wäre hier gar nicht eingestellt worden, wenn ich in diesem Kaufhaus damals schon das Sagen gehabt hätte.«

Ohne den Blick von ihr zu wenden, nimmt er eine Stullentüte von einem Stapel vor sich, faltet sie auf, hält sie sich über Mund und Nase, verdreht theatralisch die Augen und hört weiter zu.

»Da müssen Sie hier gar keine Show abziehen. Es geht um Ihr Leben. Und um das Leben der chemogeplagten Omi da drüben«, sie zeigt hinter sich, »und um das von der da an Tisch sechs mit der Schwarzwälder Kirschtorte, die denkt, wenn sie nicht hinguckt, ist ihr Diabetes nicht da.«

Man kommt sich ein bisschen bescheuert vor, jemanden zurechtzustutzen, der einen offensichtlich nicht ernst nimmt, was man daran sieht, dass er immer noch die Stullentüte vor dem Mund hat und inzwischen auch schielt. Aber Lucy hat in diesem Kaufhaus eine Führungsposition, das ist nicht nur mit angenehmen Aufgaben verbunden. »Sie bieten das falsche Essen für diese Zielgruppe an«, klärt sie ihn auf. Man muss die Leute da abholen, wo sie stehen. Und wenn es in Hinterindien ist. Das ist Ehrensache. »Die brauchen Gemüsebuletten mit Blumenkohl, mit Dinkelmatsch gefüllte Paprika und zum Nachtisch Obstsalat und Sorbet. Seien Sie doch zur Abwechslung mal mutig und probieren Sie das. Ein paar Kräuter schaden auch nicht. Mit Schweinebraten bringen Sie die Leute um. Der Fisch letzte Woche war ja ein guter Anfang. In einer Kräuterkruste und neben ein paar Zuckerschoten hätte er erst die volle Punktzahl gebracht. Haben Sie hier in den letzten Jahren schon mal die volle Punktzahl gebracht? Oder mogeln Sie sich immer irgendwie durch?« Während sie das sagt, lächelt sie, damit er sieht, sie ist ihm nicht böse, sondern nur professionell streng, weil sie das als *A.-Ermittlerin* eben sein muss.

Er lässt die Tüte sinken, mit professioneller Strenge kann er offensichtlich nichts anfangen. Denn als würde ihn jemand mit Rote-Bete-Saft befüllen, sieht sie förmlich hinter seiner weißen Haut den Wutpegel ansteigen.

Als er immer noch nichts sagt, nur die rote Wut in ihm auf und ab schwappt, fügt sie hinzu: »Sie sollten nicht deshalb wütend sein, weil ich Ihnen die Wahrheit sage, sondern vielmehr, weil Sie nicht mehr lange zu leben haben, wenn Sie auch nur noch einen Monat so weitermachen wie bisher. Sie sind zu fett.«

»Wollen Sie jetzt Gulasch?«, fragt er, dreht sich um und geht weg. Wahrscheinlich irgendwas in Fett wenden oder mit Schlagsahne auffüllen oder mit Zuckerguss bestreuen. Lucy kennt ihre Pappenheimer.

»Eclairs sind wirklich aus?«, fragt sie die Kassen-Monroe und geht rüber zu ihr.

»Verhindert, ja.«

»Verhindert, verhindert!«, herrscht sie die Frau an. »Können Sie kein Deutsch? Wie sind Sie denn an diese Stelle gekommen? Haben Sie mit dem Geschäftsführer Herabschauenden Hund gemacht oder was?« Ihr war gar nicht bewusst, wie dringend sie ein Eclair gewollt hat. Wenn sie dürfte, würde sie gern jemanden anspucken oder so was.

»Yoga!«, sagt Marilyn mit dem zartesten Lächeln, das Lucy je gesehen hat. Na, wenigstens ist sie nett, und sie sieht wunderschön aus. Das ist für eine Kassenkraft gar nicht so unwichtig. Lucy nickt knapp und wundert sich, wieso ihr Hass auf die Frau plötzlich weg ist. Als würde die Weichspüler freisetzen. Dabei ist Weichspüler auch total aus der Mode.

Zum Glück ist ihr hervorragender Fenstertisch mit dem einzelnen blauen Stuhl frei. Sie setzt sich an ihren Tisch und notiert ein paar Punkte, die Nieler nachher mit der Rohrpost ins Büro flattern werden.

19) Marilyn muss Deutsch lernen

20) Die Kaninchen brauchen Urlaub: Wochenweise ein Antistreichelgitter drüberschrauben (Kann man stattdessen die Degus zum Streicheln anbieten, oder beißen die?)

Aber das ist nur, damit Chefchen in Bewegung bleibt. Lucys vordringlichstes Problem ist die magnetische Margarete. Die kriegt nämlich richtig Ärger mit dem übermotivierten Zirkusdirektor, wenn sie noch mal beim Klauen erwischt wird. Dann ist es vorbei mit Gratis-Kaffee und einem gemütlichen Plätzchen, an dem sie ihre mitgebrachte Schrippe vertilgen und Leute gucken kann. Fragen zwei und drei, die sie für sich selbst in ihrem Arbeitsheft notiert, lauten: *Warum ist die Atmo hier so mies? Was hat Schwertmann vor?* Nicht dass sie sich die paar Fragen nicht merken könnte. Das Schreiben soll eher im Hinblick auf die anwesenden Kunden und Mitarbeiter ihre Seriosität unterstreichen. So ganz ist sie noch nicht in die Rolle einer *A.-Ermittlerin* reingewachsen. Und für den Anfang hilft es sicher, sich den Anschein zu geben.

Als Lucy ihre Tasse wegbringt, geht sie noch mal bei der Kassiererin vorbei. »Waren die Eclairs selbst gemacht oder gekauft?«, fragt sie. Marilyn hebt den Blick von ihrem Sudoku – die sollte lieber Kreuzworträtsel machen, damit sie die Sprache lernt.

»Rezept seine Oma*«, sagt sie mit einem Stolz, der sich Lucy nicht erschließt. Kriegt keinen geraden Satz über die Lippen, lächelt aber die ganze Zeit. Lucy merkt, dass sie gegen ihren Willen debil zurücklächelt und sich eine Locke aus der Stirn streicht. Irre, die Frau wirkt wie die große

* Falls Sie auf Rezepte im Anhang hoffen: Es gibt keine.

Tüte Gummibärchen vom Sonntag. Beziehungsweise wie Schwertmann. Wobei Lucy vergleichsweise sicher ist, dass Schwertmann hervorragend sprechen und so kann. Sie muss jetzt aber mal los, auf dem Bürgersteig frische Luft atmen, sonst dreht sie noch durch. Marilyn winkt ihr federleicht hinterher. Lucy sieht, dass neben dem Sudokublock ein Stapel ausgeschnittener Kreuzworträtsel liegt. Na, dann macht die Frau ja doch was richtig. Lucy hebt die Hand und ist drauf und dran, ihr zu winken, aber dann belässt sie es dabei und fächelt sich nur Luft zu. Für den menschlichen Organismus ist dieses Kaufhaus definitiv ein Problem.

Auf die Knie gestützt, steht sie auf dem Warschauer Platz und atmet tief ein und aus.

Ein älterer Herr in Jeans und edler Marinejacke mit Goldknöpfen tritt näher. Sie will schon sagen, dass alles okay ist, da drückt er ihr einen Fünfeuroschein in die Hand und geht weiter. Ungläubig hält Lucy sich den Schein vors Gesicht, da hat sie schon von zwei weiteren Personen Geld bekommen, jeweils zwei Euro. Und jetzt nähert sich der schlaksige Bettler, der auf der anderen Seite des Eingangs offensichtlich weniger erfolgreich sein Glück versucht hat.

»Das ist mein Platz«, sagt der hochaufgeschossene Mann, dessen stonewashed Jeans eine Bügelfalte hat und dessen Haut so rot ist, als würde er Gesicht und Hände stündlich einmal mit Kernseife und Wurzelbürste malträtieren. Seine Nägel sind ungefähr doppelt so sauber wie Lucys. Wahrscheinlich riecht er sogar doppelt so frisch. Während sie ihn betrachtet, bekommt Lucy einen weiteren Fünfeuroschein überreicht, von einer Frau, die aussieht, als hätte sie nicht viele Fünfeuroscheine zu verschenken. In dem Becher, den der Mann in der Hand hält, liegen nur drei Zwanzigcentstücke und ein Fünfcentstück.

»Also …!«, sagt der Mann und streckt den Arm in Richtung der anderen Seite des Platzes aus.

»What?!«, sagt Lucy.

»Das ist mein Platz, Sie nehmen mir mein Geld weg.«

Lucy richtet sich auf. »Wissen Sie, vielleicht ist Betteln einfach nicht Ihr Ding. Um Zufriedenheit zu erlangen, sollte man möglichst häufig etwas tun, worin man gut ist. Und wenn Sie in den letzten paar Stunden gerade mal siebzig Cent bekommen haben, sind Sie kein guter Bettler. Mir dagegen wollen die Leute etwas schenken, warum wohl? Weil ich abgerissener wirke als Sie? Das wäre zu einfach. Denken Sie mal drüber nach.« Das ist ein bisschen gemein. Er kann ja nichts dafür, dass er nicht ihre Aura hat. Sie hält sich die Hand vors Gesicht. Na gut, vielleicht sieht sie auch wirklich nur abgerissener aus.

Als sie fröstelnd durch die in Messing gefasste Glastür tritt, ist sie stolz auf sich, weil sie heute schon mehreren Leuten wichtige Denkanstöße gegeben hat. Hinter sich hört sie jemanden »blöde Kuh« sagen, aber das kann eigentlich nicht sein, weil sie dem Mann zum Abschied ihren gesamten Verdienst in den Becher gelegt hat.

Kraft ihres Amtes wird Lucy jetzt mal vom Keller bis zum Dachboden dieses Kaufhaus in Augenschein nehmen und auf der Basis ihrer Erkenntnisse einen Plan für den milden Geschäftsführer machen.

Leider kommt sie nicht weit, weil sie im Untergeschoss bei den Zeitschriften auf Frau Fiebig trifft, die gerade Kaffee aus einem Pappbecher auf eine Ausgabe der National Geographic gezittert hat.

»Nehmen Sie die ruhig mit, Frau Fiebig«, sagt die müde Kassiererin mit dem ausdrucksvollen Abend-Make-up, das wahrscheinlich in der Zeitschrift *Lisa* vorgeschlagen wurde, die vor ihr auf dem Tresen liegt.

»Das tut mir sehr leid um die Zeitschrift, junge Frau, ich sollte mich wirklich mal durchchecken lassen, nicht dass ich einen Hirntumor habe. Das Zittern nimmt doch überhand, muss ich sagen.«

»Ach was, Sie sind einfach alt, da zittern alle«, tröstet die hinzutretende Lucy Frau Fiebig.

»Was für eine reizende Person«, erwidert Frau Fiebig. »Da geht es mir doch gleich viel besser.« Es klingt nicht ehrlich. Lucy nennt ihren Namen, tippt auf das Schild an ihrer Brust, *A.-Ermittlerin*, stellt sich vor und bittet sie, »auf einen neuen Bohnenkaffee und ein paar Fragen« mitzukommen.

Das würde bei niemandem unter fünfzig funktionieren. Aber Frau Fiebig glaubt noch an Autoritäten. Sie schnaubt erschrocken.

»Ich lege immer ein abgelaufenes Exemplar aus, wenn ich sehe, dass sie kommt«, will die Kassiererin Margarete Fiebig offensichtlich raushauen. »Es ist wirklich kein Schaden entstanden«, beschwört sie Lucy. »Das ist ja quasi Altpapier; ich geb ihr jeden Monat ein paar alte Hefte mit, die wir sonst wegschmeißen würden. Wer liest denn heute noch die National Geographic. Und falls die wirklich noch jemand liest, dann auf seinem iPad.«

Frau Fiebig guckt überrascht, beugt sich über die Zeitschrift und sucht mit dem Zeigefinger das Erscheinungsdatum. Aus der Nähe wirkt sie noch jenseitiger mit ihrer pergamentenen Haut und den gelben Augen.

»Sie haben mich reingelegt«, sagt sie.

»Ach was. Die Themen da drin sind so zeitlos, da ist es egal, ob man die aktuelle Ausgabe liest oder die von vor einem Jahr.«

»Bitte mitkommen«, bringt Lucy sich wieder in Erinnerung.

»Lassen Sie die Frau Fiebig ruhig hier. Ich zahle auch den Schaden«, sagt die Verkäuferin und legt Lucy dringlich die Hand auf den Arm.

»Wer redet denn von Schaden. Keiner will Frau Fiebig was Böses«, beschwichtigt Lucy die Verkäuferin. »Im Gegenteil, alle sind froh, dass sie anwesend ist.« Das ist nun glatt gelogen, aber es wirkt. Die Verkäuferin nickt, sagt Danke zu Lucy und schlägt die Lisa auf, und Margarete Fiebig ist mit durchgestrecktem Rücken gleich drei Zentimeter größer. Sie sagt: »Gut, gehen wir« und hängt sich bei Lucy ein.

Die klapprige Frau nimmt ihren Kaffee mit Sahne und zwei Zuckertütchen. Sie kann's vertragen. Lucy bestellt ihr noch ein Stück Mohnkuchen, weil sie den so begehrlich beäugt hat. »Und für Sie was Gesundes, da steh'n Sie doch drauf«, sagt der Chefkoch und überreicht Lucy eine Zitrone. Sie ist so perplex, dass sie sogar Danke sagt.

Die Kassen-Marilyn grinst, zeigt auf den Dicken, der gerade die nächsten Kunden mit Spirelli und Gulasch versorgt, und hebt den Daumen. »Podozhdjom. Er wird mehr gut. Ich das rieche.«

»Ich rieche das«, sagt Margarete Fiebig, die sich an Lucys Arm aufgerichtet hat. »Subjekt, Prädikat, Objekt. Ich esse Kuchen, ich liebe Kaffee. Ich danke Ihnen.«

»Ich liebe Ihnen. Vielen Danke«, haucht Marylin und legt ihr die Hand auf den Arm. Frau Fiebig nickt mit einem Furor, als hätte die Schauspiellegende gerade mit null Fehlern die Mündliche geschafft, dann versenkt sie sich in die Betrachtung des mächtigen Kuchenstücks auf ihrem Teller.

»Sie haben beim Kreuzworträtsel der Zeitschrift *Bella* gewonnen«, sagt Lucy, um am Gespräch teilzunehmen, wo sie nun schon mal anwesend ist und eine Führungsposition innehat.

Marilyn guckt ungläubig, dann begeistert. »Ich lerne den Deutsch mit Rätseln.«

»Leider haben Sie nicht die Reise gewonnen, sondern das Blutdruckmessgerät«, sagt Lucy.

Marilyn bewegt anmutig die Lider, hat wohl kein Wort verstanden.

»Sie sind oft hier?«, fragt Lucy, als sie den beigen Resopalbereich erreicht haben und mit Blick auf den Winterhimmel an Lucys Lieblingstisch sitzen, Lucy auf dem blauen Stuhl, Margarete Fiebig auf einem kackbraunen.

»Seit ich in Rente bin, ein paarmal die Woche. Kaffee krieg ich oft umsonst, das ist nett. Und außerdem muss ich unter Leute, sonst werde ich verrückt«, sagt sie und beugt sich gierig über ihren Kuchen. »Lerne hier nur irgendwie niemanden kennen«, sagt sie mit vollem Mund. »Lucy Lou, Sie sind tatsächlich die Erste, die einen Kaffee mit mir trinkt.«

Lucys Großmutter stand einer Art Hexenküche vor, die sich in ihrer bis unters Dach mit Gläsern und Schachteln zugekramten Gartower Villa befand, nach Tee roch und Institut für Lebensfragen hieß. Lucy liebte diese unorthodoxe

Frau, die den ganzen Tag summte und sang, dass man wie mit Ameisenstraßen überzogen war davon. Sie hatte kupferrotes Wallehaar und flocht auch Lucys mickrige Zöpfe zu etwas Wallehaar-Ähnlichem. Wenn sie bei ihnen in Berlin war, hatte Lucy stets Blaubeeren oder Physalis oder Oliven im Bauch rumkullern und war so beseelt, dass sie immer wieder seufzte und auf diese Weise vom Teelicht bis zur Stumpenkerze alles in Brand setzte, was so rumstand, hin und wieder auch einen Papierkranich, aber das waren die einzigen Momente, in denen ihre Großmutter je streng war. Wer über besondere Gaben verfügt – und Feueratmen ist eine besondere Gabe –, muss sorgsam damit umgehen.

Ganze Tage und die Abende gleich mit verbrachte Lucy auf ihrem Schoß und bekam Buchstaben auf den Rücken gestreichelt oder Geschichten vorgelesen. Als Lucy ein bisschen größer war, übten sie jeden Tag eine Stunde. Nicht nur das mit dem Feuer. Die Großmutter lag dazu auf dem Teppich und machte ein Nickerchen, während Lucy neben ihr stand und vibrierte. Und wenn ihr das langweilig wurde, hielt sie die Hände über den runden Leib der Großmutter und streichelte die Luft über ihrem Herzen oder der Leber, aber davon wurde sie in der Regel wach und verbat sich kichernd jede Manipulation ihrer Person. Man solle sich zwar generell von Gier, Hass und Doofheit fernhalten, aber sie sei schließlich trotz aller Heilkräfte auch nur ein Mensch, und so ein bisschen Wut in der Leber habe noch keinem geschadet.

War die Großmutter da, hielt Lucys Vater sich nach Dienstschluss noch länger fern als sonst, trotzdem blieben sie meist im Kinderzimmer, wo die Großmutter auch ihre Matratze aufgeklappt hatte.

Lange blieb sie nie. Schrödingers Katze bekam Junge, oder Frau Schmidt konnte keine Jungen bekommen. An der Elbe brauchte man sie dringender, als Lucy sie brauchte. Das sah Lucy ein.

Als Lucy eines Nachmittags aus der Kita kam, wo sie das erste Mal nicht ohne Publikum Puppentheater gespielt hatte, sondern für Sven mit der Hasenscharte, hörte sie schon im Treppenhaus den Streit.

»Einsam«, schimpfte die Großmutter ihren Vater aus, »verwahrlost«. Er bringe sein Kind um, wenn er so weitermache. Lucy blieb an der Tür stehen und wusste nicht, ob sie würde hineingehen können, durch dieses Geschrei hindurch bis in ihr Zimmer und unter die Bettdecke. Kinder brauchen Zuwendung, erfuhr sie auf diese Weise. Und dass ihre Großmutter eine bigotte Esoterikerin war. Wenn sie heilen könne, wieso habe sie dann verdammt noch mal ihre Tochter nicht geheilt? Das mit der Atmerei und der Energiescheiße sei doch alles billigster Betrug. Dann herrschte Stille. Lucy zählte bis siebenunddreißig, wagte sich dann hinein, rannte in ihr Zimmer. Doch dort packte ihre Großmutter schon, und eine Viertelstunde später war sie nach einer knöchernen Umarmung weg, und zwar für immer.

Sie war leider nicht perfekt.

Lucy wusste, dass sie nun wirklich auf sich selbst gestellt war. Etwas flammte in ihr hoch, als sie mit sich rang, ob sie ihren roten Koffer packen und hinterherreisen oder bei ihrem Vater bleiben sollte, der sie, so wenig er sie wollte, wohl doch brauchte, und sei es nur als Zeitungsholerin oder als Gegenstand seiner Missbilligung. Mit einem Seufzer steckte sie versehentlich eine Schachtel mit Schokolinsen in Brand. Sie schaute zu, wie das Feuer sich auf die durchsichtigen

Plastiktütchen mit den Blütenmischungen und den Muskatspänen auszubreiten drohte. Dann schüttelte sie sich aus ihrer Starre, schlenkerte mit den Armen, löschte den Brand, indem sie ihren Fencheltee draufgoss, und blieb.

Heute noch stauben an der Wand dreiundzwanzig ungeöffnete Päckchen ein. Vor zwölf Jahren kam das letzte.

Lucy verkneift sich die Anmerkung, dass sie auch nur aus dienstlichen Gründen mit Margarete Kaffee trinkt und nicht freiwillig. Stattdessen erklärt sie ihr das Problem mit den Messern.

»Ich hatte mich schon gewundert, warum dieser Zirkusdirektor mir seit Wochen auf den Fersen ist«, sagt Frau Fiebig.

»Ja. Irre Uniform, wie aus einem Kinderbuch.«

»Ich dachte, jetzt werde ich wirklich senil. Dass Sie den auch sehen können, beruhigt mich.« Lucy zeigt auf den Kamelmantel, und eilig, weil sie dafür die Kuchengabel ablegen muss, zieht Frau Fiebig ihn aus und isst dann sofort weiter, während Lucy ihn durchprüft und in die Seitentaschen eingenähte Metallplatten findet. Sie nimmt Margarete Fiebig die Kuchengabel aus der Hand und hält sie dran. *Sssssttt*, klebt sie an der Manteltasche.

»Das ist ein ziemlich starker Magnet; die Sache mit den Messern wäre geklärt.« Sie gibt die Gabel zurück und wischt Krümel von der Tasche, Frau Fiebig isst weiter. »Aber warum haben Sie Magneten im Mantel?«

Dazu fällt Frau Fiebig sofort ihr Enkel ein. »Der ist technikbesessen.« Und dass sie früher oft Geld und Schlüssel verloren hat, sich aber weigerte, ein Täschchen um den Hals zu tragen. »Da hat der das bestimmt heimlich eingenäht.

»Ich hab schon lange nichts mehr verloren«, sagt sie nachdenklich. »Oh, wie reizend. Mein Enkel ist ein ganz feiner Mensch. Den sollten Sie mal kennenlernen.«

Lucy denkt, dass sie den Enkel gewissermaßen schon kennt. Eine Frau hätte einfach jeweils zwei Knöpfe oben an die Taschen genäht, und gut wär's gewesen. Ein Mann hingegen baut Magneten ein, die so stark sind, dass in einem Umkreis von einem Kilometer sämtliche Herzschrittmacher anfangen zu stottern. Mit Kanonen auf Spatzen schießen heißt das Phänomen.

Lucy schlägt Frau Fiebig also vor, sie nach Hause zu begleiten und sich um die Sache zu kümmern, und die Fiebig willigt wider Erwarten sofort ein. Als sie aufstehen und losgehen, bemerkt Lucy wieder den gefährlichen Linksdrall.

»Wieso benutzen Sie keinen Stock?«, fragt sie.

»Weil Stöcke für alte Leute sind«, lautet die Antwort.

»Sie *sind* alt. Hätten Sie hundert Jahre früher gelebt, wären Sie jetzt längst tot, so alt sind Sie.«

»Hundert Jahre früher wäre jemand wie Sie, der so gar keine Kinderstube hat, nicht in einem Kaufhaus angestellt worden.«

»Gnade der späten Geburt: Ich bin hier, *weil* ich keine Kinderstube genossen habe.«

Frau Fiebig mustert Lucy ganz genau und nickt traurig mit ihrem alten Gesicht.

»Kommen Sie mal mit, ich hab eine Idee«, sagt Lucy, um der weiteren Begutachtung zu entgehen, nimmt die Frau beim Arm, und gemeinsam zuckeln sie in die Sportabteilung, wo Lucy fragt: »Rot oder blau?«

Frau Fiebig sagt »blau«, und während sie der Verkäuferin einen kleinen Vortrag hält über die Frauengeschichten von Frank Sinatra, dessen *It Had to Be You* gerade läuft – Punkt drei hat Chefchen also schon umgesetzt –, sucht Lucy ein paar federleichter Walkingsticks aus, stellt die Größe ein und hält sie ihr hin.

»Die schenke ich Ihnen.«

»Erst der Kuchen, jetzt die Stöcke. Ich muss wohl heute Geburtstag haben.«

»Herzlichen Glückwunsch.«

Die Verkäuferin guckt kaum zu Lucy her, als die bezahlt, sondern fragt Frau Fiebig weiter ungeniert Löcher in den Bauch. »Und mit der Monroe hatte er auch was? Tragisch, dass die so an Joe DiMaggio hing, nicht?«

»Ach was, die Frau war krank, und der eine war so wenig hilfreich wie der andere. Außerdem hat er sie schnell an die Kennedys weitergereicht. Und die Monroe dachte doch tatsächlich, Robert Kennedy lässt sich für sie scheiden. Der hatte einen Stall voller Kinder und war katholisch.«

»Was Sie alles wissen.«

»Ich hab damals fanatisch Radio gehört, Louella Parsons und so.« Margarete lächelt.

»Ach, das war jetzt schön. Sie können ruhig immer auf einen Schwatz bei mir vorbeikommen, wenn Sie im Haus sind«, sagt die Kassenkraft zum Abschied. »Tolle Idee, sich Walkingsticks zu besorgen! Sie sind spitze!«

Lucy tritt schon eine ganze Weile von einem Bein aufs andere und ist kurz davor, loszuschreien: *Ich! Ich! Ich bin spitze! Ich hab die Stöcker gekauft! Und verschenkt! Ich!* Aber man kann sich beherrschen. Zumal Margarete Fiebig wirklich rührend ist, wie sie sich gierig die Schlaufen um die Hände schlingt, der Verkäuferin zuwinkt und langsam, aber sicher losgeht.

»Das macht meine Nachbarin«, sagt sie über die Schulter zu Lucy. »Walking. Gilt als Sport.«

»Sehen Sie, das machen Sie jetzt einfach auch.« Aber Margarete ist schon drei Meter weiter und hört sie gar nicht.

»Margarete Rakete«, sagt Lucy ehrfürchtig und sieht zu, dass sie hinterherkommt. Das geht glatt als Wunderheilung durch. Manche Probleme wirken übermächtig und lassen sich am Ende doch so leicht lösen – man sollte immer erst alle Optionen, auch die nicht ganz so naheliegenden, testen, ehe man kapituliert. Weil eine Mutter stirbt, müssen doch nicht Mann und Tochter mitsterben, das kann so nicht gewollt sein. Eine Stiefmutter für Brettspiele hätte Lucys Vater vielleicht in die Wohnung holen können.

Margarete Fiebig blickt Lucy prüfend entgegen, als diese zu ihr an den Kurzwarenschalter kommt. Als könnte sie deren Gedanken lesen. Aber nichts da, wenn hier einer übersinnliche Kräfte hat, dann Lucy. Und auch die hat nur zwei, drei davon. Lucy schielt die Fiebig an und streckt die Zunge raus; sie lachen, der Moment des seelenvollen Mitfühlens ist glücklich überwunden.

Sie kaufen vier kamelfarbene Knöpfe und auf Frau Fiebigs Betreiben in der Lebensmittelabteilung einen Piccolo und zwei Blaubeertörtchen. Während die alte Frau von der Kassiererin für ihre Stöcker gelobt wird, isst Lucy vier der zum Testen ausliegenden Käsewürfel. Guter Käse, das kann man nicht anders sagen. Irgendwie hat es die Fiebig am Ende geschafft, dass Lucy alles bezahlt. Allerdings hat sie sich sehr über die mit Leder bezogenen Knöpfe für ihren Mantel gefreut. Hätte nur gefehlt, dass sie die vor Begeisterung anleckt. So jemandem schenkt man gerne etwas.

Hinter den Pralinen steht der Geschäftsführer und winkt her, als sie rausgehen. In der anderen Hand hat er die Rohrpost mit Lucys ergänzter Liste. Natürlich winkt Lucy nicht zurück. Dass die Leute immer ihr Herz vor sich hertragen müssen …

Wieder daheim nach ihrem Besuch bei der alten Frau isst Lucy eine ganze Dose Ravioli leer. Hinterher liegt sie wie ein gestrandeter Wal auf dem Futon und guckt an die Decke. Es ist ja alles gut. Sie ist nicht kurz vorm Sterben, ihr ist bloß übel.

Dabei war die Üppigkeit des Kaufhauses gar nicht das Aufwühlendste. Diese Margarete, hat sich herausgestellt, lebt in einer Wohnung, die so klein und so dunkel und schimmelig ist wie Lucys rechte Herzkammer. Sie besitzt nur einen Tisch ohne Tischdecke, einen Stuhl und ein Bett. Sogar nur ein Set Geschirr. Alles ist pieksauber, aber das betont die Erbärmlichkeit des Ganzen nur noch. Auf dem Fensterbrett ein Stapel *National Geographic* und ein Stapel *P.M. History*. Neben dem Bett die gesamte Bibliothek der *Süddeutschen Zeitung* und ein Stapel Nachschlagewerke. An der Wand hängt ein Apothekenkalender, klar, den gibt es umsonst. Keine Stereoanlage, keine Pflanze, kein Foto. Nicht mal Gardinen an den Fenstern. Einziger Reichtum: unter der Spüle ein Wischeimer voller Schrauben, Nägel, Kneifzangen, Messer. Und diese Margarete wollte keine Ahnung gehabt haben von ihrem Magnetismus?!

Wie sehr sie Lucys Anwesenheit auf ihrem einzigen Stuhl genossen hat und wie linkisch sie gleichzeitig war! An ein Gespräch war im Grunde nicht zu denken. Die ganze Zeit blickte sie Lucy prüfend an, war in Sorge, der Gast könnte sich langweilen, abgestoßen sein von der Ärmlichkeit ihrer Behausung, wegwollen. Lucy kennt das nur zu gut und war so nett wie möglich, während sie dasaß und der Frau die Metallplatten aus dem Mantel trennte und Knöpfe an die Taschen nähte. Die Stöcke lehnten prominent am Bett. Die würde Margarete heute vor dem Einschlafen noch ein bisschen angucken. Die Blaubeertörtchen und den Piccolo ließ Lucy ihr für den Abend, obwohl sie wirklich, wirklich Hunger hatte. Aber die Frau braucht ein bisschen Zuckerguss und lila Zähne dringender als Lucy.

Lieber Enno,
heute Marilyn Monroe gleichzeitig ätzend und wunderbar gefunden. So ähnlich ist es mit dem Typen, mit dem ich dringend Sex haben muss. Eigentlich finde ich den ätzend. Aber auch toll. Der wird mir das Herz rausreißen, weil er selber keins hat. Kennst du das? Nein, du kennst das nicht. Du verfügst über genügend Selbstachtung, mit Frauen ins Bett zu gehen, die ein Herz haben.
Ehe du auch noch denkst, ich bin verrückt und muss in eine Einrichtung: Ich nenne Marilyn nur Marilyn, weil sie so aussieht. Sie arbeitet im Kaufhaus in der Cafeteria. Die kann im Grunde nur »Kaffee« sagen. Der Rest kommt in einer Fremdsprache. Aber ich hab sie nicht zusammengeschissen, auch den Chefkoch nicht (der übrigens aussieht wie Marlon Brando, allerdings leider

die Apocalypse-Now-Version; ich nenne ihn jedoch Dickie) und die anderen, man muss seine Mitarbeiter mit Freundlichkeit einlullen und motivieren, damit sie kooperieren.
Du siehst, ich lebe und lerne. Lieber würde ich ja bauen und basteln. Deshalb: Kannst du mir nun endlich so einen Computer für meinen Fisch bauen?
Dich finde ich eigentlich ausschließlich wunderbar. Aber von deinen zahlreichen Inkompetenzen weiß ich ja auch noch nichts. Wenn du dich weiterhin nicht meldest, werde ich dich mein Leben lang toll finden, das steht mal fest. So long, melde dich. Lucky Luke.

Lucy schläft tief und fest mit ihrem vollen Bauch. Und als sie nach ein paar Stunden aufwacht, hat sie Lust, sich zu bewegen. Sie schaltet Musik an und tanzt zu Beach House sehr cool durch das Mondlicht in ihrem Zimmer. Dann zerrt sie das während ihres Schönstedt-Tages gelieferte Trampolin, das in einer riesigen Pappe neben der Wohnungstür lehnt, in Zoës Zimmer. Die Mattusch steht wahrscheinlich in einem schilfgrünen Negligé und Pantöffelchen ratlos unter ihr im Flur und überlegt, ob sie klopfen oder sich einen Rotwein holen und sich für Lucy freuen soll. Solchen Lärm hat sie zum letzten Mal gehört, als die Möbelpacker in Lucys Abwesenheit die Sachen von deren Vater zum Trödel gefahren haben. Aber das war nicht mitten in der Nacht.

Lucy würde Gebrauchsanleitungen ja eher möglichst verständlich formulieren als möglichst unverständlich, wenn sie dafür zuständig wäre. Aber sie kommt schon klar. Sie muss nur kurz in den Keller von Herrn Klöckener, eine Rolle Dämmung für den Fußboden holen und sich die Bohrmaschine ausleihen, weil eine Bohrung fehlt. Als sie dann nach zwei Stunden endlich draufsteht, hat sie keine Lust mehr.

Eine Weile läuft sie so durch die Wohnung. Es ist kurz nach drei, aber sie hat am Tag geschlafen und ist wach. Sie beschließt, glitzernde Schuppen auf den fahlen Fisch zu kleben. Außerdem sind zwei Aufträge reingekommen. Das weiß Lucy nur, weil sie dringend »Schwertmann« googeln zu müssen meinte. Leonie und Udo Schwertmann hat sie gefunden. Aber natürlich nicht ihren. Danach hat sie Enno gegoogelt. Das geht. Der hat, wie man weiß, ein Grübchen im Kinn und schiefergraue Augen.

Lucy klappt das Notebook zu, macht wieder Musik an und setzt ihre Lupenbrille auf.

Als der Piepel um Viertel nach sieben heimlich vorbeikommt, weil er wieder mal seine Schuhe nicht zugebunden kriegt, hat sie schon sechs winzige Bäumchen ausgeschnitten.

»Du bist aber früh dran heute«, sagt sie. Er macht einen fertig, wie er da rumzappelt und von einem Fuß auf den anderen hoppelt, sodass auch sie seine Sneakers kaum zukriegt. Sie muss nicht lange nachfragen, um zu erfahren, dass es heute mit der Klasse in den Zoo geht.

»Wir wollen im Aquarium die Fische malen!«

»Und die Seepferdchen?«

»Und die Krebse!«

»Vielleicht kannst du mir für meinen großen Fisch da auf dem Tisch ein paar Informationen mitbringen: Wie sehen Schuppen genau aus, haben Fische Zähne …«

»Na klar haben Fische Zähne! Die müssen doch essen.«

»Apropos: Hast du Essen dabei?«

»Marmeladenbrot. Ja! Selber geschmiert«, sagt er und hebt beide Arme.

»Du bist die Größte.« Sie zieht an seinen Armen, zieht ihren Piepel an sich. Dann holt sie ihm einen Apfel und eine Tüte Gummibärchen aus der Küche. »Aber nicht alleine aufessen. Teilen.« Während er alles in seinen Ranzen packt, sagt sie ihm, er soll die Tage mal in den Waffenladen um die Ecke, Walkie-Talkies besorgen.

»Walkie-Talkies!«, jubelt der Piepel los. »Das ist wie im Kino. So was hat keiner in meiner Klasse. Die haben alle bloß Smartphones.«

»Ja, ja, krieg dich wieder ein. Dann muss ich nicht warten, bis du mal vorbeikommst, wenn ich was brauche. Zumal jetzt, wo dein Vater erst besänftigt werden muss.«

»Juhu!«, ruft der Piepel »Alpha, Rio, Bravo. Papa hat gefragt, welchen Beruf du hast.«

»Und was hast du gesagt?«

»Ich hab gesagt, du zauberst. Und dass du mir mal 'ne Beule weggezaubert hast.«

»Na großartig. Ich hoffe, du hast auch den Eiswürfel erwähnt, den ich auf die Beule gelegt hab. Die du hattest, weil du dich ja unbedingt kloppen musstest.«

»Der war echt doof.«

»Dein Vater?«

»Neeeein, der Steven! Mein Papa ist toll, aber er hat gesagt, dass du nicht zaubern kannst.«

»Siehste, sag ich ja auch immer.«

»Aber du kannst! Ich hab gesagt, du kannst ihm 'ne Freundin besorgen. Das machst du als Beruf mit den Kugeln.«

»Aha. Ist mir neu.«

»Na letztens, als die Tante Mattusch Likör gebracht hat, weil du gewusst hast, sie muss am Freitag in Clärchens Ballhaus gehen. Und da hat einer ihr dann ein Feuerzeug geschenkt, oder?«

»Ja, so ähnlich.«

Lucy grinst. Feurige Frauen brauchen feuerfeste Männer. Und irgendwie hat Lucy die Mattusch vor ihrem inneren Auge beim Tango in den Armen eines Südländers gesehen. Hat ja auch geklappt fürs Erste, wie der Likör beweist. Das Grinsen vergeht ihr, als der Piepel sagt: »Mein Papa will jetzt eine Freundin von dir.«

Zum Glück kann er das Thema nicht vertiefen. Er muss vor Aufregung noch mal pullern. Als er aus dem Bad gehibbelt kommt, »Zoo, Zohoho, Zoo, Zoo, Zoo« singend, steckt Lucy ihm ergeben das Unterhemd in die Jeans, entlässt ihn, immer noch eine Viertelstunde zu früh, mit einem Klaps in den Wintertag, horcht in die tiefe Stille ihrer Wohnung und setzt sich wieder an ihre Bäumchen.

Als es am Freitag um eins fünfmal klingelt, hat Lucy gerade die erste der bestellten Schneekugeln fertig – ein Wald mit Lichtung. Man kann per Knopfdruck Pilze aus dem Boden schießen und wieder verschwinden lassen. Sie weiß nicht, was das bedeuten soll. Sie liegt auf dem Futon und näht einen großen knallroten Flicken auf den Hosenboden ihrer Jeans. Im Kaufhaus Schönstedt arbeitet sie ja jetzt, da kann sie keine Hose kaufen. Man soll Dienstliches und Privates nicht vermischen. Außerdem ist ihre alte Jeans, zumal mit dem Tutu drüber, doch noch gut. Das geht schon irgendwie mit dem Flicken.

Der Piepel ist ganz aufgelöst und glücklich. Man hätte

ihn fast rausgeworfen, erzählt er und zieht seinen roten Anorak aus. Lucy zieht ihre Jeans an, fädelt gleich mal einen neuen roten Faden in die Nadel und näht die eingerissene Kapuze wieder heile. Der Piepel will sich einen Apfel aus dem Schrank unter dem Fenster holen, aber Lucy schickt ihn in die Küche. »Ich hab umgeräumt. Wieso wollten die dich rausschmeißen?«

»Waffen gibt's ab achtzehn.« Offenbar war der Verkäufer empört, dass seine Mutter den Piepel da hingeschickt hat. Aber dann hat er ihm doch alle Walkie-Talkies durcherklärt und ihm zu diesem hier – dem besten – noch einen Lutscher dazugeschenkt.

»Und 'ne Cola, so aufgekratzt, wie du bist …«

»Nee, Red Bull. Gab's umsonst zur Beratung. Bier darf ich ja noch nicht.«

»O Mann, davon kriegt man ADS.«

»ADHS heißt das. Das hat der Steven. Hundert Pro.«

»Klugscheißer. Den sollte man verklagen. Red Bull an Kinder auszuschenken. Restgeld?«

Der Piepel reicht ihr einen Cent.

»Du hast 99,99 Euro für ein Set Walkie-Talkies ausgegeben?!«

»Der Mann hat gesagt, es ist das Beste.«

»Na hoffentlich spricht dich nie jemand von Scientology an, die wissen auch, was das Beste ist. Du darfst niemandem auch nur ein Fitzelchen von dem glauben, was er sagt. Die Leute lügen und betrügen. Die sind gefährlich. Du musst dich auf deine Instinkte verlassen, wenn du da draußen überleben willst! Das hier ist Berlin, nicht Scheißlübben im Scheißspreewald. Wie kann man nur so doof sein?!«

Jetzt bebt die Oberlippe von dem Piepel. Lucy rast in die Küche, holt aus dem Gummibärchenversteck ganz hinten, ganz unten im Küchenbüffet die Tüte und gibt ihm ein gelbes. Er lächelt. Dann schnappt er sich die Tüte, gräbt einmal durch mit seinen dreckigen Fingern und stopft sich eine Faust voll in den Mund. »Fähl mal«, sagt er und zeigt seinen offenen Mund vor: eine Mördergrube in Gelb, Rot und Grün, ein Gummibärchenmassaker, wie Lucy es noch nie veranstaltet hat. Dafür hatte sie einfach nie genug Gummibärchen im Mund. Abgesehen von letztem Freitag, als sie die besonderen von Schönstedts vertilgt hat, für die sie aber auch mit dreißig morgendlichen Extra-Sit-ups auf unbestimmte Zeit bestraft wurde.

»Achtundsiebzig«, sagt sie und wiegt eines der Walkie-Talkies in der Hand. »Das ist aber wirklich tolle Qualität.« Sie steckt sich ein grünes Gummibärchen in den Mund. »Mit integrierter Uhr. Das hast du gut gemacht. Heute Abend, Punkt acht, liest du mir eine Geschichte vor. Klar?«

»Da gucke ich Fernsehen mit meinem Vater.«

»Wie kann man ein Kind so lange aufbleiben lassen? Ich hab da schon geschlafen, als ich so alt war wie du. Dann gleich hinterher, aber nur kurz. Geht das klar?«, sagt Lucy, und der Piepel strahlt über beide Ohren.

»Das geht klar. Uhrenvergleich: Es ist vierz …«

»Uhrenvergleich gibt's nur im Film. Schieb ab.«

Der Piepel steckt sich sein Walkie-Talkie in den Hosenbund und geht los. Kaum ist die Tür zu, fiept Lucys Walkie-Talkie, aber sie macht es jetzt mal aus. Sie ist nicht die Mutter von dem.

Sie hat vergessen, ihm das Trampolin zu zeigen. Und die Wohnung ist krass leer. Sie selbst irgendwie auch. Als wären alle Organe rausgeflutscht und klebten jetzt hinter dem Bett in der dreckigen Ecke, wo sie immer mit dem Skateboard gegenknallt, weil sie nicht bremsen kann. Der Inhalt einer Dose Ravioli könnte Lucy etwas Gewicht geben, aber sie hat eben erst eine halbe Dose zum Mittag gegessen. Als Künstlerin darf sie wahrscheinlich aussehen wie der späte Elvis und hat trotzdem Erfolg, aber wie man weiß, ging es dem späten Elvis nicht so gut. Sie holt sich einen Apfel. Doch einen Apfel will sie nicht. Sie ist allein.

Früher war Alleinsein nie ein Problem. Aber Menschen ändern sich eben. Nur: Warum gerade jetzt? Im Moment passt eine Veränderung ihrer Person ihr gar nicht in den Kram. Es ist, als wäre sie aus der Haut gefahren und hätte sie in einem Anfall von Übermut weggeschmissen. Und jetzt ist sie nackt und roh und nervös. Sie stampft mit dem Fuß auf und wedelt mit ihren geballten Fäusten rum, dreht sich um ihre eigene Achse, die mal wieder die Achse des Bösen ist. Sie versteht gar nicht, warum wütend sein so einen schlechten Ruf hat, macht es doch den ganzen Körper und zumindest Teile des Geistes total wach und bizzelig. Mehr leben kann man gar nicht, als wenn man sich als lodernder Feuerschweif einen Straßenzug entlangfrisst. Apropos Straßenzug: Wenn das Leben hier drin so öde ist, geht sie eben raus, den Kottbusser Damm verwüsten. Im Tutu! Jetzt kichert sie versehentlich. Naja, hat ja keiner gehört. Man kann auch mal mädchenhaft kichern, solange man hinterher ein lodernder Feuerschweif ist. Raus hier. Gierig, eilig streift sie das Tutu über, zieht die orangefarbene Jacke an und wirft sich in die muffige Kälte des Treppenhauses.

Leider ist auf dem Kottbusser Damm wenig unterwegs, das man versengen könnte. Es ist frostig. Nicht mal der lästige Obsthändler hat seinen Stand aufgeschlagen. Als sie mit einer blonden Frau kollidiert, die extrem lange falsche Wimpern hat, an denen sogar Glitzersteine sind, fällt ihr unter den angewiderten Blicken der Frau ein, dass sie – neben Feuerschweif-Sein und Leute-Vernichten – ja auf Schwertmann treffen und von ihm mindestens geküsst werden möchte und jede andere sich zu einem solchen Zweck irgendwie präpariert hätte: Botox, falsche Wimpern, falsche Fingernägel, Dessous, kussechter Lippenstift, Waxing oder was die Frauen so machen. Lucy ist nicht auf dem Laufenden. Schwertmann ist gefährlich. Die Waffen einer Frau sollte man da schon mit sich führen. Sie macht ein Handyfoto von sich, stellt fest, dass sie aussieht wie der Piepel in zehn Jahre älter, mitleiderregend und grau. Sie weiß genau: Man wird sie wieder mal unterschätzen. Schwertmann würde lieber ein hundert Jahre altes Schildkrötenweibchen begatten als eine, die aussieht wie sie. Plötzlich hat sie keine Lust mehr, Feuerschweif zu spielen. Hüftschwung braucht sie gar nicht zu probieren. Dazu müsste man Hüften haben. Sie schleicht einfach in all ihrer mageren Schäbigkeit die Straße entlang, mustert sich dann lange in der Glastür vom Kaufhaus Schönstedt, in deren opulent verziertem Messingrahmen sie gleich noch mal erbärmlicher aussieht. Ob Schwertmann überhaupt da ist? Natürlich ist er da! Wozu hat sie denn ihre Gaben, wenn nicht, um Unheil vorherzusehen? Nur Unheil *abwenden* hat sie noch nicht so drauf. Sie stolpert in der Regel mittenrein. So auch jetzt. Zumindest ist sie kurz davor, da sieht sie aus dem Augenwinkel, dass der gepflegte Bettler seinen Plastikbecher neben sie gestellt hat. Und obwohl die Leute nur Lucys Rückansicht haben, werfen sie da Geld rein. Na, der hat Nerven. Sie wartet noch ein Minütchen, dann geht sie in die Hocke, schnappt sich den Becher und rennt rein, hinter sich hört sie: »Ey, das war meins!« Sie schließt einmal kurz die Lider, fährt mit der Rolltreppe durch bis ganz nach oben und holt sich in der Cafeteria von dem Geld aus dem Becher einen Kaffee.

»Guten Tag«, kann Marilyn inzwischen sagen.

Schnauze, denkt Lucy.

Als hätte er auf sie gewartet, kommt der glatzköpfige Chefkoch an den Kaffeeautomaten geschossen. Der hat wohl noch eine Rechnung mit ihr offen. Kritisiere nie einen Mann. Die brauchen viel Lob, damit sie gedeihen. Sie weicht zurück. Blöd angemacht wurde sie jetzt wirklich genug. Mehr davon verträgt sie nicht. Sonst wäre sie ja nicht hier hochgefahren, sondern auf dem Kottbusser Damm geblieben und hätte sich noch ein bisschen zur Seite drängeln, anbetteln und Rauch ins Gesicht blasen lassen.

»Ich hab gestern die Karte geändert«, sagt er und lehnt sich an einen lebensgroßen Koch aus Pappmaché, dem er auf verblüffende Weise ähnelt. Bloß dass der Pappkoch noch neu ist und ein bisschen größer als er, außerdem Deko und nicht zum Anlehnen. Sie geraten beide ins Wanken.

Als sie wieder aufrecht stehen, antwortet Lucy »mhm« und geht zur Kasse. Lucy zahlt, Marilyn sagt »danke«, Lucy schmeißt den Rest aus dem Becher des Bettlers in die neben der Kasse stehende Spendenbox des Roten Kreuzes und wartet nur darauf, dass der Chefkoch ihr von hinten auf die Schulter tippt, was er dann auch tut.

»Ich hab die Karte geändert«, fleht er.

»Okay, okay, mitkommen, ich hatte einen anstrengenden Tag, ich muss mich setzen«, sagt sie und geht, ihn im Schlepptau, zum Fenstertisch, an dem sie nun schon dreimal gesessen hat. Leider sitzt da eine alte Frau und bürstet ihren auf Lucys blauem Stuhl sich räkelnden Dackel. Die Frau wird von drei Leuten strafend angeguckt, aber das ficht die nicht an. Mit bösen Blicken muss Lucy es also gar nicht erst versuchen. Lucy will an ihren Tisch. Die Frau soll gehen. »In exakt vierzig Minuten fängt es an zu regnen. Sie müssen dann mal los«, sagt Lucy und hält ihr iPhone hoch. Aber die Frau hat nur Augen für den Hund. »Fliegerbombe auf'm Warschauer Platz«, sagt Lucy. Keine Reaktion. Nur der Dackel knurrt genervt. »Die Mauer wird heute um fünf wieder hochgezogen« ist auch keine Information, die sie vom Stuhl reißt. Verdammt.

Um die Vergeblichkeit wissend, die Frau blickt nicht mal auf, probiert Lucy es mit einer Wiedereröffnung von Café Keese, Baufehler am Reichstag, weshalb der soeben eingestürzt ist, Sprengung des BER, da zieht der Koch sie freundlicherweise aus ihrer Bedürfnisschleife, indem er sie einfach bei der Hand nimmt und zwei Tische weiter führt.

»Danke«, sagt sie erschöpft. Sie setzen sich. Er zieht ein Tütchen Pralinen aus der Schürzenasche. Lucy trinkt Kaffee.

»Selbst gegossen. Gestern Nacht.« Er faltet das Tütchen auf und hält ihr die Öffnung hin. Sie nimmt es ihm aus der Hand, hält die Nase rein; es duftet nach Kakao, etwas Scharfem und heißem Zucker. Sie faltet das Tütchen wieder zu und steckt es in ihre Jackentasche.

Er guckt komisch.

Sie sagt Danke.

Er guckt immer noch komisch.

Was soll sie denn noch, ihm die Füße küssen? Er steht auf, geht in seinen Kochbereich; sie denkt schon, das war's, und, was hab ich jetzt wieder nicht mitgekriegt?, da kommt er zurück, vier Pralinen auf einem Tellerchen. Er stellt das Tellerchen zwischen sie, beide lutschen sie mit geschlossenen Augen eine davon, Lucy trinkt Kaffee, und er erzählt.

Dass er die Karte geändert hat.

»Weiß ich ja nun.«

Dass er sich für eine einwöchige Fortbildung in veganer Vollwertkost angemeldet hat.

»Aha.«

Dass er Ende des Jahres Kochabende anbieten will und Ernährungsberater einladen.

»Mhm.«

»Zu einer Vortragsreihe. Titel: *Volle Pulle Vollwertkost.*«

»Wie originell.«

Dass er ein Pfund abgespeckt hat über dem Probekochen für die neue Karte und der ganzen Aufregung.

»Respekt.«

Mit leuchtenden Augen und verschwitzter Stirn guckt er sie an. Nicht mehr so hoffnungsvoll wie am Anfang, er weiß ja inzwischen, dass er von ihr kein Lob zu erwarten hat.

Aber man kann die Leute auch mal überraschen.

»Das haben Sie ganz toll gemacht. Weiter so«, sagt sie und tippt auf das Schild an ihrer Brust. »Und ab jetzt vielleicht mal Ihre Kassiererin zutexten und nicht mich, damit die die Landessprache lernt und ein bisschen Umsatz macht.«

Damit steht sie auf und geht, obwohl es ja jetzt egal ist, noch mal an »ihrem« Tisch vorbei, wo immer noch die Oma sitzt. »Heute gibt's einen ganzen Weißkohl für 1,10, eine Aktion. Im Untergeschoss.« Die Oma erhebt sich wie aufgezogen, klemmt sich ihren Dackel unter'n Arm und marschiert ohne ein Wort des Dankes los. Die wird gucken, wenn sie feststellt, dass der Kohl sogar nur 99 Cent kostet. Lucy setzt sich kurz auf ihren von Hundehaaren übersäten blauen Stuhl.

Was für ein Tag! Sie guckt der alten Frau hinterher und ist so fertig, am liebsten würde sie sich in den Dekoschlitten am Ausgang der Cafeteria legen und ein bisschen Nachtschlaf nachholen. Aber der Schlitten ist weg. An seiner Stelle steht eine Art Litfaßsäule. Daran die Speisekarte von heute und in kleinen Fächern darunter die Rezepte zu den angebotenen Speisen: Polenta mit Ratatouille, Spinat und Spiegelei, Gemüsepflanzerl mit Kartoffelstampf. Ist das nicht niedlich? Wenn man den Leuten einen Tritt in den Arsch gibt, führt das nicht etwa dazu, dass sie sich einen Schritt voranbewegen, wie das kinetische Gesetz das ja vorsehen würde, sondern sie schütteln sich, rasen los und krempeln innerhalb von zwei Tagen ihr gesamtes bisheriges Leben um. Dem Chefkoch hatte garantiert schon sein Arzt mit Schlaganfall gedroht, der war ein leichtes Opfer, aber trotzdem freut Lucy sich.

Sie geht zu den Schließfächern und schließt ihre Wattejacke ein, dann rüber in den Klobereich, sich schön machen, denn der nächste Schritt wird sein, Schwertmann ausfindig zu machen und rauszukriegen, was er Übles im Schilde führt, und dafür würde sie gern so göttlich aussehen, wie es eben geht bei ihren mäßigen Voraussetzungen. Während in ihrem Unterleib ein Turner dreifache Saltos übt – gar nicht so ungelenk, und trotzdem fällt er immer wieder auf die Fresse –, schließt Lucy überm Waschbecken die Augen und stellt sich

Schwertmann vor. Seine Gestalt. Seinen Blick. Sie sieht ihn auf ihrer inneren Leinwand an einem Tisch in der Cafeteria sitzen. Dort, wo sonst die rote Minirutsche steht, ist wie in der Zentrale eines Spielfilmgeheimdienstes ein großes Schaltpult, mit dem man wahlweise die Welt oder auch nur das Kaufhaus in die Luft jagen kann. Schwertmann sitzt mit übereinandergeschlagenen Beinen an seinem Tisch, interessiert sich nicht für das Schaltpult, sondern pustet per Strohhalm Luftblasen in seine Colaflasche.

Lucy wäscht sich das Gesicht mit kaltem Wasser, bis es sich ausgehärtet anfühlt. Leider hat sie keine Schminke in der Tasche, weil sie keine Schminke besitzt. Da ist nur ein Tütchen mit kleinen Brocken Dunkelstein, aber sie will sich ja nicht unsichtbar machen, sondern sichtbar. Außerdem ist der Stein sehr alt und sicher vertrocknet, sie trägt ihn nur aus Nostalgiegründen bei sich. Als sie den Waschraum nach etwas Geeigneterem absucht, findet sie unter dem Waschbecken eine goldene, schrammelige Kosmetiktasche, fischt ein Deo raus, sprüht es sich ergeben unter die Achseln. Mit einem Blinzeln unterbindet sie die Saltos, sonst bricht sich der mittlerweile erschöpfte kleine Turner in ihrem Bauch noch das Genick, und schmiert sich Nivea ins Gesicht, die sie aber gleich wieder mit einem grauen Papierblatt aus dem Spender abwischt, weil die Nivea sie nur weiß gefärbt, aber nicht verschönert hat. Hoffentlich hat Schwertmann die kleine Cola nicht zu schnell ausgetrunken. Sie hat nämlich jetzt ein rotes Gesicht von dem groben Papiertuch und kann sich so nicht bei ihm blicken lassen. Lucy macht ein paar Grimassen, während sich ihre Haut wieder normal färbt. Vor Jahren hat sie aufgegeben zu erforschen, was wo im Rest des Körpers passiert, wenn man die Zunge rausstreckt oder mit den Augen rollt und so weiter. Schade eigentlich. Sie bläst die Backen auf und fühlt sich – deutlich fluffiger im Nacken, aber mit juckendem Daumen – bereit für eine Begegnung. Sie guckt noch mal in die Kosmetiktasche. Leider nur noch ein Flakon mit einem Pfützchen Chanel darin, die Tasche muss wohl Marilyn gehören.

In der Cafeteria sitzt Schwertmann mit zwei Flaschen Cola Zero an dem Tisch neben der Rutsche. Ein Rotschopf in Windel und knallgelbem Shirt und gelben Socken rutscht in einem Affenzahn runter und kriecht sofort los, um noch mal zu rutschen, alles ohne einen Laut. Lucy blickt auf Schwertmann, und Schwertmann blickt auf Lucy. Jetzt bläht er die Nüstern, und der kleine Turner in Lucys Bauch schwingt sich aufs Reck. Sie spannt das Becken an, der Turner verharrt im Spagat über der oberen Stange, ehe er nach unten schwingt, die Hände löst und mit dem Gesicht auf die Matte knallt. Schwertmann ist so schön, dass es einem die Tränen in die Augen treibt. Zur Selbstvergewisserung tippt Lucy fünfmal auf ihr Schild *A.-Ermittlerin*. Unter seinem blütenweißen Hemd befindet sich garantiert ein Sixpack. Ebenmäßige Züge.

»Mylady«, er erhebt sich und weist mit einer leichten Verbeugung auf den Stuhl ihm gegenüber. Ein Spiel …, wenn er Mylady sagt, ist es ein Spiel, Gott sei Dank. Und für dieses Spiel ist sie auch noch qualifiziert: Sie trägt ein Tutu.

»Gestern Abend bisschen Shakespeare gelesen vorm Einschlafen?«, fragt sie und lässt sich auf den Stuhl fallen, kippelt, zieht sich eine der Colen ran. Colas! Konzentration, Lucy Schröder!

Er zeigt auf das Schild an ihrer Brust. »Impressing. Animierte Ermittlerin. Mutig auch, auf der Titanic anzufangen, wenn der Eisberg schon in Sicht ist.«

»Eisberge sind nie in Sicht. Zehn Prozent, neunzig Prozent.« Sie zieht den Strohhalm aus ihrer Colaflasche, setzt sie an und kippt sich die Cola in den Hals, verschluckt sich, hustet. So ist das immer, wenn man lässig sein will. Zumindest hat sie ein bisschen davon über den Tisch gehustet, das ist ja auch irgendwie lässig.

»So eine gebildete Frau. Wollen Sie nächsten Mittwoch mit mir ausgehen? Ich werde auch ein paar Themen ausarbeiten, damit ich mithalten kann.« Er nimmt sich ihre Hand vom Tisch und streichelt über den Handrücken, von wo sich nun eine Flammenspur bis in ihren Bauch zieht und Lucy inwendig versengt.

»Sehr gern«, sagt sie mit letzter Kraft und entzieht ihm ihre Hand. »Aber dann lassen Sie uns doch Donnerstag sagen, sonst reicht Ihnen die Zeit zum Vorbereiten nicht. Ich hab Ansprüche.« Sie möchte sich die Kleider vom Leib reißen, so wenige Ansprüche hat sie. Sie möchte, dass *er* ihr die Kleider vom Leib reißt. Und das Schlimmste ist, dass er genau sieht, was los ist. »Aber jetzt entschuldigen Sie mich«, sagt sie mit dem letzten Rest Würde, den sie noch zusammenkratzen kann, »ich habe zu tun.«

»Verstehe, verstehe. Eisberge versetzen. Wichtige Tätigkeit. Darf ich zum Abschied den Saum Ihres Rockes küssen? Damit ich bis Donnerstag etwas habe, das mich am Leben erhält.«

»Nur berühren.«

Eins zu null für sie. Endlich. Er guckt verdattert.

»Du darfst den berühren«, sagt sie »Und auch nur kurz

und mit einem Finger. Ich hab echt zu tun.« Eigentlich hat sie nicht so viel zu tun beziehungsweise ist ja Schwertmann Objekt ihrer Arbeit, aber sie hat Angst, dass sie gleich rülpst, weil sie die Cola so hintergegossen hat. Und auch wenn sie es liebt, sich wie ein Flegel zu benehmen, steht Rülpsen nicht auf der Agenda. Sie steht auf, das Schaben des Stuhls häckselt ihr Gehirn in kleine Flöckchen, oder ist das sein Anblick? Sie tritt zu ihm, stellt sich ganz dicht vor ihn, ihr Tutu bauscht sich um seinen Bauch, er senkt den Kopf und vergräbt gierig sein Gesicht, schaufelt mit den Händen den Gazestoff an seine Wangen. Sie macht einen großen Schritt zurück, schaut hinab auf sein pomadig glänzendes gewelltes Haar, seinen Hals, sagt: »Was willst du in diesem Kaufhaus?« und würde ihn gern in den Nacken beißen. Gut, dass sie über ihm steht, unter seinem Blick wäre sie weitaus weniger mutig. Er lacht leise. Wenn die Rutsche hinter ihm eine Schalttafel wäre, müsste da wie irre ein rotes Lämpchen blinken.

»Dich«, sagt er emotionslos. »Ich bin dir gefolgt. Ich will dich.« Man muss nicht hellsehen können, um zu wissen, dass Schwertmann lügt. Aber für ihre Zwecke spielt das keine Rolle. Nächsten Donnerstag wird sie nackt unter ihm liegen, und es wird gut und tröstlich sein. Wenn er dann im Bad ist, wird sie wie bei James Bond in seine Tasche und seine Schubladen gucken und herausfinden, wie er dem Kaufhaus schaden will. Sie dreht sich um und geht aufrecht davon.

Halleluja, was ihr Körper jetzt möchte, hat er aber schon lange nicht mehr so dringend gemöchtet wie jetzt. Was??! Mann! Gemocht, heißt das!

Als sie beim Geschäftsführerbüro ankommt, ist sie zumindest halbwegs wieder normal. Ohne zu klopfen, macht sie die Tür auf, winkt zu seinem Schreibtisch hin, er winkt zurück, als würde sie schon ewig hier arbeiten und über die Rechte verfügen, die sie sich herausnimmt. Im Türrahmen lehnend, erklärt sie ihm Toms Boxunterricht im Treppenhaus. Erst ist Nieler ein bisschen sauer, weil Lea ihn angelogen hat, statt zu sagen, was sie da tun. Klar, dem sein Herz, wenn man das mal so salopp formulieren darf, ist keine Mördergrube, der sagt allen immer die Wahrheit, mogelt allerhöchstens mal. Hinter dem Tisch steigt zum Beispiel der Rauchfaden einer Zigarette auf.

Lucy erklärt ihm, dass er stolz sein sollte auf seine hilfsbereiten Mitarbeiter, die unaufgefordert einem kleinen Jungen beistehen. Da nickt er und ist stolz und genehmigt eine Vergrößerung der Boxgruppe um drei Leute, sofern das zumindest zur Hälfte in der Pausenzeit stattfindet. Und während unter dem Tisch Aschebröckchen auf den Teppich fallen, hat er die Lippen gespitzt und sieht in seiner Gier nach der Zigarette aus wie ein Putzerfisch. Lucy will hier stehen bleiben, bis seine Zigarette sich selbst aufgeraucht hat. Gute Menschen haben manchmal den Effekt, dass man in ihrer Gegenwart das Verlangen hat, fies zu sein. Sie erklärt Nieler ausführlich, wie hervorragend Schwertmann aussieht, damit er den ins Visier nehmen kann. Vielleicht ist Schwertmann ein Industriespion.

»Sie gucken in Ihrer Freizeit wohl viele Krimis?«, fragt Nieler.

»Ich bin Künstlerin und arbeite eigentlich immer an einem Projekt. Für Krimis hab ich keine Zeit.«

»Künstlerin, soso … Daher die blühende Fantasie. Industriespionage gibt es eher in Bezug auf gewinnträchtige Objekte, nicht auf ein desolates Kaufhaus.«

Offenbar nimmt der sie nicht für voll. Der lacht. Der weiß wohl nicht, in welcher Gefahr er schwebt? Gleich wird Lucy den lächerlichen Putzerfisch in ihr stinkendes breites Maul atmen. »Aha«, ätzt sie. »Und dass man das desolate Kaufhaus in einer Nacht- und Nebelaktion abfackeln könnte, um Baugrund im Herzen der City zu haben, kann sich ein guter Mensch wie Sie natürlich nicht vorstellen. Sie haben von Sabotage gesprochen, und kaum liefere ich Ihnen den Täter, ist das alles nicht mehr wahr.«

»Okay, okay, vielleicht stimmt das ja, meine Liebe. Ich gehe dem nach.«

»Nennen Sie mich nicht ›meine Liebe‹.«

»Es kommt mir einfach so weit hergeholt vor«, sagt er. »Ich dachte eher an Diebstähle als an organisiertes Verbrechen. Und letztlich ist es doch so: Wir geben unser Bestes, und wenn das nicht genug ist, dann geben wir hinterher an einer anderen Stelle unser Bestes.«

Ab »genug« hat Lucy sich die Ohren zugehalten und laut gesummt, was ihn aber nicht davon abgehalten hat, seinen Esoquatsch zu Ende zu erzählen. Normalerweise brechen die Leute sofort ab, wenn man summt. »Fertig?«, fragt sie jetzt.

»Fertig«, sagt er, holt seine Zigarette hinter dem Rücken hervor und zieht daran.

»Dann fordern Sie doch bitte Ihren Kinderbuchdetektiv auf, seinerseits sein Bestes zu geben und den dubiosen Mann im Auge zu behalten, der hin und wieder ein Schwert bei sich trägt. Oder soll ich Ihnen das auf die Liste schreiben? Punkt achtundzwanzig wäre das, glaube ich.«

»Bitte nicht.« Er hebt beide Hände, nutzt wieder die Gelegenheit, an seiner Zigarette zu ziehen.

Lucy sagt, dass sie ein kleines Budget braucht. Dreihundertachtzig Euro, die wird sie ihm aber innerhalb eines Quartals wieder einspielen.

»Meinetwegen«, erwidert Nieler. »Sie sind kaum zu ertragen, aber Sie sind andererseits auch sehr gut in dem, was Sie tun. Ich hab abgenommen, *Volle Pulle Vollwert.* Und schmecken tut das!«

»Ach, das Pfund haben Sie ganz schnell wieder drauf, wenn Sie erst mit dem Rauchen aufhören, wenn der Kleine dann da ist.«

»Wieso *der*? Sie haben doch ge…«

Sie schließt zwischen ihnen die Tür und geht singsäuselnd den Gang zurück zu ihrem Arbeitsplatz. »Ich sehe was, was du nicht siehst, und das ist zweieiig …«

Margaretes Magnetismus hat sie abgehakt, an der Gefährlichkeit von Schwertmann ist der Detektiv dran. Hat sie das nicht wunderbar eingefädelt? Jetzt wird sie mal checken, warum man in dem Laden immer so müde ist. Wer hätte gedacht, dass Lucy Schröder mal über ein ganzes Kaufhaus herrschen würde? Keiner!

Sie hat schon eine Stunde im nur für die Mitarbeiter zugänglichen Treppenhaus geackert und ist gerade dabei, den Treppenabsatz auszumessen, als die aus Dessous-Lea, Boxer und Tom bestehende Boxtruppe von der Verkaufsfläche raus auf die Treppe kommt.

Der Kleine hält Boxer die Hand zum Abklatschen hin. Boxer popelt lieber weiter. Der ist doch kein Mann für Lea! Tom popelt zwar auch ständig, aber der hat auch noch ein paar Jahre Zeit, bis er sich eine Freundin sucht, und im Gegensatz zu Boxer sagt er: »Hallo, Lucy«.

Lea Hellmich streichelt Lucy über die Schulter, hebt die Nase und schnüffelt. »Wald … Ich kann Wald riechen.« Na, die ist lustig. Das ist edelstes Palo Santo aus Lucys Privatfundus, vor einer halben Stunde gegen miese Schwingungen und Hausstaubmilden abgefackelt. Während der Boxer Tom die Boxhandschuhe zubindet, geht Lea schnurstracks unter die Tageslichtlampe, die Lucy vorhin angebracht hat, und streckt sich darunter genüsslich, beugt sich vor und zurück und macht brummend und Ah und Oh sagend einmal Waage und zweimal Hampelmann. Lucy denkt an die Chamäleonen, die hoffentlich auch bald so rumturnen. Da hatte sie doch den richtigen Riecher. Luft und Licht haben in diesem Haus gefehlt beziehungsweise fehlen Luft und Licht noch, denn sie hat ja erst einen winzigen Bereich umgestaltet.

Obwohl sie gern zugucken würde bei der Boxstunde, geht Lucy raus zu den Schreibwaren, wo die bleiche Verkäuferin sie mit letzter Kraft herzlich anlächelt. Lucy sagt ihr, sie soll in der Pause mal zu Treppe eins gehen und Kniebeugen machen, dann wird es ihr gleich besser gehen. Und auch wenn die Frau jetzt nicht mehr lächelt, kauft Lucy Einladungskärtchen und beschriftet die oben in der Cafeteria, wo Schwertmann leider nicht mehr ist, aber Dickie beim Couscous mit den Armen wedelt, als sie reinkommt. Denkt der, sie winkt jetzt zurück, oder was? Leute gibt's …

Daheim erwartet eine Mail von Enno sie. Sofort verwandelt sie sich in einen glücklichen Kraken mit unzähligen knallorange phosphoreszierenden Tentakeln. In ihrem Krakenleib kollert und blubbert es. Das Meer um sie ist weich und sanft. Sie haut sich mit dem Notebook und einer Dose Ravioli auf ihr persönliches Fleckchen Meeresgrund, kleckert leider, weil sie die ganzen Tentakel noch nicht so im Griff hat, einen Raviolo auf die Tastatur, lutscht den runter, leckt die Soße aus dem R-T-F-G-V-B- Bereich, diese Buchstaben sind sowieso überschätzt. Sie muss an den Spruch denken, dass Kaffee viel wacher macht, wenn man ihn in die Tastatur gießt, statt ihn zu trinken. Ravioli im Computer machen auch satter. Pappsatt sozusagen. Weil das Internet streikt, fährt sie mal alles samt der Mail von Enno runter. Sie kann an dem Fleck auf ihrem Ärmel ablesen, wann die Soße angetrocknet ist, und dann die Mail von Enno lesen. Der hat sich neun Wochen nicht gemeldet, da kommt es auf drei Stunden nun auch nicht mehr an, redet sie sich vergeblich ein.

An ihrem Arbeitstisch schreibt sie lustlos den Kaffee-Satz auf, will weitere Sprüche für ihren Fisch erfinden, aber das Phosphoreszieren ist weg, die Arme hängen ihr an den Seiten herunter. Wegen Enno? Echt jetzt? Wegen Schwertmann? Oder weswegen? Sie seufzt und springt vor Schreck senkrecht hoch; gut, dass sie das Notebook nicht mehr auf dem Schoß hatte. Seit Jahren, ach was, Jahrzehnten zum ersten Mal hat sie eine kleine Flamme geseufzt, feuerzeugfeuergroß. Jetzt muss sie sich mal kurz hinlegen. Das ist alles entschieden zu fordernd für jemanden, der eh schon ganz schön gefordert ist neuerdings.

Samstag hat sie frei und döst, während der Piepel ihr übers Walkie-Talkie Zeug erzählt. Am Sonntag ist sie Punkt zehn bei Schönstedts. Der Geschäftsführer hat die nun verdutzt dastehende Lucy zur Begrüßung umarmt und schließt gerade auf, als der Bettler herantritt.

»Na, ausgeschlafen?«, herrscht sie ihn an. »Sie sind fünf Minuten zu spät.« Offensichtlich hat er versucht, sich schön zu machen. Er trägt ein gebügeltes blaues Seidentuch über dem verschlissenen Mantel und wirkt insgesamt wie frisch poliert.

»An der Unterkunft war Grafitti an die Tür gesprüht«, erwidert er mit einer ausladenden Geste.

»Und das hat Ihr ästhetisches Empfinden so verletzt, dass Sie eine Weile bewusstlos waren?«

»Nee, da musste ick erst mal mit Terpentin ran. Wenn ick das nicht mache, macht das da keiner.« Mit dem Zeigefinger streicht er zärtlich über die ramponierte Messingeinfassung der Glastür.

»Ich gebe Ihnen eine einzige Chance.«

»Na, dann ma her mit die Schangse-Schmangse. Ick bin Horschti.« Er nimmt die Hand von der Tür und hält sie Lucy hin. Sie winkt ihn ins Kaufhaus. Herr Nieler ignoriert die Hand auch. Ganz offensichtlich ist er nicht begeistert davon, dass Lucy den Mann für heute engagiert hat, um zu helfen.

Nieler schließt hinter ihnen ab, und im Gänsemarsch zuckeln sie über die Verkaufsfläche im Eingang wie über eine Bühne. *Achtung, Kinder, hier kommen Horschti, Lucy und Nieler, um gefährliche Abenteuer zu bestehen!* Lucy hätte gern ein Spielzeuggewehr umgeschnallt. Sie düst nachher mal hoch und holt sich eins. Mehr spielen ist schließlich ihre Devise. Und auch in der seriösesten Tätigkeit lassen sich zwei, drei spielerische Elemente unterbringen. »Machen Sie für mich die Rolltreppe an?«, fragt sie.

Nieler grinst. »Für Sie mache ich alles.«

»Igitt, wie krieg ich jetzt die Bilder von Ihnen zwischen meinen Beinen aus dem Kopf?«

»Sie sind schrecklich. Aber ich mag Sie.«

»Ich mag die Frau Schröder auch«, schaltet Horschti sich ein. Das ist mein erster Job seit neunzehnhundertschießmichtot. Heute Abend wird Schampus getrunken.«

»Schön«, sagt Nieler.

»Großartig«, sagt Lucy.

Als Erstes werden die Holzrollläden der unter der Decke befindlichen großen Fenster hochgezogen. Punkt einundzwanzig auf Lucys Liste. Nieler hielt das für unnötig, aber Lucy hat gesagt, wenn er will, dass sie ihm hilft, soll er sich bitte jeden Kommentar verkneifen und einfach mitmachen. Sonst kann sie auch ein anderes Kaufhaus vor dem Ruin retten.

Etliche der vorsintflutlichen Rollläden klemmen, weil sie seit Jahren unten sind. Ein Fenster lässt sich nicht richtig schließen. Nieler und Lucy hantieren wie Clowns mit langen Stangen auf den riesigen Leitern herum, nur dass sie wirklich absturzgefährdet sind und nicht bloß so tun. Von Horschti, der bloß rasch aufs Klo wollte, ist nichts zu sehen, aber nach einer Stunde sind alle Rollläden oben und die Fenster provisorisch abgefegt und in ihren schönen, aber unpraktischen Gestellen angekippt. Lucy und Nieler stehen spinnwebenbehangen und staubig im Durchzug und klatschen sich ab.

Horschti finden sie in der Cafeteria, drei Salzpäckchen, einmal Basmatireis und an die zwanzig Salzstreuer vor sich.

Einen hält er sich gerade zwei Zentimeter vor die Augen und wienert ihn wie einen kostbaren Kristall.

»Wir gestalten jetzt die neuen Aufenthaltsräume für die Mitarbeiter«, sagt Lucy. »Horst. Allerletzte Chance.«

»Bin gleisch so weit.« Ohne den Blick zu heben, winkt er freundlich her und greift nach dem nächsten Salzstreuer.

Nieler hat sein schwarzes Hemd schon durchgeschwitzt, und in der cockerspanielbraunen Cordhose ist am Knie ein Triangel. Aber das ist ihm egal; er ackert mit solcher Freude und so viel Geschick, dass Lucy denkt, er sollte lieber was mit Körper und Bewegung machen und nicht unbedingt ein Kaufhaus leiten.

Und dennoch: Der Mann hat ein Händchen für Leute. Obwohl er Lucy genauso befremdlich wie toll findet, vertraut er ihr. Dafür hätte es des Wollmauselixiers* vielleicht gar nicht bedurft, das sie am Freitag auf seine Schwelle geträufelt hat, wovon er nichts mitbekam, weil er vor lauter Gier nach der Zigarette in seiner Hand nicht ganz bei Sinnen war. Jedenfalls hat er ihr Budget genehmigt und ohne Murren und Knurren eingewilligt, heute mit ihr das für Kunden nicht zugängliche Treppenhaus, dessen einzelne Absätze jeweils an die fünfzehn Quadratmeter haben, zum Mitarbeiterbereich umzugestalten.

Bis jetzt haben die Mitarbeiter nur so einen abgeteilten Bereich in der Cafeteria, aber immer wenn sie oben war, hat

* Wollmauselixier, ursprünglich von ihrer Großmutter entwickelt, um Lucy die Angst vor unter dem Bett befindlichen Geistern zu nehmen, taugt zur Schrumpfung jeglichen angstbesetzten Problems auf die Größe einer Wollmaus. Was drin ist, weiß Lucy nicht, aber seit ihrem dritten Lebensjahr besitzt sie ein Fläschchen, das nun allerdings leer ist.

Lucy gesehen, dass mindestens eine Oma dort einfach eingedrungen ist und Verkäufer angequatscht und sogar angefasst hat.

Alles ist super vorbereitet für ihren sonntäglichen Arbeitseinsatz. Der nette Nieler ist vielleicht zehn Jahre älter als Lucy, aber begeistert wie ein Kind. Das ist jedoch nur eine Redewendung. Lucy zum Beispiel war derart tapsig begeistert auch als Kind nicht. Außerdem konnte sie als Kind nicht pfeifen. Aber er pfeift die ganze Zeit *Theo, wir fahr'n nach Lodz.*

Ins Erdgeschoss hängen sie einen alten schwarzen Boxsack, den Nieler aus dem Keller hat bringen lassen. Das Licht ist von nun an bläulich und von einer Diskokugel fragmentiert. Der kleine Tom wird ausflippen vor Freude. Lucy bittet Nieler, ein Poster von Muhammad Ali zu bestellen, auch wenn der nicht überlebt hat und deshalb nur begrenzt als Vorbild dienen kann. Die alten Kinobänke neben der Tür kommen vom Trödel und machen was her, ohne viel Platz wegzunehmen. An die Seitenwand wuchten sie einen wegen einer Delle im Lenker ausgemusterten Hometrainer. Verdammt, ist der schwer. Gut, dass Nieler alles generalstabsmäßig vorbereitet hat und das Ding schon vor der Tür stand und nicht in der Sportabteilung. Hinterher sitzen sie neben den Pedalen auf dem Steinboden und schnaufen wie Gott am siebten Tag. Hat sich gelohnt, die Schufterei. Hier kann der kleine Tom einmal die Woche trainieren, und auch das Personal kann mal Dampf ablassen beziehungsweise Gewichtsreduktion praktizieren. Punkt sieben auf Lucys Liste: Kein Gratiskuchen, keine Gratispralinen an übergewichtige Mitarbeiter ausgeben. Das war einer der wenigen Punkte, bei denen Nieler sich quergestellt hat. »Meine vollschlanken Damen sind tausendmal netter als Sie Hungerhaken«, hat er doch tatsächlich gesagt. »Und außerdem allesamt Verkaufsgenies.« Er ist einfach zu gutmütig. Dieses eine Mal lässt sie ihm das durchgehen.

Die Stufen nach oben sind mit orange leuchtenden Streifen geschmückt. Der Treppenabsatz im ersten Stock wird die lila Lounge – Lucys Hommage an Lea Hellmich, die ihr doch tatsächlich als Geschenk eine Tüte mit einem stahlgrauen Wollkleid in ihren Spind gelegt hat. Lucy wird das nicht tragen, hat Lea aber zur Bezahlung einen Fünfzigeuroschein in deren Spind gelegt.

Das Licht hier ist gelblich und indirekt. Kleine lila Lichtkreise werden an die Wand projiziert. Hier ist Lucy lange beschäftigt. Sie tackert einfache Schaumstoffplatten zu einer Sitzlandschaft zusammen, misst alles aus und notiert die Maße, damit sie lila Bezüge nähen kann. Es gibt einen CD-Spieler an der Wand, daneben ein Bord mit CDs: Brian Ferry, Chet Baker, Allison Moyet. Sie geht auf die Verkaufsfläche an die Pulloverkasse und sagt ins Mikro: »Horst bitte dringend zur Personaltreppe im ersten Stock. Horst bitte.« Zur Sicherheit fügt sie noch hinzu: »Letzte Verwarnung.« Sie bleibt eine Weile stehen und lauscht und späht über die Fläche wie über die Savanne. Wind streicht durch die geöffneten Fenster herein und über ihr Gesicht. Es geht ihr gut. Kein Mensch weit und breit.

Gar nicht ungern richtet sie anschließend allein den Ruhe- und Yogaraum im zweiten Stock ein. Nieler hat in seinem Büro zu tun, ist in der Nähe, aber nicht zu dicht. Sie tauscht die Leuchtstoffröhren an der Decke aus. Wo früher Klinikweiß gleißte, verbreitet jetzt schwaches rotes Licht Behaglichkeit. Auch hierher hat Nieler vier von den einfachen Schaumstoffmatten liefern lassen. Lucy bezieht sie mit roten Frotteelaken. Dann kommen auf jede Matte eine Decke und ein Kissen. Da könnte man noch Namen reinsticken. Oder *Ruhe sanft* oder so was. Die Mitarbeiter sollen nur erst mal spüren, dass etwas für sie getan wird. Und wenn sie ihren Bereich dann angenommen haben, werden sie ihn selbst gestalten.

Als sie fertig ist, ist Lucy so fertig, dass sie sich auf eine der Matten legt und erst mal eine halbe Stunde verschnauft. Von ihren zum Teil recht großen Schneekugeln ist sie körperliche Arbeit gewohnt, aber das hier war ein Kraftakt. Im Wegduseln fällt ihr ein, dass sie Ennos Mail immer noch nicht gelesen hat. Erst war sie so begeistert. Dann hat sie sich nicht mehr rangetraut. Hoffentlich schreibt er was Nettes. Oder will zumindest den Fisch-Job.

Sie träumt, dass sie mit Enno und Schwertmann auf dem Jahrmarkt Blumen schießt. Sie ist im Gegensatz zu den beiden natürlich unschlagbar treffsicher. Aber dann holt Schwertmann vom *Hau den Lukas* den riesigen Hammer zur Schießbude rüber und haut Enno damit auf den Kopf. Enno verschwindet bis zum Hals im Boden, guckt empört hoch und sagt »ey«.

Als sie aufwacht, ist es 18:03 Uhr, und Nieler liegt neben ihr auf dem Rücken, hat die Beine in die Luft gereckt, radelt und schaut an die rote Decke.

»Wie lange machen Sie das schon?«, fragt sie.

»Halbe Stunde«, sagt er und radelt leichtfüßig weiter. Sie reckt auch die Beine in die Luft und macht mit, das tut dem Rücken gut nach der anstrengenden Arbeit. Sie schließt die Augen, Rot auf der Innenseite ihrer Lider. Gemeinsam radeln sie über vulkanische Steppen und unter blau blühenden Bäumen hindurch.

»Das haben Sie sehr schön gemacht«, sagt er leise.

»Danke«, erwidert sie leise.

»Ob die Leute diesen Raum annehmen? In Gesellschaft ist ja eher Sitzen Standard als Liegen. Aber wer weiß, vielleicht sind wir da ab jetzt Vorreiter. Ich war mal in einer Kuschelgruppe. Da sah es auch so aus wie hier jetzt. Berührung fehlt praktisch jedem Menschen.«

»Eine Freizeitbeschäftigung für Leute, die keinen hochkriegen, schätze ich«, sagt Lucy und hört auf zu radeln. »Wobei, Sie haben ja diesen Jungen gezeugt …« Er tritt auf die Klötzer, lässt die Beine auf die Matte fallen und beugt sich über sie. Sein Gesicht ist groß und rund wie der Mond, und er sagt milden Blickes: »Sie müssen das nicht machen. So garstig sein. Sie tun sich damit mehr weh als mir.«

»Papperlapapp. Wehtun. Dieses Esogelaber macht mich einfach fertig. Wir brauchen da drüben an der Wand einen Spiegel. Und bitte keinen von denen, wo draufsteht *Du bist schön.*«

Er grinst und lässt sich wieder neben sie fallen. Dann liegen sie beide auf dem Rücken und gucken ins Rot, und sie erklärt ihm, dass das Kaufhaus zweimal die Woche gründlich durchgelüftet werden muss, Mittwochnacht und den ganzen Sonntag. Wenn das keinen Effekt hat, auch öfter. »Ich glaube, es ist ganz einfach. Hier fehlen Licht und Luft und Spaß.«

»So viel zu Esogelaber«, sagt er.

»Morgen möchte ich Lea Hellmich um zehn Uhr hier sprechen. Ich würde sie gerne zur Kulturministerin machen, die kündigt sonst. Na ja, ich schätze, die kündigt so oder so, aber einen Versuch ist es wert. Einmal im Monat Lesung oder Konzert – alles in Koordination mit der Cafeteria, Dickie Dickens hat ja auch Pläne, hört man. Dazwischen immer wieder Aktionen, die Ihnen die Presse ins Haus holen.«

Er winkt ab. »Bitte keine Aktionen. Mitternachtsshopping hatten wir letztens, hat aber keine Presse gebracht. Wenig Effekt, dafür vorher und hinterher viel Arbeit. Das können wir nicht stemmen. Eine Dame hat sich in eine Handtasche übergeben.«

»Und wie sind Sie mit der Tasche verfahren? Ausgewaschen und verkauft oder abgeschrieben?«

»Haha. Selten so gelacht. Frauen kaufen doch sowieso schon den ganzen Tag ein. Ich halte Mitternachtsshopping für nicht zielführend.«

»Und das vom Geschäftsführer eines Kaufhauses. Was halten Sie denn für zielführend?«

»Kraft, Poesie, Natur! Konsum kommt erst unter ferner liefen.«

»Allmählich beginne ich zu ahnen, warum dieses Kaufhaus, für das Sie verantwortlich sind, am Abkacken ist.« Er hebt die Hand, will sich rechtfertigen, aber sie erlaubt es nicht. Schon weil sie findet, dass er recht hat. »Lassen Sie mich mal machen. Für den Valentinstag habe ich etwas geplant, das Sie lieben müssten. Es ist sehr poetisch, und es hat mit Kraft und Natur zu tun. Also mit Natur nur im weiteren Sinne. Und wenn es nicht klappt: Das Risiko ist überschaubar. Okay?«

»Na gut.«

»Wusste ich's doch. Die Presse ist längst informiert. Sie hätten jetzt sowieso nicht mehr ablehnen können.«

»Kein Wunder, dass Sie nirgendwo fest angestellt sind. So was tut sich doch kein Arbeitgeber an. Aber noch mal zurück zu Konsum oder ...«

»Sie werden schon wissen, was Sie tun«, unterbricht Lucy ihn. »Und jetzt gehen wir zusammen durch den Saftladen und begucken uns ein paar unschöne Details. Haben Sie Zeit, oder müssen Sie zu Ihrer Frau und Ihrer ungeborenen Tochter?« Sie geht mit ihrem Gesicht ganz nah an seines ran, dann steht sie auf und eiert auf wackligen Beinen schon mal vor zur Tür. Und der will 'ne ganze Stunde geradelt sein? Nie im Leben!

»Toch...?«

»Los, zack, zack, es wird bald hell.«

»Es ist gerade mal sieben.«

»Das war nur eine Redewendung.«

»Verstehe. Aber Toch...«

»Schnauze. Aufstehen. Mitkommen.«

Wie ein Pantherpärchen beziehungsweise wie ein Pantherweibchen und ein Koalamännchen schnüren sie durch die Gänge, betrachten die Flächen. Lucy redet, der Koala macht sich Notizen. Zwischendurch kommt er mehrmals an sie ran, guckt gerührt und macht den Eindruck, als wolle er sie umarmen, aber das weiß sie zu verhindern. Jedesmal legt sie einfach einen Zahn zu. Der Mann ist nicht unsportlich, aber langsam.

Während sie und Koala-Nieler geackert haben, war Horst auch nicht untätig, fällt Lucy unterwegs immer wieder auf. In der hintersten Ecke der Zooabteilung treffen sie auf ihn.

»Du bist entlassen, Loser!«, faucht sie und setzt gewissermaßen zum Sprung an. »Ich arbeite mir den Arsch ab, und du sortierst die Bücher und die Weingummis nach Farbe. Hast du sie noch alle?«

»Sachte, sachte«, mahnt Nieler und legt eine Hand auf Lucys Arm. Der ist wirklich zu nett! Statt ihr den Rücken zu stärken, fährt der hier Kuschelkurs. Als Horst sich zu ihnen umdreht, sieht sie, dass er vor einer Schalttafel steht und ein winziges Thermometer in der Hand hat. Er guckt, als hätte sie ihn gehauen. Wahrscheinlich auch 'ne schlimme Kindheit gehabt, der Mann. Nieler hat ja recht. Sie hat ihm eine Chance gegeben, und er hat sie vertan. Vergleichbares passiert jeden Tag unzählige Male allein im Umkreis von einem Kilometer. Da muss man sich gar nicht aufregen.

Nieler deutet hartnäckig mit dem Kinn auf den Mann. Und jetzt sieht sie es: Ein Chamäleon sitzt auf dem Ärmel seines grünen, an den Schultern und den Ärmeln vom Wetter ausgeblichenen Mantels. Verliebt guckt er darauf runter. Man kann das Tier schlecht sehen, weil es irgendwas zwischen grün und grau ist.

Lucy entfährt ein Knarren. »Es ist verfärbt.«

Der Mann streichelt mit dem kleinen Finger den genüsslich hochgereckten Hals des Tieres. »Chamäleons sind zickisch wie meine spanische Ex. Ihr habt Glück, dass ich auf der Suche nach einem Thermometer für den grünen Tee in der Cafeteria hier vorbeijekommen bin. Die hätten es nicht mehr lange jemacht. Und hier jeht's ja um richtisch Geld. 196,90. Und zwar pro Nase. Er tippt dem Chamäleon gegen den Fuß. »Als Nächstes hätten die sich hingelegt, und dann wären sie gestorben. Zum Glück is meine Wenichkeit jetze da und kann die retten.« Wie ein Balletttänzer steht er aufrecht da, den Arm angewinkelt, und schaut auf das Tier, das zurückschaut. »Fünfzig Euro, und ich helfe Ihnen mit die«, sagt er.

Nieler legt einen Finger an die Lippe und zieht die Nase kraus, wiegt den Kopf. Das soll verdeutlichen, dass fünfzig Euro sehr viel Geld für ihn sind. Offensichtlich hat er nur die billigen Bücher über Körpersprache gelesen oder nur den Wochenendkurs besucht, weil das für so ein kleines Kaufhaus zu reichen schien.

»Wie viele Mitarbeiter haben Sie eigentlich?«, fragt sie ihn.

Er wedelt ungehalten mit der Hand und sagt zu Horst: »Okay.« Dann atmet er tief ein und aus, als hätte er Schmerzen; auch nicht sehr überzeugend, dieser Teil der Darbietung. »Aber ich zahle das aus meiner eigenen Tasche, und wenn die Chamäleonen nicht überleben, kriegen Sie gar nichts.«

»Chamäleons!«, triumphiert Horst.

»Und für den heutigen Tag kriegen Sie sowieso nichts. Ich wurde noch nie so hängen gelassen wie von Ihnen.«

»Nein, nein. Ick hab hier mal Ordnung reinjebracht in den Laden …«, setzt Horst an und hebt den Arm. Das Chamäleon gerät ins Schlingern und eilt runter auf seine Hand, wo es ganz bleich wird und empört mit den Augen rollt. Und zwar um dreihundertsechzig Grad. »Hier sah es aus, das kann man sich …«

Nieler schneidet ihm das Wort ab. »Wir entlassen jetzt diese Dame in den Feierabend.« Er zeigt auf Lucy, die prompt einen Knicks macht. »Und dann machen wir beide Überstunden bei den Chamäleonen. Sie richten alles ein, ich schreibe mit. »Zack, zack, raus mit dir, Mädchen. – Zack, zack, worauf warten Sie, es wird bald hell.«

Daheim schaltet Lucy als Erstes das Walkie-Talkie ein. Aber es ist halb elf, der Piepel hat wohl heute umsonst mit seinem Märchenbuch dagesessen. Dabei will er jeden Abend Vorlesen üben. Das gibt Ärger. Mist. Sie legt das Walkie-Talkie weg und notiert auf einem Zettel mit Kaffeetassenrändern eine Botschaft für ihren fahlen Fisch. Sie geht einmal um ihn rum. Wie er da als halb bezogenes Skelett auf der Arbeitsplatte liegt, sieht er schon sehr schön und geheimnisvoll aus. Die Flossen mit lachsfarbener Folie zu bespannen war eine gute Idee. Vielleicht will der Piepel da die Schuppen aufkleben und noch ein bisschen Glitzer draufsprühen. Sie schleppt ihren müden, matten Körper auf den Futon, isst eine halbe Dose Ravioli, was im Liegen nicht so gut geht, weshalb sie sich mal wieder einsaut. Selbst Hunde lernen schneller. Immerhin hat sie das Notebook diesmal außen vor gelassen. Sie ist schlagartig hellwach, als sie es nach dem Essen hochgefahren und gesehen hat, dass das Internet wieder ganz ist. Sie öffnet die Mail von Enno.

Zwei Monate lang jeden Tag mindestens eine Mail – kann es sein, dass du mir nachläufst, liebe Lucy? Hilfe, ich werde gestalkt! Aber ehrlich gesagt haben deine Mails mich gewissermaßen durch die letzten Wochen getragen. »Man weiß nicht genau, wie das Wetter heute ist, weil man nicht draußen war. Also kann man auch nicht läppisch Konversation über das Wetter machen.« Du bist so seltsam. Das ist dir nicht bewusst, oder? Du warst wohl eine ganze Weile nicht draußen? Ich auch nicht. Aber ich hab im Gegensatz zu dir eine Entschuldigung. Ich war krank. Jetzt sagst du gleich wieder, ich soll dich nicht zutexten. Dabei bist du es, die per Mail gewissermaßen Selbstgespräche führt. Außerdem meinst du das gar nicht so. Deine Ruppigkeit mag ich inzwischen genauso wie deine Herzlichkeit. Jaja, ich höre schon auf. Und bilde dir bloß nichts ein: Im Krankenhaus hab ich zwar wirklich jede deiner viel zu kurzen Mails zwanzigmal gelesen, aber ich hab auch Proust dabei und lerne Polnisch. Du bist mein ein, aber nicht mein alles. Antworten konnte ich nicht, entschuldige, das hätte mich nur daran erinnert, dass ich in meinem Zustand wohl keine Kontakte zur Welt mehr knüpfen sollte.

Nachts, wenn ich nicht schlafen konnte, hab ich deine Schneekugel genommen, auf den kleinen Knopf gedrückt, damit das Licht angeht, und habe es Chromosomen regnen lassen. Weißt du eigentlich, was du da wahrgesagt hast? Nein, oder? Ich hab Leukämie. Bäm! Das ist mal eine Neuigkeit, oder? Und ich hab jetzt weibliche Zellen, weil eine Frau für mich Knochenmark gespendet hat. Seit Wochen rede ich jeden Tag mit diesen Zellen, heiße sie bei mir willkommen und beschwöre sie, sich wohlzufühlen in meinem Männerkörper, damit ich noch ein bisschen leben bleiben kann. Und sei es, um mich immer mal von dir beleidigen zu lassen. Ich finde das total niedlich, wie du den Leuten beinahe gleichzeitig eine runterhaust und um Zuneigung bittest. Das ist eine eher seltene Strategie. Und zumindest bei mir funktioniert sie komischerweise auch noch.

Zu deinem Computer hab ich ein paar Fragen, die du im Anhang findest. Antworte schnell, dann kannst du den bald haben; hat Spaß gemacht, daran rumzutüfteln. Das meiste hat aber ein Kumpel gemacht. Immerhin

liege ich seit Ewigkeiten hier fest. Sei froh, dass du mich nicht sehen musst. Ich sah schon mal besser aus. Ich brauch dringend gute Nachrichten, liebste Lucy, deshalb will ich, dass dein heiliger Orakelfisch bald fertig ist und mir was Phänomenales weissagen kann! Schickst du mir ein Foto?
Enno

Was ist denn das für ein Dreck? Der ist krank! Dass Enno sie wegen der Schneekugel unverschämt fand und verlassen hat, wie sie die ganze Zeit dachte, kann sie fast besser handhaben als »Liebe« und »Liebste« und dass er im Krankenhaus ist. Sie schmeißt sich aufs Skateboard und donnert durch den Flur, ist ja ihrer, die Dielen jaulen zum Gotterbarmen, wenn sie drüberfährt, Lucy jault mit, uuuuuuaaaaahhhh, knallt natürlich runter, aua. Dreimal geht das so, dann muss sie aufhören, weil die Mattusch von untendrunter mit dem Besenstiel gegen die Decke klopft. Erschrocken guckt Lucy auf die Uhr. Fünf nach elf. Die Mattusch meint das nicht böse. Das mit dem Klopfen haben sie ausgemacht, als Lucy sieben war und Akrobatik trainiert hat, weil sie mit einem Zirkus die Stadt verlassen wollte. Wenn sie die Faxen dicke hatte von Lucys Saltos und Rittbergers, hat die Mattusch einfach kurz geklopft. Meistens ist es ihr aber egal gewesen. Die ist so unfassbar super. Die hat trotz ihres Alters immer Sachen mit Spitze und Glitzer dran an, die ihre Brüste zur Geltung bringen.

Ganz früher ist sie oft bei Lucy gewesen. Sie hat die Wäsche gewaschen, ihr mit Lebensmittelfarbe grün gefärbte Eierkuchen gebracht, weil Lucys Lieblingsfarbe damals Grün war und ihr Lieblingsessen Eierkuchen. Wenn die

Eierkuchen auf ihrem Teller jetzt noch *Adesso Tu* gesungen hätten, Lucy hätte glatt sterben müssen vor Glück, weil das ihr Lieblingssong war. Die Mattusch hat auch immer mal Lucys Bett frisch bezogen. Irgendwann war es damit aber vorbei. Lucy weiß nicht, wieso. Sie weiß nur, dass sie sehr schnell lesen gelernt hat, weil die Mattusch nicht mehr als Vorleserin zur Verfügung stand. Sporadisch hat sie noch Essen gebracht. Bis heute steht manchmal ein kleiner, fett mit Schokolade überzogener Napfkuchen vor der Tür, inzwischen auch mal eine Flasche selbst gemachter Kirschlikör. Lucy braucht keine Almosen. Dennoch isst sie den Kuchen stets bis zum letzten Krümel auf, hält sich den Bauch und weiß genau: Im Notfall könnte sie zu der Mattusch runtergehen und würde Hilfe bekommen. Oder im Notfall könnte sie den ganzen Likör austrinken, von dem sie inzwischen schon sechs Flaschen hat, und die eine gute Währung sind, wenn die Sicherung rausgeknallt ist und man den Fehler nicht findet oder wenn man das Kabel von Herrn Klöckeners Bohrmaschine durchgebohrt hat, sich aber nicht direkt entschuldigen will. Dann stellt man einfach zwei so Flaschen daneben.

Sie nimmt sich die Fischdatei vor, beantwortet Ennos Fragen. Um drei schickt sie eine Mail durch den nächtlichen Schneegriesel zurück.

O Mann, dann menstruierst du jetzt? Mein Beileid! Wir hätten tauschen können! Es ist gar nicht so selten, dass ich lieber ein Kerl wäre. Vielleicht wären deine Zellen bei mir glücklicher. Wie hätten wir die Zellen von hüben nach drüben gekriegt? Mit Küssen? Geschlechtsverkehr? O Gott, dann stirb lieber.

Meine Antworten zum Computer sind im Anhang.
Hatte ich wieder mal die Hälfte nicht richtig durchdacht.
Die Zusammenarbeit mit dir ist eine Freude. Den Computer (und deine Rechnung natürlich) so schnell wie möglich an mich. Ich will bauen!
Get well. Und zwar zackig, du Memme. Du willst ja bloß Aufmerksamkeit. Lucy

Sie hängt noch ein Selfie von sich im Tutu an, obwohl er ja ein Foto vom Fisch bestellt hat; es ist so nett, ihn ein bisschen zu ärgern. Dann wankt sie saumüde ins Bett.

Sie ist immer noch saumüde, als sie am nächsten Tag um sieben aufsteht und den Piepel anfunkt. Drei Stunden Schlaf sind definitiv zu wenig. Aber er soll sich nicht verlassen fühlen.

»Rio, Bravo an Piepel, Rio, Bravo eins, zwei, drei.«

»Wo warst du gestern?«

»Ich war verhindert. Tut mir leid.«

»Was soll denn das sein, verhindert?«, schnauzt der Piepel sie an.

»Ich hatte zu tun.«

»Was hattest du zu tun?«

»Ich war im Kaufhaus Schönstedt und habe dort einen Fitnessraum und einen Ruheraum gebaut und mich um kranke Chamäleonen gekümmert.«

»Das heißt Chamäleons. Und die waren wichtiger als ich?«

»Na ja, Piepel, die waren krank. Und ich hab doch deine Telefonnummer nicht und konnte dich nicht anrufen, um abzusagen.« Und wenn sie die Nummer hätte, sie ist so versunken gewesen in ihre Arbeit – niemals hätte sie daran gedacht anzurufen. »Übermorgen ist ja schon der Kaffeeklatsch mit deinem Vater«, versucht sie zu trösten. »Einladungen sind längst raus. Ab da geht es aufwärts. Dann kommst du wieder zu mir.«

»Das überlege ich mir noch. Und nenn mich nicht immer Piepel. Ich heiße Valerie.«

»Okay, Valerie? Bist du wieder friedlich?«

»Mhm. Ich muss los. In die Schule.«

»Tschüss, over and out.«

»Mhm.«

Diese Valerie ist ganz schön ruppig. Die soll sich mal nicht so haben; wenn ein Erwachsener beschäftigt ist, ist er beschäftigt und gut. Das hätte es früher nicht gegeben, so ein Gezicke.

Eine Party ist nur so gut wie ihr schwächstes Glied. Und Herr März ist ein verdammt schwaches Glied. Schon beim Betreten des Mitarbeiterbereichs der Cafeteria stöhnt er, als er die über der kunterbunt gedeckten Tafel schwebenden Luftballons sieht und die Kuchenberge in Mintgrün, Knallrosa und Babyblau, die Margarete, froh über eine Aufgabe, im Übermaß fabriziert hat. Nicht mal Guten Tag sagt er, zerrt nur seine Tochter hinter sich her, die, kaum dass sie ihn erblickt hat, selig in Toms Richtung grient, was Tom veranlasst, seinen Zeigefinger in der Nase zu versenken und die Spitze des rechten Thermostiefelchens mit dem linken zu malträtieren. Klarer Fall von Liebe auf den ersten Blick. Lucy nimmt sich vor, später diesbezüglich ein ernstes Wort mit Valerie zu reden, schenkt den beiden aber erst mal Eintrittskarten für das seit heute Morgen im Kaufhaus ansässige kleine Spiegelkabinett, woraufhin sie sich je einen Muffin schnappen, beide einen hellblauen, und sich verziehen.

Lea Hellmich ist wirklich eine Spitzenkraft: Für zwei Monate ist das alte Spiegelkabinett im Kellergeschoss untergebracht, wo bis gestern die Sonder-Verkaufsflächen waren, unter den Verkäuferinnen liebevoll Sondermüll genannt. Das Spiegelkabinett hat ihnen an einem Tag mehr Eintrittsgelder eingespielt, als die Abteilung Sondermüll in einer Woche abgeworfen hat, und gute Laune macht es auch.

So unangenehm er als Gegenstand der Betrachtung auch sein mag, Lucy behält die ganze Zeit Vater März im Blick. Hier geht es um ihre und Piepels gemeinsame Zukunft. Das darf sie nicht versauen. In weiser Voraussicht hat sie vorhin das Fläschchen vom Wollmauselixier mit Wasser aufgefüllt und ausgetrunken, da war bestimmt noch ein Quäntchen drin. Angst, es könnte schiefgehen, hat sie also nicht. Nur leicht genervt guckt sie zu, wie der Mann den Mund verzieht, als Lea Hellmich ihm Kaffee einschenkt, und zwar genau die zehn Sekunden lang, die er braucht, um zu erkennen, dass er für diese lila Bluse früher hätte aufstehen müssen. Dann erlischt sein Lächeln, falls es eins hat sein sollen.

Boxer hat zwar ein extrem verschlissenes Holzfällerhemd an, um den Grad seiner Wertschätzung für diese Veranstaltung deutlich zu machen, legt aber, als er nun in Herrn März einen Konkurrenten ausmacht, gleich mal seine Hand um Lea Hellmichs Hüfte. Männer mit Testosteron kommen bei vielen Frauen eben doch besser an als solche ohne. Herr

März, der Stargast des Nachmittags, ist also quasi unsichtbar. Das ist aber nicht weiter schlimm. Schließlich ist Lucy in Marilyns Anwesenheit auch unsichtbar, selbst wenn diese noch so schweigsam und bescheiden ihre Schlagsahne vertilgt. Zieht Lucy deswegen eine Fresse? Nein. Das Bessere ist des Guten Feind, sagt der Volksmund. Wobei das Bessere das Gute in der Regel gar nicht für voll nimmt. Da kann man von Feindschaft eigentlich nicht sprechen.

Lucy ist froh, dass Boxer in zwanzig Minuten zum Training muss, sonst würde Toms Mutter, die später reinkommt, weil sie beim Zapfhahn unten noch ein Bier und einen Korn hat trinken müssen, sich ihm früher oder später mit einem »Nimm mich« vor die Füße werfen. Was die Frau an ihrem Pullover rumstreicht und wie sie die Lippen aufwirft – man kommt sich vor wie bei einem Unfall: Man will wirklich keinesfalls stehen bleiben, glotzen und die Aufräumarbeiten behindern, aber man kann nicht anders. Margarete Fiebig ist neben Lucy die Einzige, die in Boxers Gegenwart entspannt wirkt, allerdings hat sie den obersten Knopf ihrer Bluse geöffnet und spielt gedankenverloren mit einem dicken Goldmedaillon. Sie ist vielleicht nur subtiler als die anderen.

Als Boxer sich nun seine Tasche schnappt, ist es, als werde eine Galaxie einer mächtigen Sonne beraubt. Man wird erst noch sehen müssen, ob gleich alles mit einem Puffffffffff und jeder Menge rumfliegendem Staub und Gestein in sich zusammenfällt oder nur zwei Planeten unkontrolliert hin und her schnipsen und ansonsten alles beim Alten bleibt.

Lea verpasst ihm einen Abschiedskuss, was er nicht so gut findet, jetzt, wo noch eine Jüngere im Raum ist. Er schiebt sie mit einem »Na, na« von sich weg, zwinkert Toms Mutter zu und geht pfeifend Richtung Studio.

Immerhin ist Lea nach Boxers Abgang voll einsatzfähig. Sie setzt sich Toms Mutter und Valeries Vater gegenüber, die sich seltsamerweise nicht ausstehen können, und macht sehr freundlich Konversation. Lucy, die zu weit weg steht, um zu hören, worum es geht, zupft mit beiden Händen ohne Unterlass an dem grauen Kleid, in das Lea sie mit den Worten »Willst du nun, dass der Spießer dir vertraut oder nicht?« gezwungen hat, und denkt sich Untertitel aus zu dem, was sie sieht.

Lea: Ah, Sie sind also beide Alkoholiker. Wie wunderbar. Es ist ja wirklich selten, dass man einen Menschen trifft, mit dem einen auf Anhieb etwas verbindet.

Herr März: Ich bin aber nur ein leichter Alkoholiker.

Toms Mutter: Ich auch.

Lea: Und schon die zweite Gemeinsamkeit! Sie machen mich ganz neidisch. Ich bin bloß in einen Idioten verliebt.

Herr März: Da sagen Sie was Wahres.

Toms Mutter: Wo die Liebe hinfällt.

Lea: Und auch eine Art gemeinsame Grundstimmung ist schon vorhanden: scheinbar vollständige Lethargie, die in null Komma nichts in Aggressivität umschlagen kann.

Herr März: Ja.

Toms Mutter: Mhm.

Eine halbe Stunde später haben Toms Mutter und Valeries Vater, und zwar ohne einander eines Blickes zu würdigen, gemeinsam eine Flasche Sekt ausgetrunken.

Kaum sind die Kinder zurück, zieht Herr März seine Tochter unsanft am Ohr, weil sie sich vor Aufregung mit Kakao bekleckert hat. Lucy eilt hinzu, kniet sich neben ihren Piepel, und als sie dessen abwesendes Lächeln sieht, beschließt sie, alles zu tun, damit dieser März ihr vertraut. Im

Moment allerdings will sie bloß mit den Kindern, eins an der rechten, eins an der linken Hand, auswandern.

Margarete Fiebig richtet den Blick auf sie und ist es offenbar leid, noch länger auf ihr Stichwort zu warten. Sie fängt jetzt einfach mal mit dem kleinen Schauspiel an, dessen Choreografie sie Lea Hellmich verdanken. Mit stark zitternder Hand hebt sie ihre Kaffeetasse, verschüttet prompt etwas und krächzt wie ein verendendes Gnu: »Herr März, und Sie, Frau … ob ich mir wohl die Kinder ein-, zweimal die Woche zum Einkaufen ausborgen könnte? Meine Beine wollen nicht mehr so recht.«

Ab da läuft alles wie am Schnürchen.

Nach zehn Minuten hat die kleine Valerie Besuchserlaubnis für Margarete Fiebig, Lea Hellmich und Lucy Schröder. »Aber keine Filme ab sechzehn mehr«, ist der einzige, berechtigte Einwand des Vaters.

»Geht klar«, sagt Lucy und würde am liebsten schreiend und johlend im Kreis hüpfen. Aber sie kann sich beherrschen und flüstert Valerie nur etwas ins Ohr.

»Krieg ich dann jetzt einen eigenen Schlüssel?«, fragt Valerie und stößt Tom an, der wie eine Eins neben ihr steht. Als er nichts sagt, nickt sie noch zweimal auffordernd, dann gibt sie auf und sagt laut: »Und Tom, kriegt der auch einen Schlüssel und kann bei dem Deal mitmachen?«

»Was für ein Deal?« Toms Mutter guckt erstaunt von ihrem Muffin hoch, von dem sie gerade Silberkügelchen gezupft hat, die sie offenbar für nicht essbar hält.

»Die Oma in dem blauen Hosenanzug hilft mir in Mathe, und Lucy«, er zeigt auf Lucy, »erklärt mir Reparieren und passt auf mich auf, wenn du weg bist. Essen kocht sie mir auch. Mama, das wäre toll, wenn du das erlauben würdest.«

Interessante Interpretation der Lage, denkt Lucy. Aus dem Kleinen wird mal 'ne Kapazität. Anwalt oder so.

»Wenn es keine zusätzliche Arbeit macht, gern hin und wieder«, sagt Toms Mutter sachlich in die Runde.

»Hurra«, ruft Tom leise aus. »Danke, Mama.«

Lea zwinkert Marilyn zu, und die sagt ein neu erworbenes deutsches Wort erst zu Toms Mutter, dann zu Valeries Vater und macht eine entsprechende Handbewegung. Als sie von beiden die Schlüssel hat, geht sie damit ins Erdgeschoss, die nachmachen lassen. Valerie und Tom sind jetzt offiziell Schlüsselkinder.

Horschti bringt eine frische Kanne Kaffee, setzt sich auf Marilyns Platz und beginnt, umstandslos und zur allgemeinen Erheiterung, davon zu erzählen, wie er die Chamäleonen gerettet hat.

»Chamäleons«, wirft Toms Mutter ein und schaut auf ihr Smartphone. »Kein Empfang, na toll. Ich geh mal eine rauchen.«

Da Lucy nun mithilfe ihrer neuen Freundinnen ein ziemlich großes Problem gelöst hat, würde sie am liebsten alle rausschmeißen und sich unter die Kinderrutsche zum Winterschlaf begeben. Aber sie erhebt lächelnd ihr Glas und sagt: »Ich freue mich, dass Sie alle da sind.« Lea hebt einen Daumen und wendet sich dann wieder Valeries Vater zu. Der Frieden ist fragil.

Margarete sitzt unerschütterlich wie Queen Mom am Kopfende der Tafel und notiert in Lucys Heft, das sie sich ausgeborgt hat, ein paar Wörter und Wendungen, die Marilyn nützlich sein könnten.

»Aber sind Sie nicht mit diesem Koch verheiratet, der an jedes Gericht Kapern gibt?« Marilyn wird rot, hält drei

Finger hoch. Das ist Lucy gar nicht aufgefallen, dass die ein Paar sind. Dabei ist sie es, die hellsehen kann. »Erst drei Monate?«, fragt Margarete. Marilyn nickt. »Dann ist es verständlich, dass sie noch nicht viel miteinander gesprochen haben. Andererseits: Die meisten Sätze am Stück hat mein Mann eigentlich bei unserem ersten Rendezvous an mich gerichtet. Während ich mich frisch machen war, hatten zufällig Anwaltskollegen von ihm das Lokal betreten und sich zu ihm gesetzt, und als ich wieder an den Tisch kam, war ich ihm offenbar peinlich, in meinem karierten Baumwollkleidchen und den flachen Pumps, und er sagte doch tatsächlich: ›Wollen Sie vielleicht demnächst mal diesen Tisch hier abwischen und unsere Bestellungen aufnehmen, Frollein, oder kriegen Sie Ihr Geld fürs Rehäugig-Glotzen?‹ An dem Zögern vor rehäugig hab ich genau merken können, dass ihm eigentlich kuhäugig auf der Zunge gelegen hat, er es sich aber mit mir nicht verscherzen wollte. Und wissen Sie was, Marilyn? Ich hab doch tatsächlich die Bestellung dieser Jungspunde aufgenommen und am Tresen abgeliefert, ehe ich heulend abgezogen bin. Ein Dreivierteljahr später waren wir verheiratet. Eins sage ich Ihnen: Was so anfängt, muss man noch in der Probezeit beenden, wenn man auch nur ein bisschen Würde im Leib hat. Sonst vergeudet man sein Leben.« Marilyn hat, während Margarete redete, ein kleines Necessaire aus ihrer goldenen Clutch geholt und feilt sich jetzt mit einer Miniaturfeile die Nägel.

Margarete nimmt ihr das nicht übel, obwohl ihr anzusehen ist, dass sie mit dieser Geschichte nicht hausieren geht. Sowieso hat Lucy sie noch nie so lange am Stück reden hören. »Welche für Sie bedeutungsvollen Wörter könnten in dem Gesagten enthalten gewesen sein, meine liebe Marilyn*«, fragt Margarete dann und sagt, als Marilyn sie verständnislos anguckt: »Tisch abwischen …, Bestellung aufnehmen …, Tresen …«

»Tresen«, wiederholt Marilyn mit rollendem R und macht eine lange Bewegung mit dem halb ausgestreckten Arm.

»Perfekt«, lobt Margarete. Dennoch wirkt sie wie ausgeblichen in dem bunten Partyzubehör. Ihre Hand zittert jetzt wirklich, als sie die Kaffeetasse an die Lippen hebt. Lucy hat so eine Ahnung, dass Lebensabend lediglich ein Euphemismus ist für schwärzeste Nacht.

»Perfekt«, wiederholt Marilyn, und es klingt, als hätte sie jede Menge roter Gummibärchen im Mund.

Später gibt es sogar Tanzmusik, aber weil die von Horschti auf einer Musikkassette mitgebracht wurde, für die sich im ganzen Haus kein Abspielgerät finden lässt, kann man sie nicht hören. Lucy ist froh drum. Sie ist ein Stück abseits auf einen Stuhl gesunken und hüllt mal kurz den Mantel des Schweigens um sich, ehe sie weiterfeiert.

Wieder daheim, sitzt Lucy lange mutterseelenallein im dunklen Trampolinzimmer. Die Straße beleuchtet schlaglichtartig die Szenerie: auf einem Teller Kuchen wie Innereien. Zwei tintige Luftballons unter der Decke. Lucy kommt sich vor wie ausgestopft, ihr ganzer Körper spannt und ist fest und unbeweglich. Nicht mal ein Foto hat sie von ihrer Mutter. Sie geht mal lieber wieder in ihr eigenes Zimmer.

* Anmerkung der Autorin: Offenbar wird Marilyn von allen Marilyn genannt. Bis zum Ende hab ich leider nicht herausfinden können, wie ihr richtiger Name ist.

Menno, Enno, ich weiß jetzt, warum die Leute trinken: Dann merken die nicht, dass die Party längst vorbei ist. Lebst du überhaupt noch und weißt diesen klugen Gedanken zu schätzen? Die meisten umgeben sich ja gern mit Menschen, die sterben müssen. Da fühlt man sich doch gleich so lebendig und überlegen.
Mir sind genug gestorben. Meinetwegen kannst du ganz gesund werden. Und ich hab immer heimlich davon geträumt, mal 'ne Frau zu küssen. Wo du jetzt diese Frauenzellen hast – würdest du mich mal küssen? War ein Witz. Nichts für ungut, ich wollte nur fragen, wo das Computerchen für den Fisch bleibt. Ich muss jetzt ins Bett. Ich hab morgen ein Date. Mit einem echten Kerl. Zum Küssen. Mindestens.
Aloha! Lucy

Lucy, Lucy,
irgendwann küsse ich dich. Aber nicht so, wie du dir das vorstellst. Lass mich nur gesund werden, das dauert noch ein bisschen. Die Zellen müssen sich erst ganz und gar in mir einleben. Kisten auspacken. Schränke aufbauen, stelle ich mir vor. Um deinen Computer kümmere ich mich aber die Woche noch. Kannst du mir nicht einen Orakelspruch aus dem Fisch geben, für die nächsten Tage?
Dein Date – ist das der, der dir das Herz rausreißen wird, Lucy? Was machst du nur?
Lehn dich ein bisschen bei mir an. Dein Enno

Lieber Enno,
wer will einem Sterbenskranken den letzten Wunsch verwehren:
Auf dem Baum, da sitzt ein Specht. Der Baum ist hoch, dem Specht ist schlecht.
Ja, das ist der Mann. Weiß nicht, was ich an ihm finde, aber mir zittern die Knie, wenn ich an ihn denke.
Deshalb ist das mit dem Anlehnen wirklich angenehm, danke.
Love, Letizia

Lieber Enno,
ich hab doch tatsächlich von dir geträumt. Du bist in meinen Fisch gestiegen, eigentlich mehr gerobbt, weil du so schwach warst. Ich hab an deinen Füßen geschoben. Dann warst du lange weg. Ich hab währenddessen sieben Dosen Ravioli gegessen, und als dein Kopf hinten am Schwanzende (nennen wir es ruhig beim Namen: Arsch) wieder rauskam, hab ich gemerkt, dass ich nicht aufstehen und dir raushelfen kann, weil ich so vollgefressen bin. Na super, dachte ich, das war's. Jetzt verreckt mein einziger Freund in einem von mir geschaffenen Kunstwerk, das noch nicht mal besonders originell ist. Aber dann hab ich gesehen, dass du grinst und dass du völlig ohne Hilfe da rauskommst. Energetisch und lebendig bist du da rausgesprungen. Nur dass du plötzlich blonde Haare hattest und mit einer durchsichtigen, leicht silbern schimmernden Folie überzogen warst. Wie mit einer Schwimmblase oder einer Schutzfolie.
Do swidanija, Wassilissa

Liebste Lucy,
ich danke dir. Du weißt nicht, wie viel mir das bedeutet. Ich hab schlimm Angst. Aber man gewöhnt sich daran. Hier drin haben alle Angst. Und obwohl schon meine Prognose nicht rosig ist, sieht es für die meisten anderen schlechter aus.
Eine gute Geschichte: Normalerweise gibt's ja im Krankenhaus nur beigefarbenes Essen wie Eier in Senfsoße und Frikassee, kräftige Farben würden die Patienten zu sehr aufregen. Heute aber gab's knallrote Ravioli. Vielleicht weil du unklugerweise fast ausschließlich Ravioli isst, hab ich mir vorgestellt, und das als gutes Omen genommen. Trotzdem: Ganz schön eklig, das Zeug. Hör bloß damit auf, Mädchen. Jedenfalls hat mein Zimmernachbar versehentlich seinen Teller umgekippt. Sein Bett sah aus wie nach 'nem Massaker. Er ist in der Pampe liegen geblieben und hat noch bisschen mit Spucke im Mundwinkel rumgezuckt. Fand die Krankenschwester jetzt nicht so witzig.
Alles Liebe, Enno

Lieber Enno,
was deine gute Geschichte angeht – fast wäre ich bei der Lektüre eingeschlafen. Ich kann dir aber ein Angebot machen: Ich esse keinen einzigen Raviolo, während du zur Heilung in meinem Fisch bist, sondern krame ein paar alte Tricks raus, die meine Großmutter mir beigebracht hat, und unterstütze dich von hier draußen ein bisschen. Dafür machst du 1. so schnell wie möglich den Computer fertig. Und falls du 2. auch nur das leiseste Gefühl hast, meine Unterstützung gespürt

zu haben, kriege ich den Computer umsonst.
Deal? Dein Lurchi

Lucy, Lucy. Tricks?
Wirklich? Ich fürchte, ich muss das ganz alleine schaffen. Andererseits ist die Vorstellung allerliebst, wie du Abrakadabra sagst und mit dem Zauberstab auf deinen Scheitel klopfst.
Ich küsse dich schriftlich. Noch nicht einmal handschriftlich. Leider fühlt es sich an wie vergebens.
X X X

Ennochen!
Du musst dir noch mal das Foto auf meiner Website angucken. Kein Scheitel! Wuschelhaare, selbst geschnitten. Und was die Tricks angeht: Wart's nur ab! Wir Frauen können Dinge, davon wagt ihr Typen nicht mal zu träumen.
Du und ich haben einen Deal! Den Kuss nehme ich.
Ich nehme grad alles, merke ich.
Y Y Y

Was hat sie denn da versprochen, ist sie irre? Sie legt einen Finger auf die Lippen, spürt dem vermeintlichen Kuss nach und knibbelt sich dann einen Hautfetzen von der Oberlippe. Sachen wie Tarnzauber und Kerzen-Anzünden fand ihre Großmutter zwar immer ganz lustig, aber in etwa so beeindruckend wie Spuckeblasen bei einem Kleinkind. Ihre letzte Kerze hat Lucy mit sieben angezündet – das versehentliche Gekokel letztes Mal nicht eingerechnet –, keine Ahnung, ob sie heute noch regulär ein Flämmchen hochkriegen würde. Von Heilzauber gar nicht zu reden. Der Mann, den sie am meisten von allen Männern mag, stirbt, was für ein Dreck.

Leider ist ihre Großmutter auch schon tot und kann nicht mehr vormachen, wie Heilzauber gehen. Ob es Heilzauber überhaupt gibt? Lucy schaltet das Notebook aus und tritt vor die Wand mit den von Staub und Socken und Zetteln bedeckten Päckchen. Dreiundzwanzig Stück, über sieben Jahre hinweg von ihrer Großmutter geschickt. Das letzte vor zwölf Jahren. Lucy hat sie nicht aufgemacht, weil sie von der Frau, die sie verlassen hatte, keine Geschenke brauchte. Aber jetzt braucht sie zumindest einen Rat.

»Wenn ich mal groß bin, will ich auch Hexe werden wie du«, hatte Lucy, auf dem Schoß der Großmutter sitzend, gesagt, nachdem diese den Vater dazu gebracht hatte, mit ihnen in den Zirkus zu gehen, wo er nun auf der Bank hockte wie ein Affe auf 'm Schleifstein und mittlerweile sein zweites Bier trank.

»Ich vererbe dir später mal mein dickes Hexenlehrbuch«, hatte die Großmutter auf Lucys Berufswunsch erwidert und sie in den Bauch gepiekt.

»Weißt du, was ich machen soll?«, fragt sie die Päckchen.

Dann zieht sie aus der zweiten Reihe das dritte von links heraus und öffnet es mit steifen Fingern. Knallrotes Seidenpapier raschelt ihr entgegen. Darin zwei vor elf Jahren abgelaufene Tafeln Milka, ein rosa Taschenspiegelchen, rosa Nagellack und zwei rosa Lippenstifte, auf denen kein Haltbarkeitsdatum steht, weshalb Lucy einen aufschraubt und auf ihre aufgesprungene Lippe schmiert. Schmeckt überdeutlich nach Himbeeren und glitzert. Mit Blick in das Spiegelchen schmiert Lucy sich gierig den Mund ein.

Auf dem roten Seidenpapiergrund des Päckchens noch zwei Karten mit campenden Igeln drauf.

Liebe Lucy, du bist mein wunderschönes Mädchen, und damit du dich am heutigen Mittwoch wie ein Sonntagskind fühlst und wie eine echte Prinzessin, habe ich dir ein bisschen Glitzer besorgt. Ich finde, du könntest die Kampfhandlungen jetzt mal einstellen. Ich umarme dich ganz fest. Deine Omi

Welche Kampfhandlungen? Und was gibt es daran zu meckern, dass Lucy eine Kriegerin ist? Wäre ihre Großmutter ein bisschen mehr Kriegerin gewesen, sie hätte ihre Enkelin nie im Leben bei deren stummem, starrem Vater zurückgelassen. Eat this, *Omi*!

Sie nimmt die zweite Igelkarte in die Hand.

Eine Übung für dich. Hab ich gerade noch mal probiert und finde die Wirkung phänomenal. Phänomenal bedeutet übrigens »sehr beeindruckend«.
Auf geht's. Die Übung heißt: <u>Bis in die Füße atmen.</u> Stell dich vor den Badezimmerspiegel, schließ die Augen, und dann atme. Ganz sanft, ohne Anstrengung. Fühle, bis wohin du kommst. Das ist dein Ausgangspunkt. Trainiere, den Atem oder auch nur deine Aufmerksamkeit an der Rückseite deines Körpers nach oben und beim Ausatmen bis in die Füße zu lenken. Mach das am Anfang den ganzen Tag über immer wieder mal. Was passiert?

Was passiert? Die fragt, was passiert?!? Diese Übung ist der absolute Wahnsinn! Also erst mal ist wie meistens im Leben nichts passiert. Dabei war sie guten Willens. In Ermangelung eines Badezimmerspiegels hat sie sich vors Fenster gestellt. Spiegelt auch. Ziemlich öde Veranstaltung; Lucy tat der Bauch weh, weil sie sich so verkrampft hat, später auch die Knie. Und irgendwann war sie dann schon ein bisschen müde und verzweifelt und hat mit einem tiefen Seufzer an den Verlust ihrer Ravioli und an den halbtoten Enno gedacht und sich mit diesem Seufzer doch glatt die Wimpern und den Pony angekokelt. Das war nicht nur ein Lichtlein anpusten wie früher als Kind. Es stinkt nach totem Tier. In der Fensterscheibe ihres Zimmers sieht Lucy aus wie ein Reh im Scheinwerferlicht. Ein Reh mit angesengtem Pony. Der Bücherstapel, vor dem die angezündete Kerze steht, ist von einer dicken Rußschicht bedeckt.

Und Mittwoch ist auch.

Aber Mittwoch ist ja vergleichsweise oft. Man muss nicht ein Geheimnis in stinknormale Dinge hineinbehaupten. Andererseits, warum nicht? Wie ein Sonntagskind fühlt sie sich heute sowieso.

Als wäre der Kanal jetzt freigeseufzt, atmet Lucy lässigst bis in die Füße, achtet darauf, kein Feuer zu machen, und stellt sich vor, dass sie von nun an einen ganz anderen Antrieb haben wird auf dem Skateboard. Sie sollte wirklich demnächst bremsen lernen. Dann pinnt sie die eine Igelkarte mit einem von Margaretes Gemüsemessern an ihre Zielscheibe in der Küche, damit sie das Üben für Enno nicht vergisst.

Sie geht ins Bett, macht die Star-Wars-Lampe aus. »*Omi*, dass ich nicht lache.«

Lachen ist gesund. Lach nur. Gute Nacht, Prinzessin.

Plötzlich ist sie knallwach. Hier war eine Stimme. Sie hört Stimmen. Sie lauscht in ihr Zimmer. Sitzt ganz starr, atmet keinesfalls irgendwohin. Sie hat sich das eingebildet. Vielleicht ist es Zeit, den Koffer zu packen und in eine Einrichtung zu wandern. Auf Stoppersocken. Damit an der Notaufnahme gleich alles klar ist.

Um zwei ist sie immer noch so wach, dass sie aufsteht, ins Bad geht, Zähne putzen. Die Füße auf den mattschwarzen Steinfliesen, sitzt sie auf dem Klodeckel und schabt an ihren Zähnen, nimmt sich vor, die elektrische Zahnbürste mal wieder aufzuladen. Sie schminkt sich sogar ab, trägt ja nur den Kinderlippenstift. Der Pony ist nicht mehr zu retten. Als sie alles Angesengte abgeschnitten hat, sieht sie aus wie Betty Boop. Aus der Kommode neben dem Futon kramt sie einen rosa Frotteepyjama aus dem letzten Jahrtausend. Sie zieht ihre Sachen aus, riecht daran, schüttelt den Kopf, trägt alles zur Waschmaschine, zieht das rosa Teil über und will jetzt auch noch Honigmilch. Alle Prinzessinnen kriegen vor dem Schlafengehen Honigmilch. Aber in dieser Küche gibt es weder Milch noch Honig. Als sie seufzt, pustet sie versehentlich die Kerzen auf den drei hellblauen Party-Muffins noch mal an. Aber zivilisiert, nicht so steppenbrandmäßig wie vorhin. Sie schnappt sich die Küchlein, nimmt sie mit in ihr Zimmer und isst alle nacheinander auf. Dann legt sie sich hin und schläft umstandslos wieder ein.

Das mit dem Zähneputzen hättest du dir grad sparen können, Süßigkeiten im Bett, tss. Aber dass du dich nicht wieder in Alltagskleidung schlafen gelegt hast, finde ich gut.

»Schnauze, Omi.«

Am nächsten Morgen wird sie vom Walkie-Talkie geweckt. Und zwar um vier. Da hat sie keine zwei Stunden geschlafen. So ist das also, wenn man Kinder hat. Valerie ist unerträglich munter und sagt, ein Butterbrot schmatzend, dass sie als Erstes Mathe in der Schule hat.

»Supersache«, erwidert Lucy, der übel ist vor Müdigkeit. Dann sagt Valerie, dass sie ein Buch holen geht und was vorliest; es knackt, sie ist weg, und Lucy hofft schon, dass sie unterwegs vielleicht ein Spielzeug findet, das sie ablenkt und das Vorlesen vergessen lässt, aber nix da, Valerie ist gnadenlos. Während Lucy nun also der ziemlich stockend vorgelesenen Geschichte vom Grüffelo zuhört und immer mal »Oh, wie schrecklich« sagt oder »Mannomann, so was macht die Maus, das ist ja lebensgefährlich«, zieht sie sich an und kocht sich einen Kaffee. Die Geschichte vom Grüffelo ist vergleichsweise lang. Mit dem Kaffee geht sie an ihre Päckchenwand und nimmt ein Päckchen von oben rechts. Es ist schwerer als das erste. Mit ihrem blauen Lieblingscutter schneidet sie es auf, und während sie hineinschaut, vergisst sie doch glatt »Mannomann« zu sagen, und Valerie schimpft mit ihr: »Du hörst gar nicht meiner Geschichte zu.«

»Doch, doch«, sagt sie, »danke fürs Vorlesen, das war sehr toll. Aber jetzt muss ich arbeiten.«

»Ich bin gleich fertig, noch … eins, zwei … noch vier Seiten!«

»Ich muss jetzt arbeiten. Komm doch nach der Schule vorbei.«

»Da bin ich bei Oma Margarete im Kaufhaus, Mathe üben. Hast du das denn vergessen? Aber jetzt hab ich Zeit. Es ist ja noch viel zu früh für die Schule!«

»Es ist für alles zu früh …«

»Noch vier Seiten! Bitte!«

»Ich muss dringend arbeiten.«

»Du hast gesagt, es ist zu früh für alles. Bittebittebitte! Papa darf ich nicht wecken, was soll ich denn machen? Ich bin ganz alleine.«

»Herzchen, ans Alleinsein kannst du dich schon mal gewöhnen. Das ist das Leben.«

Sie hört, wie Valerie losschnieft. Sie kann jetzt nicht. Sie will nicht. Sie ist gefangen von dem aufgeklappten Päckchen in ihrer Hand. Dann fällt ihr zum Glück was ein. »Wenn du nachher in die Schule gehst, nimm dir unter meiner Fußmatte dein Geschenk weg. Ich hab da was hingelegt.«

Das war die Lösung. Sie ist eine exemplarische Pädagogin. »Ein Geschenk!«, jubelt Valerie nämlich jetzt und unterbricht die Verbindung. Lucy stellt das Päckchen ab, stoppert zur Tür und legt den rosa Nagellack aus dem gestrigen Päckchen unter die Fußmatte, weil sie weiß, dass Valerie es nie und nimmer noch bis halb acht aushalten kann. Tatsächlich hat sie kaum die Tür geschlossen, da hört sie schon, leise, leise, Getrappel.

Zurück im Zimmer, liegt da das Päckchen. Sie weiß, um zu finden, wonach sie sucht, wird sie vermutlich mehrere der Päckchen ihrer Großmutter öffnen müssen. Und außerdem kann es immer noch sein, dass sie sich irrt und gar nichts finden wird. Sie atmet durch. Scheibenkleister, das mit dem Bis-in-die-Füße-Atmen war ein schlechter Rat, denn ist der Wahnsinn einmal aktiviert, hat sie den Eindruck, kann man sich nicht mehr entscheiden, ob man nur bis in die Lunge atmen will, wie 99,99 Prozent der Leute das total ausreichend finden, oder eben bis in die Füße. Nicht nur dass sie bis in ihre Füße atmet, sie atmet auch bis in ihre Fingerspitzen und ihr, äh, Geschlecht, das sofort nach Schwertmann fragt. Sie atmet alle Luft aus dem Raum in sich herein, viel ist es nicht, hier wurde seit Monaten nicht gelüftet. Sie greift hinter das Regal nach dem Griff und hebelt das Fenster auf, da ist kaum Platz zwischen Regal und Fenster, es kommt zu wenig Luft rein, hat sie das Gefühl, und dass sie gleich verreckt. Aber das könnten auch Symptome von Hyperventilation sein. Wegen der Luft in Fingerspitzen und Geschlecht. Wegen des Päckchens auch. Will sie dieses Päckchen der Pandora überhaupt ganz auspacken? Darin liegt nämlich eine Schneekugel. Als Lucys Großmutter noch lebte, hat Lucy aber noch gar keine Schneekugeln gebaut, und auch von ihrer Großmutter ist ihr nicht bekannt, dass diese etwas mit den im Normalfall ja eher kitschigen Souvenirchens am Hut gehabt hätte.

Lange steht sie in einem schmalen Flur aus Winterluft über dem Päckchen und atmet. Jede Zelle tut ihr weh. Wegen des absinthgelben Seidenpapiers erkennt sie nicht, was in der Schneekugel ist. Lucy hatte, als sie klein war, das ganze Papier aus dem Schränkchen ihrer Großmutter herausgeholt und aufgefaltet und hindurchgesehen und es wehen lassen. Wenn sie einmal heiratet, wird ihr Kleid aus solch faserigem absinthgelbem Seidenpapier sein. »Und um die Taille trägst du eine braune Schärpe«, hatte ihre Großmutter gesagt. Wo speichert man solche Erinnerungen? In der letzten Ecke des Gehirns? Oder in den beatmeten Zellen, die jetzt wehtun?

Sie löst sich aus ihren Erinnerungen und kocht sich einen neuen Kaffee, der alte ist kalt. Sie horcht am Walkie-Talkie, aber Valerie wird sich die Nägel lackieren. Sie setzt sich neben das Päckchen auf den Boden und hebt endlich die Schneekugel heraus. Es ist eine der handelsüblichen. Doch in dieser steht eine junge Frau, die knochige Knie hat und auch sonst aussieht wie Lucy, nur mit normaler Frisur. Außerdem ist da ein schwarzhaariger, schlanker Mann. Und weil die junge Frau offensichtlich einen Magneten in sich hat, wird der Mann in alle Richtungen von ihr weggestoßen und dotzt immer wieder gegen das durchsichtige, gewölbte Plexiglas. Zumindest bleibt er aufrecht, aber gut geht es dem bestimmt nicht. Ihr auch nicht. Sie schiebt die Kugel unters Bett, so weit nach hinten, wie sie, auf dem Bauch liegend, kommt. Wieso macht nicht mal einer den Staub weg? Und die ganzen Papierschnipsel! Sie kann doch niemanden in diese Wohnung einladen. Hoffentlich hat Schwertmann selbst eine Wohnung, einen Palast oder einen entvölkerten Landstrich, auf dem sie es später tun können.

Am nächsten Tag hat sie eine neue Information über Schwertmann. Er ist widerlich. Oder wusste sie das vor dem Sex auch schon? Es kommt ihr so vor.

Nachdem ein Taxifahrer sie durch die Nacht heimgefahren hat, unter viel Gerede und erbärmlichen Komplimenten, die erst versiegten, als sie sagte, wer wie er vier Kinder durchzufüttern hat, soll sich vielleicht so verhalten, dass er das eine oder andere Trinkgeld kriegt, duscht sie lange, aber es hilft nicht viel. Sie hat den Dreck an sich dran. Wie durch milchig-graues Wischwasser watet sie in der Wohnung rum; zum ersten Mal fällt ihr auf, dass es keine Teppiche darin gibt, nichts Weiches.

Ein paar Stunden später werden bei Schönstedts den Kranken und Versehrten gerade die in Messing gefassten Glastüren aufgeschlossen, als Lucy schlotternd auf den Platz einbiegt. Sie flüchtet sich hinein, tritt einer alten Frau in die Hacken. Alte Frauen gehen entsetzlich langsam in ihren völlig unbrauchbaren Schuhen.

In der Tierabteilung steht zwar jetzt auf ihren Befehl hin eine Bank, aber da kann sie nicht sitzen in ihrem Zustand. Dann gehen die Chamäleonen garantiert ein. Die sind von so anrührender Hässlichkeit, die sterben bestimmt bald aus. Die armen Tiere.

Damit sie auf der Rolltreppe nicht so auf dem Präsentierteller ist, nimmt sie den dunklen Lift in die Cafeteria. Bebend lehnt sie am geriffelten Metall und schaut in den dunklen Spiegel. Man sieht ihr nicht an, dass ihr letzte Nacht etwas passiert ist, das ihr besser nicht passiert wäre. Am ehesten sieht sie noch nach Heuschnupfen aus. Gleich gibt's Kaffee. Gleich, gleich kann sie sich setzen und mal versuchen zu atmen. Zwischen dem zweiten und dritten Stock bleibt der Lift leider stehen, und die vielleicht vierzigjährige Frau im schwarzen Strickpullover, die einen Zentimeter vor der Tür steht, dreht sich zu Lucy um. Sie sieht sehr krank und mager aus. Der Blick rutscht ihr weg, als sie angstvoll fragt: »Warum halten wir? Sind wir stecken geblieben?« Hoffentlich stirbt die Frau nicht gerade jetzt. Lucy kann die ganzen Erste-Hilfe-Dinger nicht. Das regt sie auf, dass die Frau einfach davon ausgeht, ihre Mitmenschen werden schon wissen, was zu tun ist, wenn sie in Ohnmacht fällt. Wissen die aber nicht! Wie kann man nur so egoistisch sein? Unfassbar. Und jetzt fragt die auch noch so was Blödes.

»Warum wir halten? Na, weil hier leider bloß einspurig ist«, antwortet Lucy, so ruhig es ihr möglich ist. Ein Witz hat noch jede beschissene Situation verbessert. »Wir warten, bis der Fahrstuhl in die Gegenrichtung durch ist. Dann geht's weiter. Dauert höchstens zwei Minuten.«

»Wirklich?«, fragt die Frau weinerlich und guckt auf ihre Armbanduhr.

»Sehe ich etwa aus wie der Liftboy? Sehe ich aus, als hätte ich was mit Fahrstühlen am Hut? Keine Ahnung, warum der Scheiß-Fahrstuhl hier hält!« Den letzten Satz hat Lucy geflüstert, um ihn nicht zu schreien. Sie war auch schon mal gelassener.

Die Frau sagt »ja, gut, danke«, und zum Glück ruckt der Fahrstuhl wieder an und öffnet kurz darauf pflichtbewusst die Tür vor der Cafeteria. Die Frau hält sich an der Seitenwand fest, ehe sie sich in Bewegung setzt. »Wo ist hier die Toilette?«

»Sehe ich aus wie die Klofrau?«, schreit Lucy nun wirklich und würde sich am liebsten auf die Frau oder irgendwen stürzen und ihr oder irgendwem das Gesicht zerkratzen.

»Danke«, sagt die Frau da noch. »Danke, ich seh's schon. Tschüss.« Und sie steuert den Eingang der Toiletten an. Lucy steht da wie vom Donner gerührt. Gegen die rote Kinderrutsche treten, den Schaukasten mit der Modelleisenbahn zerdeppern. Aber natürlich macht man so was nicht. Nicht mal sie. Im Laufschritt rast sie raus auf die Terrasse, deren schnörkelige Metallbrüstung ihr bis zum Schlüsselbein geht.

Sie tritt dagegen, reckt den Kopf vor wie ein Uhu und schreit dann in die Winterluft, die grau wie Kloßteig vor ihr klebt. Sie schreit geradeaus und nichts Bestimmtes, aber so laut sie kann. Mit raushängender Zunge und aufgerissenem Maul brüllt sie unartikuliert, bis sie Schmerzen in der Brust und im Kiefer hat, dann geht sie wieder rein. An die zehn Menschen, in verschiedenen Stadien des Verendens begriffen, starren Lucy an. Die Monroe erhebt sich von ihrem Drehstuhl.

»Kaffee?«, fragt sie. Lucy nickt.

Am besten wäre, jemand würde ihr aus der dicken Wattejacke helfen, aber die Monroe ist mit pompösem Hüftschwung schon unterwegs Richtung Kaffeeautomat. Als Lucy zitternd in der hintersten Ecke des Mitarbeiterbereiches sitzt, kommt sie in ihrer kurzen Schürze an den Tisch scharwenzelt und stellt eine Tasse und eine große Papiertüte voller Fettflecken vor Lucy ab.

»Für Sie, von meine Mann.«

Lucy klappt die Tüte auf und guckt rein: »Das sind ja mindestens fünf Stück.«

»Acht.«

»Wo soll ich denn acht Eclairs hinessen, soll ich so fett werden wie dein Mann?«

Wortlos dreht die Frau sich um, sie versteht wohl besser Deutsch, als man anhand ihres aktiven Wortschatzes vermuten würde, und Lucy sollte jetzt schnell etwas Deeskalierendes sagen. »Isst du auch eins?«, ruft sie ihr hinterher.

»Danke, nicht«, sagt Marilyn über die Schulter. Gott sei Dank, sie scheint nicht sauer zu sein.

»Dann muss Lea Hellmich mitessen! Hol die mal!«, ruft Lucy. Marilyn dreht sich nicht um, sondern hält nur die rechte Hand mit ausgestrecktem Mittelfinger nach oben. Oh, sie ist wohl doch sauer.

»Entschuldigung!«, ruft Lucy. »Tut mir leid.« Jetzt hat Marilyn beide Hände mit ausgestrecktem Mittelfinger oben. Entweder Diva, findet Lucy, oder aggressive Gesten. So hebt das eine das andere auf. Die Durchsage »Lea, bitte vierter Ogä« macht sie zum Glück trotzdem, was auch deswegen ganz schön ist, weil die Traumschiffmusik in Kombination mit den Kotzgeräuschen aus dem Klo einen regelrecht seekrank macht und wegen der Durchsage zumindest die Musik aussetzt. »Lea bitte, Lea.«, wiederholt Marilyn. Die Gute. Und dann wieder Tony Marshall.

Damit der Kaffee nicht kalt wird, fängt Lucy schon mal an, nimmt einen Schluck und langt in die fettige Tüte. Sie hätte so ein Geschenk ja anders verpackt, das Auge isst auch mit. Das Eclair ist allerdings unglaublich – der Teig knusprig, die Creme zart – und außen ist es mit bester Schokolade überzogen. Wenn etwas diesen Tag retten kann, dann solche Eclairs. Ob man die quer in den Mund kriegt? Nein.

Auch wenn sie roh ist und wie geraspelt: Ganz umsonst war der vergebliche Sex mit Schwertmann nicht. Immerhin hat sie ihn ausgehorcht, was er im Kaufhaus zu suchen hat. Und er hatte eine gute Erklärung: Zwischen Dienstschluss und dem Beginn seines Kampfsporttrainings hat er oft eine Stunde Zeit, die er bei Schönstedt rumlungert, das machen viele. Lucy kennt schon nach der kurzen Zeit drei Frauen mittleren Alters, die mit dicken Sporttaschen ankommen, eine halbe Stunde Pullover anprobieren und dann einen halben Liter Sauerkrautsaft kaufen, bevor sie nach oben ins Fitnessstudio fahren. Etwas Schlimmes im Schilde führen tut er also nicht. Er ist einfach bloß ein Arschloch. Da muss er jetzt nicht gleich ein Riesenarschloch sein.

Und er hat ihr sogar eine Freude gemacht. Also jetzt nicht mit dem Sex, der kam erst hinterher. Nein, als sie noch in der Bar saßen, da hat er zwar eigentlich sofort seine Zunge in ihren Mund gesteckt, aber in den Pausen dazwischen hat er gesagt, ihm sei aufgefallen, dass neuerdings irgendwas anders sei im Kaufhaus, besser. Er habe den Eindruck, die Leute würden richtig begeistert einkaufen, da herrsche plötzlich Leben wie im Bienenschwarm. Als sie gesagt hat, dass sie nachts und sonntags die Fenster offen haben, was gar nicht so einfach ist wegen der alten Schließen, war er sichtlich beeindruckt. Und Lucy war stolz, dass ihre Tätigkeit eine Veränderung bewirkt hat

Sie hat ihm gegenübergesessen, den kleinen Leberfleck rechts an seiner Oberlippe betrachtet, seine perfekten Ohren, seine makellose Nase. Er sah aus wie ein Cyborg. Zu perfekt, um lebendig zu sein. Und dann hat er wieder seine Zunge in ihren Mund gesteckt.

Von der Bar aus sind sie zu ihm gegangen, und schon unterwegs hat sein Ton sich verändert. »Wie ist eigentlich dein Nachname?«, hat er gefragt. Und dann: »Lucy Schröder? Wie Lucy und wie Schröder aus den Peanuts? Der eine verklemmt, die andere dumm? Ha. Ha.« Er hat ihre Hand in seine genommen und die Finger gespreizt und ihren Zeigefinger in seinen Mund gesteckt und einmal von ganz unten bis ganz oben abgeleckt. Es war, als hätte er sie damit ausgeschaltet. Im gleißend silbernen Lift hat er ihr gesagt, dass seine Freundin Schwedin ist. »Ich stehe auf blonde lange Haare … Aber Fleisch ist Fleisch.« Er hat Lucy in seine Wohnung geschoben. Ein Fitnessstudio auf zwei Etagen –

alles in Stahl und Grau. Er hat sie ausgepackt und auf glitschigem schwarzem Bettzeug unter sich zurechtgelegt und dann gefickt, als wäre sie aus Weichplaste. Dann hat er sie auf den Bauch gedreht und noch mal gefickt, als wäre sie aus Weichplaste. »Acht Minuten, das macht mir so schnell keiner nach«, hat er mit Blick auf den Wecker gesagt und gefragt, wieso sie nicht gekommen ist. »Frauen. Einfach nicht in der Lage, Spaß zu haben.« Unter seinem klirrenden Gelächter hat sie ihre Sachen zusammengerafft und ist gegangen. Geheult hat sie aber erst auf der mit weinrotem Teppich belegten Treppe. Für den Lift hätte man einen Schlüssel gebraucht.

Immer wieder krampft Lucys Körper sich zusammen. Wahrscheinlich der Blinddarm. Sie isst tapfer weiter. Wo bleibt nur diese Lea Hellmich? Lucy hat kein Taschentuch. Taschentücher hat sie nur dabei, wenn sie Schnupfen hat, und jetzt hat sie keinen Schnupfen. Wobei: Wenn man weint, läuft einem gleichzeitig auch immer Rotz aus der Nase. Sind das nicht verschiedene Flüssigkeiten? Sind die lieblichen Tränen im Grunde auch nur flüssige Popel? Eine dieser lieblichen Tränen perlt über die glänzende Schokoglasur. Lucy isst mal weiter. Zum Glück liegt in der Tüte eine Papierserviette zum Naseschnauben und Tränen-Wegwischen. Man muss nur aufpassen, dass man eine Stelle ohne Schokolade erwischt.

Als sie drei Eclairs aufgegessen hat, kann sie nicht mehr. Lea Hellmich ist auf Weiterbildung, sagt die Verkäuferin mit der schwarzen Bienenkorb-Frisur, die an Lucys Tisch getreten ist.

»Ach was, die hat ein Bewerbungsgespräch. Ohne die könnt ihr hier dichtmachen. Und ich auch.«

Leider wird sie auf dem Weg nach draußen von Horsti aufgehalten, der wie irre die Knöpfe am Fahrstuhl wienert, weshalb Lucy die verdammten Knöpfe nicht drücken kann. Jetzt weiß sie auch, warum der betteln muss für seinen Lebensunterhalt. Der ist einfach zu akribisch für die Welt. Der könnte noch nicht mal die hiesigen Toiletten beaufsichtigen, weil sich die Leute dann reihenweise in die Hose machen würden, während er die Klobrillen poliert. Wobei – vielleicht würden die Versehrten und Kranken das auch schätzen, wenn Kaufhaus Schönstedt einen Klobeauftragten hätte und man sich auf der Klobrille niederlassen könnte, weil man weiß, die ist qualitätsgereinigt. Darüber wird sie noch nachdenken, vorausgesetzt, er gibt jetzt mal den Lift frei, damit sie sich verziehen kann. Aber nein, Horsti doch nicht. Der braucht erst ein bisschen Aufmerksamkeit, der hat jetzt die Macht über den Lift.

»Hamse jesehen, die Chamäleonen sind dank meiner einer so fidel. Wenn ihr Glück habt, paaren die sich, und ihr könnt eine Zucht anfangen.«

»ChamäleonSSS«, herrscht Lucy ihn an und drückt auf seinen Finger, der, mit einem blütenweißen Tuch umhüllt, auf dem silbernen Knopf liegt.

»Aua«, sagt er und tritt beleidigt mit seinem Eimerchen und dem Tuch aus dem Fahrstuhl.

Im Erdgeschoss, vor der Tür zum Boxraum, findet sie Margarete Fiebig und Toms Mutter ins Gespräch vertieft vor. Margarete, lässig auf einen ihrer Stöcker gelehnt, winkt Lucy zu, Toms Mutter guckt durch sie hindurch. Hass schießt in ihr hoch. Was will Margarete mit dieser Frau? Was meint diese Frau, wer sie ist, Lucy nicht grüßen zu müssen! Die wird demnächst an Suff sterben, und Lucy wird noch jahrzehntelang weiterleben. Sie grüßt Margarete knapp, damit die versteht, dass sie einen Fehler macht und ihre Zuwendung den falschen Leuten gibt.

Als sie die Tür öffnet, erblickt sie neben dem Boxsack Valerie und Tom. Sie steht an ihn gekuschelt, er hat die Arme um die einen halben Kopf Größere gelegt, hält sie, versenkt seine Nase in ihren hellblonden Fusselhaaren, sagt, sie ist viel, viel besser als fünf. Dieser kleine Junge hält das Mädchen mit allem umschlungen, was er hat. Sie fließt mit ihrer Sehnsucht nach Trost in seine Umarmung hinein, wie Lucy das noch nie in ihrem ganzen Leben getan hat. Die schwere Feuertür klappt hinter ihr zu. Lucy lehnt sich dagegen. Niemand nimmt von ihr Notiz.

Letzte Nacht gab es gar keine Umarmung. Deshalb bestand auch nicht die Gefahr, sie könnte zerfließen. Na, das hat sie ja großartig eingefädelt. Will sie das jetzt, bloß weil ihr Vater mal gesagt hat, *Liebe is nich*, für den verschissenen Rest ihres verschissenen Lebens so haben? Lucy, die sich eigentlich oben im Ruhebereich hinlegen wollte, allein sein und doch nicht so allein wie daheim, sinkt an der Tür zu Boden, hockt da und schaut auf die Umarmung der Kinder. Schaut hin. Kennt das Bild auch mit geschlossenen Augen noch so genau, als hätte sie höchstpersönlich mit ungelenkem Kreuzstich einen bescheuerten Teppich daraus gestickt. Lucy umfasst ihren ausgekühlten, harten Leib, sitzt noch eine Weile so da. Dann steht sie auf und geht leise raus und durchs Erdgeschoss zum Haupteingang. Jemand wie sie muss nicht zwischen Leuten sein, sondern geht in seine dreckige, stinkende Höhle. Bei der Klaumeldeschranke schmeißt sie die Tüte mit den restlichen fünf Eclairs in den Papierkorb.

Zu Hause geht es ihr aber nicht besser. Das Walkie-Talkie ist tot. Klar, Valerie ist mit Tom und mit Margarete Fiebig im Kaufhaus, für heute ist wieder Mathe angesetzt. Wenn Margarete ein Handy hätte, würde Lucy da reinschreien, sie soll den Piepel rausrücken, und zwar zackig. Lucy lässt den Kopf hängen, riecht, dass sie noch nach Verderben stinkt. Müsste noch mal duschen, ist aber zu matt. Enno hat nicht gemailt. Ist wahrscheinlich tot, machen wir uns nichts vor. Und wenn nicht heute, dann morgen. Lucy federt ein bisschen auf dem Trampolin rum. Aber ohne Valerie ist Trampolin wie Kellertreppe-Runtergehen. Außerdem jammern draußen im Flur die Dielen, und das Fenster klappert. Es wird seinen Sinn haben, dass Trampoline meistens draußen stehen, nicht drinnen. Sie legt sich auf die blaue Fläche, breitet wie ein Schneeengel Arme und Beine aus und guckt an die Decke. Das kann man wochenlang machen. Zur Abwechslung mal wieder nichts fühlen täte wahrscheinlich gut. Aber man fühlt Kälte. Sie dreht die Heizung an, holt sich ihre kleine giftgrüne Kinderwolldecke und legt sich wieder auf die hart gespannte Fläche. Liegen. An die Decke schauen. Die Risse sehen, Abstufungen von Weiß, wie die Luft sich gegen Abend zu verdichten scheint, wenn alles Licht heraussickert und nur noch Scheinwerfer und die Lampen von gegenüber den Raum strich- und punktweise erhellen. »Liegen bleiben, ich will bitte liegen bleiben, lasst mich«, seufzt sie. Und obwohl ja keiner etwas Gegenteiliges befiehlt, steht sie nach vier Stunden wieder auf. Früher hat sie es auf bis zu zwanzig gebracht. Sie hat Hunger, aber außer Ravioli nichts im Haus. Ravioli will sie nicht. Schon weil sie Enno versprochen hat, keine mehr zu essen. Leider immer noch keine Nachricht von ihm. Tot wahrscheinlich.

Sagt sie ja. Ehe sie nun die nächsten vier Stunden auf dem harten und rückenkalten Trampolin liegt, wendet sie eine Kulturtechnik an, die ihr noch nicht so lange zur Verfügung steht: Sie ruft einen Freund an.

Als Friedemann vom Lieferservice eine Stunde später klingelt, sagt sie ihm, er soll reinkommen, sie muss nur rasch Geld holen. Unscharf tritt er in den Flur, schrickt zusammen, als die eine Diele unter seinem Gewicht jammert. »Guck mal, ich hab ein Trampolinzimmer«, sagt sie, macht ihm die Tür auf und trägt schon mal die Tüten in die Küche. Er steht solange in der Tür zum früheren Wohnzimmer und sagt: »schön«. Der Mann ist wirklich sehr schüchtern. Sie geht vor und schließt die Wohnungstür ab, er ist ihr gefolgt und macht einen schnellen Schritt auf sie zu, aber sie hält triumphierend den Schlüssel hoch, steckt ihn ein und sagt: »Und jetzt kochen wir zwei uns was Schönes. Ich hoffe, du kannst kochen. Ich nämlich nicht.« Er grunzt und guckt panisch.

»Wenn du mir was gekocht hast, kannst du gehen. Und ich hab auch extra bloß Nudeln und Tomatenmark bestellt, damit du hier nicht drei Stunden rumkochen musst. Bin ich nicht nett? Da drüben ist die Küche.« Sie geleitet den Widerstrebenden dorthin, stellt ihn vor den Herd, setzt sich an den Tisch und sagt: »Mach mal, ich erzähl uns derweil was.«

»Ich muss weiter«, sagt er mit dünner Stimme gegen die Kacheln, »da warten noch andere auf mich.«

»Man soll nicht lügen. Vorhin hast du gesagt, dass ich die Letzte bin für heute.«

»Aber da hat sich was verschoben.«

»Mir egal.«

»Du hast mich entführt.«

»Sei doch froh, endlich mal was los bei dir. Und jetzt koch. Je eher du fertig bist, desto eher kannst du gehen.«

»Und wer garantiert mir das?«

Der hat wohl zu viele schlechte Krimis gesehen! »Niemand garantiert dir das. Du bist ein Kerl, und ich bin eine schwache, zarte Frau und rein physisch gar nicht in der Lage, dir was anzutun.« Das stimmt jetzt nicht so ganz, und das scheint er auch zu wissen, so wie er guckt, als er sich jetzt zu ihr umdreht. »Okay«, sagt sie, »lass uns, damit wir auf Augenhöhe sind, einen Deal machen: Ich beantworte dir eine Frage zu deiner Zukunft, ich kann das nämlich, und dafür kochst du mir was, und dann kannst du gehen. Wie alt bist du eigentlich?«

»Dreiundzwanzig.«

»Hobbys hast du ja wahrscheinlich keine außer Computerspiele und Chips.«

»Spinnst du?«

»Sorry, sorry, tut mir leid, ich hatte einen blöden Tag. Jetzt deine Frage.«

»Was für ein Quatsch. Du hättest auch einfach sagen können: ›Friedemann, mir geht's schlecht, kannst du ein Stündchen dableiben?‹ Du musst mich nicht gleich entführen.«

»Aber mir geht's nicht schlecht. Ich hatte nur einen blöden Tag.«

»Sag schon: Was ist passiert, wieso bin ich hier?«

»Weil ich das so will. Deine Frage. Zack, zack, aber bitte eine wichtige.«

»Na gut. Wo bin ich heute in drei Jahren?«

Lucy schließt die Augen. Das ist leicht, sie hat ihn sofort. Nur so aus Spaß, um ihn zu ärgern, sagt sie, er soll ihr seine Hand geben. Sie bereut es augenblicklich; Seine Patschhand, nass von Angstschweiß, liegt starr in ihrer. Sie zieht sie weg. »Raspelkurze Haare, fünf Kilo weniger – steht dir. Eine Cola in der Hand, stehst du an einem Bett, sieht nach Krankenhaus aus, viele Betten. Tut mir leid. Da wird wohl jemand krank.«

Er geht zurück zum Herd.

»Wollen wir nicht was spielen? Ich hab keine Brettspiele, aber Schiffe versenken oder so was?«

»Ich muss kochen.«

»Ich hab aber keinen Hunger.«

»Dann muss ich gehen.«

»Okay, dann koch.«

Er nimmt sich die zwei gepunkteten Töpfe von den Zwillingen, füllt einen mit Wasser und stellt ihn auf den Herd. Seine Bewegungen lassen vermuten, dass er weiß, was er tut. Lucy entspannt sich.

»Ich mach nebenbei eine Ausbildung zum Krankenpfleger, bin in einem Jahr fertig und will zu Ärzte ohne Grenzen«, sagt er über die Schulter. »Nach Tansania.« Lucy nimmt das Küchentuch und peitscht sich theatralisch den Rücken. »Böse Lucy, böse, böse, da hast du diesen guten, fleißigen Mann aber gründlich unterschätzt.«

Er dreht sich nicht um, packt die Einkaufstüte aus und sagt: »Allmählich begreife ich, warum du jemanden entführen musst, um Gesellschaft zu haben. Das tut sich doch freiwillig keiner an. Du bist so fies, bei dir kann man als Entführter noch nicht mal ein anständiges Stockholm-Syndrom entwickeln.« Als er schüchtern war, mochte sie ihn lieber. Jetzt sagt er auch noch, dass Tomatensoße nicht aus Tomatenmark hergestellt wird, ob sie Parmesan und Basilikum und Tomaten hat. Hat sie nicht, weil er solche Sachen nicht mitgebracht hat. Wieso denkt eigentlich nie jemand mit? Seite an Seite durchforsten sie das Küchenbüfett auf der Suche nach tomatensoßentauglichen Zutaten, aber Lucy weiß ja, dass da nichts Entsprechendes drin ist.

»Was machen wir denn jetzt?«, fragt sie und bückt sich, um aus dem Küchenschrank, ganz unten, ganz hinten zwei Gummibärchen zu fischen und damit er nicht sieht, dass sie gleich heult.

»Nun heul mal nicht gleich«, sagt er, »ich hab Parmesan im Auto. Dann kriegt eben Frau Feddersen nur zweihundert Gramm und nicht zweihundertfünfzig. ’ne Zwiebel und ’ne Tomate sollten da auch sein.«

»Wirklich?«, fragt Lucy.

»Na klar«, sagt er und tätschelt ihr die Schulter.

»Ich bezahle das natürlich«, sagt Lucy.

»Ja, das musst du, sonst krieg ich Ärger«, sagt er und hält die Hand auf. Sie legt den Wohnungsschlüssel rein.

»Aber deinen Anorak und den Rucksack lässt du hier«, sagt sie, als er sich anziehen will. »Als Pfand.«

»Den Rucksack brauch ich, weil da der Autoschlüssel drin ist und die Papiere«, sagt er. »Ich stehe im Halteverbot.« Und ehe Lucy auffallen kann, dass er die Papiere und den Schlüssel ja auch rausnehmen könnte, hat er sich schon den Rucksack gegriffen, aufgeschlossen und ist pfeilschnell aus der Wohnung geschossen. Trotzdem ist das halbe Nudelwasser verkocht, bis Lucy zur Gänze begreift, dass Friedemann vom Lieferservice doch tatsächlich seinen Daunenanorak geopfert hat, bloß um nicht mit ihr zusammen sein zu müssen.

Sie betätigt den kleinen Schalter auf dem Tisch, und Margaretes Messerchen fangen an ihren Drähten an zu schaukeln und fliegen auf die Dartscheibe zu. Auf der Suche nach einer Adresse guckt sie in die Taschen von Friedemanns Anorak: große Kopfhörer, ein Taschenbuch. Und als sie ein kleines magnetisches Mühlespiel findet, seufzt sie das Teelicht neben der Spüle an. Sie ist so erschöpft, dass sie sich nicht mal darüber wundert, pustet es nur aus und gießt mit letzter Kraft das Nudelwasser weg, hält ihr Gesicht in den Dampf über der Spüle, bis es wehtut, dann schleicht sie in ihr Zimmer und hebelt sich eine Dose Ravioli auf. Aber als die erbärmlich nach nichts riechen, kann sie die nicht essen.

Lieber Enno, ich freu mich schon auf den Tag,
an dem wir die Zellen tauschen. Ich glaube,
mit männlichen Zellen würde es mir wesentlich
besser gehen. Ich vermisse dich.
Werd endlich gesund!
Deine Lucy

Wenn man das Notebook lange, sehr lange, fixiert, kann man den Eindruck gewinnen, die ausgeschaltete Kamera hätte einen im Blick, und man tut, als würde man das nicht bemerken, und betrachtet stattdessen das Gehäuse, dessen Schwarz gar kein reines Schwarz ist, sondern von Braun und Grau und einem Hauch Grün durchsetzt. Kann man wahrscheinlich reklamieren. Total falsche Farbe. Wobei es Schwarz vielleicht gar nicht gibt. Wenn man vor Wut alle Farbtöpfe aus dem Regal auf dem Boden ausleerte, gäbe das Schwarz. Oder Grau. Oder Braun. Jedenfalls irgendeine Dreckfarbe.

Wenn man solche Sachen denkt, kann man sich im Grunde gleich erschießen. Sie wird sich ersatzweise in die Arbeit stürzen. Der Orakelfisch sieht auf ihrer Arbeitsplatte aus wie ein Tier auf dem Operationstisch. Sobald sie Ennos Computer hat, kann sie ihn vollenden. Heute könnte sie an der Außenhülle noch was machen. Wimpern anbringen zum Beispiel. Ihr Fisch soll Glubschaugen mit langen Glitzerwimpern haben. Die Fingerspitzen so zart, wie sie kann, an seiner Seitenflosse, diesem verkümmerten Ärmchen, steht sie mutlos neben ihm, und von ihrer Stirn bis in die Füße krächzt sich ein Seufzer durch ihren Leib, presst ihr die Eingeweide zusammen. Sie atmet ihn aus, seufzt ein wenig von der Schwere aus ihrem Leib, da passiert es: Eine Stichflamme schießt in den Fisch, die Papierbespannung brennt lichterloh in Orange und Gelb, aber nur kurz, dann schweben dunkelgraue Ascheflöckchen auf die Tischplatte herab, darüber thront das Drahtgerüst. Es riecht nach verschmortem Plastik. Inmitten des überraschend einheitlichen Schiefergraus auf dem Tisch ein einziger schneeweißer Schnipsel. Lucy greift ihn sich mit spitzen Fingern. Sie dreht ihn um, liest, was daraufsteht: *Dein Unglück wird dir kein Glück bringen.*

Jetzt reicht's. Dein Unglück ist ein Arsch! Lucy, zur Sicherheit flach atmend, aber tief wütend, stapft in die Küche, holt die Rolle mit den großen Müllsäcken, und dann geht es los. Wie ein Derwisch wirbelt sie, Tränen laufen ihr die Wangen hinab, sie presst die Gräten an ihren Leib, bis der Fisch eine Flunder ist, stopft sie in den Sack, wischt sich die Nase am Ärmel ab, kehrt die Ascheflöckchen hinterher und schafft alles raus vor die Tür.

Wo sie schon mal dabei ist, kann sie auch gleich durchfegen und die bescheuerten Päckchen in den Keller verfrachten.

Ihre Großmutter hätte einfach dableiben können. Für rosa Nagellack und rosa Lippenstift war es damals schon zu spät und ist es jetzt erst recht. Sie braucht keine Geschenke. Geschenke sind auch ein Arsch! Eine halbe Stunde lang ist sie damit beschäftigt, die ganzen Päckchen nach unten zu tragen, und hat das Gefühl, einen Fehler zu machen, aber genug Trotz im Leib, dass ihr das grad egal ist.

Lieber Enno,
hiermit storniere ich den Computer. Mein Fisch ist gestorben. Mir ist auch schon ganz schlecht. Am Ende bist du der Einzige, der überlebt. Ich drücke jedenfalls die Daumen. Leider bin ich auch wieder auf dem Ravioli-Trip. Auf mich ist kein Verlass. Noch hab ich keine gegessen, aber es ist nur eine Frage von Stunden. Spaghetti wären eine Alternative gewesen. Aber es hat nicht geklappt. Die letzte gute Erinnerung meines Lebens: mein Vater und ich als Siebenjährige bei einer seltenen Gelegenheit. Wir haben an meinem Geburtstag mit freiem Oberkörper Spaghetti gegessen, weil man Spaghetti mit freiem Oberkörper essen muss. Das werde ich nie vergessen. Zumal danach nichts mehr kam. Da ich versehentlich den Lieferservice entführt hab, der aber fliehen konnte, hab ich jetzt nichts zu essen. Außerdem hat er mich bestimmt angezeigt. Die

Leute haben einfach zu viel Angst. Was mache ich nur? Mir geht es schlecht, und ich weiß gar nicht, was man da macht.
Bild dir bloß nichts ein, weil ich so zutraulich bin. Ich hab mit einem anderen Liebe machen wollen, und er hat mich dafür gefickt. Salve. Lukian.

Lange liegt sie in der Wanne und guckt sich ihren Robbenleib an. Je länger sie guckt, desto sicherer ist sie, dass Schaumbad erfunden wurde, damit einem die vom Wasserspiegel verzerrte Sicht auf den eigenen Körper erspart bleibt. Lucy hat kein Schaumbad. Wozu auch. Sie badet nie. Und auch heute ist ihr nicht nach Planschen. Alles ist so anstrengend, sie will nur noch auf den Grund dieses jämmerlichen Meeres sinken und sterben. Wer würde sie vermissen? Enno ist selbst am Verrecken. Ihr Vater ist kürzlich verreckt, ihre Mutter vor Längerem. Friedemann vom Lieferservice hat Angst vor ihr, und Valerie geht auch lieber anderen Leuten auf den Sack, wenn sie es sich aussuchen kann. Lucy taucht unter. Wie wäre es, weg zu sein? Weniger anstrengend auf jeden Fall. Aber zum Ertrinken hat sie blöderweise zu wenig Wasser eingelassen, die Nase guckt raus. Je intelligenter, desto mehr zu blöd zum Scheißen, hat sie doch schon immer gesagt. Sie muss lachen, kriegt Wasser in die rausguckenden Nasenlöcher, hustet, spuckt, schnieft. Und weil damit der fürs Sterben nötige Ernst sowieso schon weg ist, fängt sie jetzt an, Blasen zu machen. Sie richtet sich ein Stück auf, die Haare kleben ihr nass im Gesicht, sie lehnt sich an den Wannenrand und lässt die Arme baumeln, lacht, weint, weil sie das Gefühl hat, der einzige Mensch auf der ganzen Welt zu sein, der allein Blasen in sein Badewasser pupsen muss. Sie lässt heißes Wasser nachlaufen, sinkt ein Stück tiefer, und das Bild von heute Nachmittag ersteht vor ihren Augen. Die in ihre Umarmung versunkenen Kinder. Gott sei Dank hat sie gestern vergessen, ihren Piepel vor dem kleinen Tom zu warnen. *Halt dich fern von der Liebe*, hat ihr Vater gesagt. Und sie ist so blöd und macht das auch noch. Es klingelt sechsmal.

Der da ist nicht Friedemann. Oder er hat zwischendurch rasch trainiert und so. Sie hat keine Kontaktlinsen drin, aber sie sieht, dass er auf ihre Brüste schaut. Sie schaut auch auf ihre Brüste und stellt fest, dass die sich unter dem feuchten Popel-Shirt hervorragend abzeichnen. Sie schaut wieder ihm ins Gesicht. Er gibt sich sichtlich Mühe, jetzt ihre Augen zu fixieren.

»Ich war in der Wanne.«

Er sagt nichts, schaut nur. Es fühlt sich an, als würde er sich hinter ihrer Stirn einen Espresso kochen.

»Ich nehme keine Post für die anderen Hausbewohner entgegen. Ich kenne die gar nicht.«

Er sagt immer noch nichts, schaut nur. Und guckt sich mal alle Fotos an, die in ihrem Kopf mit eingeknickten Ecken kreuz und quer herumliegen.

»Ich will keine Hormonin werden oder wie ihr heißt.« Spaß versteht er auch nicht. Leider kommt sie ums Verrecken nicht drauf, was er wollen könnte. Gehen wäre am besten. Wenn er gehen wollen würde. In seinem schwarzen Rollkragenpullover und der schwarzen Jeans sieht er auch nicht nach Briefträger oder verschimmeltem Nachbarn aus. Der sieht aus wie aus dem Bestellkatalog für Frauen, die es satt haben, allein ins Badewasser zu blubbern.

Weil er immer noch nichts sagt, macht sie ihm die Tür

vor der Nase zu, das scheint eine gute Lösung zu sein, und rennt unter kläglichem Jaulen der Dielen durch ihre nassen Tapser zurück ins Bad, um sich abzutrocknen. Es klingelt. Ihr kleines Handtuch in der Hand, rennt sie durch die nassen Tapser zur Tür.

Er hält einen Stoffbeutel hoch. »Spaghetti mit Tomatensoße.«

»Dann schickt Friedemann Sie? Der ist so feige.« Sie will die Tür wieder zumachen. »Ich hab nichts bestellt.«

»Lukian …«, sagt er da leise, und sie sieht hin, sieht, dass er blass ist und sich wahrscheinlich setzen sollte oder noch besser: hinlegen.

»Enno …«

»Kann ich reinkommen?«

»Ist es hoffnungslos? Müssen wir uns verabschieden?« Alle sterben. Dabei kennt sie den Mann gar nicht.

»Ich hab mich rausgeschlichen, ich kann nicht lange bleiben. Du siehst toll aus. Ich wusste, dass du toll aussiehst. Ich kann nicht lange bleiben. Ich muss im Krankenhaus sein.«

Sie lässt ihn ein, wie sie noch nie jemanden eingelassen hat.

Was er dabeihat, sind bloß Baukastenspaghetti: Tüte Teigwaren, Tüte Soße, Tüte Gewürz, Tüte Käse. Außerdem packt er noch eine Flasche Ketchup aus und eine Dose Erdnüsse. Sie sitzt am Küchentisch und schaut ihm belämmert zu, wie er da bedächtig hantiert, Wasser aufsetzt, die kleinen Tütchen mit ihrer großen Schneiderschere aufschneidet. Er ist da. Freiwillig. Für sie. Und dass sie nur so bruchstückhaft denkt wie im Kaufhaus Schönstedt, liegt nicht daran, dass hier die Atmo mies wäre, sondern daran, dass sie sich entglitten ist. Also die Kontrolle. Die Kontrolle ist entglitten. Ihr. Alles an ihm ist sanft und schön. Selbst dass er sehr bleich ist und dünne, platt gelegene Haare hat. Lucy fühlt sich wie mit spitzer Nadel aufgefädelt. Ein Spruch! Es muss dringend ein Spruch her, etwas muss gesagt werden, das ihn auf seinen Platz verweist und ihr eine Pause verschafft. Aber ihr fällt nichts ein. War nicht im Fisch ein Spruch? Während er Salz ins Wasser schüttet, geht sie in ihr Zimmer und holt das Notebook, fährt es hoch, öffnet die Datei mit den Fischorakelsprüchen, aber *Der Regenwurm wird sehr vermisst, weil er heut beim Angeln ist* kommt ihr grausam vor. Die anderen auch. Mein Unglück wird dir kein Glück bringen, fällt ihr ein, und dann sagt sie das ungeschickterweise. Mehr *Romeo und Julia* geht ja wohl kaum. Ist sie bescheuert? Er erwidert nichts, rührt in der Soße, als hätte sie nichts gesagt. Nur daran, wie er den Kopf hält, kann sie erkennen, dass er lächelt. Sie starrt ihm zu und weiß nicht weiter. Er dreht sich um, pustet auf die Nudel zwischen seinem Daumen und seinem Zeigefinger und hält sie ihr vor die Nase. Sie macht den Mund auf.

»Gar«, krächzt sie. Wie geht das denn? Hat sie etwa neun Minuten Nudelkochzeit lang wie paralysiert hier gesessen?

»Tisch decken, meine Liebe«, sagt er.

»Ich bin nicht deine Liebe«, krächzt sie.

»Mir egal, solange du machst, was ich will.«

Er streichelt etwas Parmesan in eine kleine Schüssel, die eigentlich ein Eierbecher ist, und riecht angewidert daran, grinst. »Egal, Hauptsache, wir sind heute zusammen.« Er hält ihr einen Untersetzer und den Eierbecher hin, berührt ihren Handrücken wie einen Schildkrötenpanzer. Die Schildkröte geht dann mal los … in Zoës Zimmer … Sie deckt auf dem Trampolin. In die Mitte stellt sie ihre

Mini-Diskokugel, die mit knallbuntem Licht nur so um sich schmeißt, und für sie beide legt sie, getrennt durch einen Meter fünfzig Durchmesser, den das Trampolin glücklicherweise hat, Kissen auf den Boden. Er grinst, als er das Tablett mit dem Essen reinträgt, als würde ihn irgendwas wahnsinnig amüsieren.

Sie beschäftigt sich mal mit Tablett-Abräumen.

Musik hat er auf seinem i-Pod dabei. »Thomas Feiner« sagt er, »*The Opiates – Revised*«. Sie könnte theoretisch ab dem ersten der Töne weinen, die sich mit dem grün, blau, rot, gelb gepunkteten Licht im Zimmer zu einem heilenden Gespinst verweben. Praktisch lässt sie es bleiben. Als sie sitzen, zwischen sich auf dem Trampolin das Essen und das Licht, zieht er seinen Rollkragenpullover aus und hockt mit seinem bleichen Oberkörper aufrecht in dem bunten Licht, lächelt scheu und sagt: »Ich werde das nie vergessen, dass du mit deinem Vater Spaghetti mit freiem Oberkörper gegessen hast, damit ihr euch nicht die Klamotten einsaut. Das klang so nach Leben pur, das will ich auch.«

»Nur dass er mich praktisch ab dem nächsten Tag ignoriert hat. Für immer.« Lucy hält den Blick aufs Trampolin gerichtet. »Hab ich dir das nicht dazugeschrieben?«

»Doch, hast du.«

»Und da kommst du jetzt, um mich mit der schmerzhaftesten Erinnerung meines Lebens zu quälen?«

»Bitte tu mir den Gefallen. Die schmerzhafteste Erinnerung deines Lebens hat Potenzial. Wir schreiben die Geschichte um. Ich sollte dringend was Lustiges erleben. Was, wenn ich nächsten Monat tot bin, und wir haben das nicht gemacht?«

»Hamses nich ein bisschen kleiner, junger Mann, würde

meine Omi sagen. Oder ist das die neueste Anmache: Ich sterbe, Puppe, bitte, bitte blas mir einen.«

»Ja, das klingt bescheuert. Aber trotzdem: Bitte, bitte, blas mir keinen, sondern mach mit.«

Lucy klatscht Spaghetti auf ihren Teller.

»Ich kann ja nichts dafür, dass ich keine Brüste hab«, fleht er und wedelt mit den Armen. »Aber guck, zum Ausgleich ziehe ich auch noch meine Jeans aus, und dann sitze ich hier in meinen Snoopy-Boxershorts, erbärmlich und verletzlich wie Gott oder wer immer der Pfuscher war, mich geschaffen hat.« Und noch ehe Lucy »bitte nicht« zu Ende sagen kann, ist er schon aufgestanden und zieht linkisch und mit Blick auf die Dielen seine Hose aus. Sind ganz normale blaue Boxershorts. Lucy steht auch auf. Guckt nicht hin. Guckt doch hin. Steht da wie Espenlaub am Stiel. Sie schält sich das feuchte Shirt vom Leib und lässt es auf das Trampolin fallen. Hält ihm wütend ihre Brüste hin. »Hier. Brüste. Damals mit sieben hatte ich noch keine. Ich weiß nicht, was meinen Vater veranlasst hat, nie wieder den Blick auf mich zu richten. Ich war ein Kind.« Die Worte kommen nicht geordnet, sondern als Geheul, als Wehklagen aus ihr raus. »Ich kann das alles nicht«, jammert sie. »Diese ganze beschissene Fühlerei.« Wasser läuft ihr aus Augen und Nase. Sie schnappt sich ihr Shirt und wischt sich das Gesicht ab. Die Beine drohen ihr einzuknicken. »Ich weine nie!«, schluchzt sie mit tränenblinden Augen. »Weinen ist wie Selbstmord ankündigen. Damit will man bei anderen was erreichen, statt selbst alles zu regeln.« Und da ist Enno schon bei ihr, sinkt mit ihr zu Boden und hält sie, während er über ihr Haar streicht und »sch, sch« flüstert. Dann ins andere Ohr: »Sch, sch, liebe Lucy.« Und so geht das weiter, bis ihr die Augen zufallen, so tief sinkt sie in die Umarmung. »Ich bin für dich da. Ich bin hier. Du schaffst das alles auch allein, aber das brauchst du gar nicht. Ich bin da.« Irgendwann ist sie so schwer, dass man sich um die Mattusch Sorgen machen muss, nicht dass Lucy und Enno samt Zimmerdecke zu ihr auf die Couch runterkrachen. Sie lacht rau. Enno lässt ein bisschen los und holt mit einer Hand Topf und Teller vom Trampolin. »*If I could more than hold you, If I could more than watch your tears*«, singt Thomas Feiner zu allem Überfluss. Enno rückt ein Stück ab, sie kann alleine sitzen, und holt seinen Teller auch neben das Trampolin. Sie richtet sich auf, schiebt sich die zerstreichelten, nass geweinten Haare aus dem Gesicht. Er hat ein Glitzern im Blick. Tränen. Er verschränkt diesen Blick mit ihrem. Lange sind sie still. Dann essen sie, wie von ihm gewünscht, mit freiem Oberkörper ihre Spaghetti. Er legt seine Hand auf ihre, aber dass es allzu innig wird, weiß Lucy zu verhindern, indem sie ihr Besteck zur Seite legt und mit den Fingern isst. Er legt auch sein Besteck zur Seite. Lucy hängt sich Spaghetti ans Ohr und an die Brust wie Lametta. Er guckt zu und lacht.

»Zum Glück hab ich so lange geweint, dass die ein bisschen abgekühlt sind«, sagt Lucy. »Das musst du dir merken, wenn du das später noch mal mit anderen Puppen machst: Erst die Puppen zum Heulen bringen, damit die Soße abkühlen kann.«

Er nimmt die Plastikflasche mit dem Ketchup in die Hand, zielt auf ihr Gesicht und sagt: »Ich will das nur mit einer *Frau* machen. Immer wieder.«

»Hamses nich …«

»Bleib mir weg mit deiner Omi! Hast du keine eigene

Meinung?« Mit seiner Tomatensoßenhand nimmt er ihre Tomatensoßenhand.

Sie zieht ihre hastig weg, legt sie auf ihre Jeans, guckt drauf, während sie sagt: »Meine Meinung willst du hören? Na dann: Lass uns doch all unsere Sachen ausziehen, wenn wir sowieso schon halbnackt sind. Ich hab's noch nie auf einem Trampolin gemacht.«

Er guckt, als wäre die Soße an ihm Blut. »Lucy, Lucy, du kannst es nicht lassen. Man darf auch mal weinen, ohne hinterher alle Zeugen niederzumetzeln.« Jetzt grinst er wieder. »Nicht heute. Heute wollte ich nur ein bisschen für dich da sein, weil es dir nicht gut geht.«

»Aber dir geht's gut, oder was?«, fährt sie ihn an.

»Mir ging's schon lange nicht mehr so gut.«

»Aber du stirbst, Scheiße, Mann, du stirbst.«

»Du auch, aber erst lassen wir es uns gut gehen.«

Der spinnt ja wohl, zu behaupten, sie stirbt, aber da hat er schon auf die Plastikflasche gedrückt und ihr Ketchup ins rechte Nasenloch gesprüht. Sie springt auf, gibt ihm einen Stoß vor die Brust, bringt die Flasche in ihre Gewalt, drückt ab, wirft sich auf ihn, und unter Gelächter und Gebrüll wälzen sie sich über die Dielen und verschmieren die rote Soße an ihren Körpern, bis sie aussehen wie etwas von Pollock. Sie sagt ihm das. Er erwidert, da fehlt noch Blau, und schaut sich suchend im Zimmer um. »Andermal«, sagt sie, und in ihrem Brustkorb knackt es deutlich hörbar. Sie halten beide inne, lauschen, dann wirft er sich auf sie, schnappt sich die Flasche und sprüht ihr Strähne für Strähne die Haare rot, aber das zählt nicht, weil sie einfach liegen geblieben ist nach dem Knacken und es geschehen lässt. Als er merkt, dass sie nicht mehr mittobt, hält auch er still. Sein Gewicht auf ihrem, entspannt sie sich – zum ersten Mal seit Jahren, hat sie das Gefühl. Sie will, dass es bleibt. Sie will eine Briefmarke sein, eine Blume in seinem Herbarium, ein schrottreifes Auto in der Presse. Irgendwann ächzt Lucy: »Ich kriege keine Luft mehr.« Er hält im Durchstreicheln inne, ist mit seinem Gesicht sehr dicht über ihrem und gibt ihr den kleinsten Kuss, den sie je bekommen hat, raue Lippen auf ihren weichen, dann zieht er sie hoch, nimmt sie noch mal knapp in den Arm und ruft sich ein Taxi.

»Nicht schnell Sex machen?«, fragt sie, als er, rot, wie er ist, in seine Sachen steigt.

»Du bist schlimm, Lucy Schröder«, sagt er nur.

Als er kurz nach ihr die Wohnungstür erreicht, fragt er, was das ist, wieso man in ihrem Flur immer rennen muss, ob er ihr eine stärkere Birne in die Lampe schrauben soll.

»Das ist nicht Angst vor Dunkelheit, das ist … eine lange bescheuerte Geschichte«, sagt sie. »Und eigentlich auch schon ausgestanden.« Sie berührt seinen Handrücken mit dem kleinen Finger. Er schon im Treppenhaus, sie in der Tür, kommt sie sich vor wie schlecht ausgeschnitten. War sie nicht früher mal 3D? Sie macht einen großen Schritt auf ihn zu. »Ich weiß nicht, ob ich dich liebe, aber ich liebe dich. Und ich werde die ganze Zeit an dich denken, damit du gesund wirst«, sagt sie auf wie eine Siebenjährige vor der ganzen Aula.

Er dreht sich noch einmal um, sagt »danke«.

Sie sagt: »Heilzauber folgt.«

Er grinst, sagt: »Na, da bin ich aber gespannt«, und geht. Lucys Herz hechtet hinterher.

Als sie über jaulende Dielen in ihr Zimmer geht, um sich auf dem Futon an jedes Detail dieses Besuchs zu erinnern, piept das Walkie-Talkie. Und während in ihren Haaren die Spaghetti trocknen und ihr Hirn in Loops den winzigen Kuss reproduziert, während sie sich weiterhin fragt, warum er nicht eifersüchtig auf Schwertmann ist, warum er nicht mit ihr schlafen wollte und ob sie ihn je wiedersehen wird, liest Valerie so stockend, wie noch niemals auf dem Planeten vorgelesen wurde, das Märchen von Aschenputtel vor.

»Kann ich dich was fragen?«, fragt Valerie mitten im Linsenlesen.

»Klar. Was?«

»Wenn einem der Bauch wehtut, ist man dann verliebt?«

»Eindeutig. Aber mach dich drauf gefasst, dass die Symptome wechseln.«

»Was sind Symptome?«

Lucy lauscht in ihre Eingeweide.

»Bist du noch da?«

»Na ja, mal klopft einem das Herz wie verrückt, oder man hat einen Kloß im Hals. Die Haare fallen einem aus, oder die Knie knacken plötzlich. Das wechselt.«

»Dann bin ich lieber nicht verliebt.«

»Dachte ich auch immer. Aber Verliebtsein hat schon auch Vorteile. Du musst mir nur versprechen, dich nur in Männer zu verlieben, die dich verdient haben.«

»Häh?«

»Na, Jason Statham, Actionheld, dein *Transporter*-Typ. Der ist älter als ich, das will was heißen, und er ist mit einem Model verheiratet. Der ist kein Mann für dich.«

»Aber Tom?« Das T, das O, das M sind gehaucht und

sehnsüchtig. Lucy könnte sich kaputtlachen, und gleichzeitig ist sie so gerührt, dass eigentlich mintgrüne Schmetterlinge und klitzekleine Glühwürmchen um sie herumfliegen müssten.

»Hach«, sagen sie beide im Chor. »Du weißt aber schon, dass der kleiner ist als du«, kann Lucy sich nicht verkneifen zu lästern.

»Aber der ist sooo toll …«

Eine Fliege summt um Lucy rum, vielleicht sollte sie mal duschen und die zwei halbleeren Raviolidosen, die hier rumstehen, in den Kühlschrank bringen. Sie hat die Ordnung ganz schön schleifen lassen in den letzten Tagen. Außerdem hat sie sich bekleckert. Das gibt Gummibärchenentzug. Stubenarrest wär ihr lieber. Haha.

»Na, wenn der toll ist, mach mal«, sagt sie.

»Mhm, jaaa«, seufzt das kleine Mädchen ein Stockwerk über Lucy ins Walkie-Talkie.

»Tschüss jetzt. Träum süß, Prinzessin.«

Sie guckt, ob Enno gemailt hat, hat er nicht, wahrscheinlich ist er gerade erst wieder in seinem Bett eingetroffen. Eine halbe Ewigkeit betrachtet sie das Foto auf seiner Website. Er hat ein Grübchen am Kinn, das findet sie extrem wunderbar. Irgendwann reißt sie sich los, das Essen juckt auf ihrer Haut. Sie legt den einen rosa Lippenstift für Valerie unter die Fußmatte und geht duschen. Was da von ihr runterläuft, sieht aus wie … Man muss nicht immer den Ekelknopf drücken, beschließt sie, man kann auch mal was Positives denken. Es sieht aus wie … Aber wenn es doch nun mal aussieht wie Kotze! Da kann ja Lucy nichts dafür! Hinterher ist sie traurig, dass alles ab ist, sie hätte ein Foto von sich machen sollen. Oder von ihnen beiden. Zumindest das verwüstete Zimmer kann sie noch fotografieren, bevor sie aufräumt. Oder sie lässt es gleich so. Als Liebesgedächtniszimmer.

Sie schmiert ihren darüber sehr verwunderten Körper mit dem Kokosöl ein, das die grausamen Zwillinge zum Kochen dahatten. Nun duftet sie wie ein Mädchen, das Gauguin gemalt haben und Enno länger geküsst haben würde. Sie legt sich nackt ins Bett, steht dann noch mal auf, um es frisch zu beziehen; wann sie das zum letzten Mal gemacht hat, weiß sie nicht. Gut, dass Enno keinen Sex von ihr wollte und überhaupt nicht so viel von ihr weiß. Sie sinkt in die kratzige Leinenbettwäsche, steht noch mal auf und macht das Fenster auf. In der Nacht tut sie kein Auge zu, weil sie so viel zu denken und zu fühlen hat. Ihrem Piepel wird's ähnlich gehen.

Am liebsten würde Lucy den ganzen Tag im schönstedtischen Fahrstuhl hoch- und runterscheppern, aber das geht nicht. Sie ist oben mit Boxer verabredet. Erst dachte sie, ihre fröhliche Lust auf Fahrstuhl hätte mit Enno zu tun. Aber von Freitag bis Montag hält so ein Küsschen ja dann doch nicht vor, zumal bis jetzt keine Liebesmail in ihrem Postfach war, die die Wirkung hätte verlängern können. Als sie sich umguckt, stellt sie fest, dass vier gut gelaunte Männer in knallbunten Sportsachen schräg hinter ihr stehen, ihr zunicken und sich ansonsten Witze erzählen. »Die Polizei hält einen Vampir an, der mit dem Tandem in der

Straßenmitte Schlangenlinien fährt. ›Sagen Sie mal, haben Sie getrunken?‹ – ›Ach wo, nur zwei Radler.‹« – »Was ist grün und guckt durchs Schlüsselloch? Spionat.«

Testosteron und Witze sind eine unschlagbare Gute-Laune-Medizin. Sie lächelt noch, als sie aussteigt und ihre Jacke einschließt. Wenn die Muskelpakete auf sie diese Wirkung haben, wie gut müssten sie erst den Kranken und Versehrten tun, die hier sonst so unterwegs sind.

Und kurzerhand macht sie oben in der Cafeteria mit Boxer neben den Details für ihr Event zum Valentinstag auch gleich aus, dass er versuchen wird, die Mitglieder des Studios unter dem Vorwand, die maroden Fahrstühle wären nur für wirklich Gehbehinderte gedacht, auf die Rolltreppen zu zwingen, wo sie in ihrer Frische und Energie gesehen und erlebt werden können. Boxer leuchtet das sofort ein. Gegen aktive Kundenwerbung fürs Fitnessstudio hat er nichts einzuwenden.

Auf dem Weg zurück nach unten blockiert ein kreuz und quer herumstehendes und sich hysterisch freuendes Grüppchen Omis die Rolltreppe. Vor ihnen eine Frau mit Buggy, aus dem ein kleiner Junge die Omas eher erfolglos mit Keksen beschmeißt, und wiederum davor knutscht ein Pärchen. Was ist denn heute hier los? Noch sind doch gar keine Sportler auf der Rolltreppe, aber die Leute sind so aufgedreht, dass man dazwischengehen und die zur Ordnung rufen will.

Im Eingang zur Zooabteilung steht ein ungefähr eins fünfzig großer gelber Plastikhund, und es ist voll wie im Zirkus. Die Verkäuferinnen haben wie gewohnt die Ruhe weg. Als Lucy reinkommt, hebt die eine, die gerade einen Bernhardiner streichelt, den Daumen und sagt: »Tolle Idee, die Ruheräume. Wir haben da gestern Mittag zu dritt bisschen Yoga gemacht. Göttlich. Und seit Horschti rausgekriegt hat, wie man die ohne Geld bedienen kann, hängt Margarete den halben Tag in den Massagesesseln und liest. Den Spiegel mit *Ich bin schön* haben wir uns alle für zu Hause gekauft. Danke, danke!« Dann hat das Frauchen bezahlt, die Verkäuferin streckt ächzend den Rücken durch und wendet sich einem Dackel zu.

Hunde-Streicheln ist ein Beruf, der auf den Rücken geht, das ist dem Laien gar nicht klar. Lucy hat zwar die Massagesessel genehmigt, doch eine richtige Masseurin ist schon was anderes. Sie wird gleich mal eine buchen und eine Liste auslegen. Aber erst will sie nach den Chamäleonen gucken. Hier könnte der Mann mit den goldenen Tressen an der roten Uniform sich mal nützlich machen: ein Seil aufspannen zum Beispiel, die Besucherströme lenken. Aber nein, der macht ja lieber Jagd auf unbescholtene Menschen. Auf dem Weg hierher hat Lucy doch tatsächlich gesehen, wie er der alten Frau im Nerz, die Lucy vom Fruitinator kennt, in die Handtasche geguckt hat. Der spinnt doch. Gut, sie hatte tatsächlich ein goldenes Täfelchen im Wert von vierzig Cent gestohlen, aber dafür hat sie den Vormittag über wahrscheinlich hundert Euro für falsches Obst ausgegeben und wollte wenigstens irgendwas mit nach Hause nehmen.

Jedenfalls drängen sich die Kunden total ungeordnet vor den Terrarien. Tom in seinem dreckigen rosa Anorak steht natürlich in der letzten Reihe. Der sieht gar nichts.

Sie nimmt seine Hand; erst will er sich losmachen, dann erkennt er Lucy und schaut vertrauensvoll zu ihr hoch. Aus dem Jungen wird was, der setzt auf die richtigen Leute. Er sollte nur demnächst mal anfangen, sich hin und wieder die klebrigen Hände zu waschen.

»Achtung, Achtung«, sagt sie laut. »Bitte treten Sie zurück.« Unwillig wenden die Kunden sich um. Lucy ist keine große Frau und schmal auch noch, stellt sie fest, als sie vor der Menge steht. Sie tippt auf das Schild an ihrer Brust. »Gerade kam ein Anruf vom Labor rein. Die Chamäleonengrippe ist ausgebrochen. Zwar ist bislang nicht bekannt, dass sie auch auf den Menschen übergreifen kann, aber in meiner Eigenschaft als *A.-Ermittlerin* muss ich Sie bitten, bis zur Begehung durch den veterinärmedizinischen Dienst in einer Stunde mindestens zwei Meter Abstand zu allen Echsen zu wahren.«

Ohne zu murren, macht die Menge geschlossen kehrt und wälzt sich zu den Kaninchen. Die Viecher werden begeistert sein. Wahrscheinlich muss Nieler die am Ende des Monats alle als Produktprobe abschreiben, und der kleine Tom kriegt die umsonst. Punkt dreiundsechzig auf ihrer Liste für Nieler war, dass um den 14. Februar herum keine Kaninchen, Mäuse, Meerschweinchen verkauft werden dürfen. »Tiere sind kein Geschenk zum Valentinstag« heißt es auf der Tafel am Gehege. Die Chamäleonen brauchen so eine Tafel nicht, die Leute wollen nur niedliche Tiere haben. Lucy kennt das aus eigener Erfahrung. Sie ist gewissermaßen die Echse unter den Menschen.

»Vielen Dank für Ihre Aufmerksamkeit«, sagt Tom, der offenbar begriffen hat, worum es Lucy ging, den Leuten hinterher und drückt sich am Terrarium die Nase platt.

»Mach mal hier keine Fettflecken«, ermahnt ihn Lucy und gibt ihm eine von den schokolierten Mandeln, die heute in der Süßwarenabteilung zum Testen ausliegen. Sie isst die andere. Herrliches Zeug. Findet Tom auch. Dann erblickt sie die Chamäleonen. Beide stehen selbstständig auf ihren lustigen Froschkönig-Füßchen, was schon Sensation genug wäre, aber sie leuchten auch noch mit dem Pflanzengestöber im Terrarium um die Wette und drehen ihre Stielaugen vorwitzig von Lucy zu Tom und wieder zurück. Das eine streckt Tom die Zunge raus, und der schlägt sich vor Lachen auf die Schenkel. Lucy schaut durch den Raum und flüstert: »Goldene Goldfische, wo gibt's denn so was?« Tom lächelt zu ihr hoch. So hat sie ihn am Mittwoch seine dezent besoffene Mutter anlächeln sehen. »Wirst du nicht im ersten Stock erwartet?«, ermahnt sie ihn. Erschrocken guckt er auf seine Uhr und pest los. Hoffentlich ist nicht auf allen Etagen mehr Farbe. Mehr Aubergine an Lea Hellmich wäre schwer zu ertragen.

Zum ersten Mal, seit sie es kennt, ist das Kaufhaus gut besucht. Sogar Fotografen sind da. Nieler wird zufrieden sein. Lucy quetscht sich zwischen eine Gruppe junger Frauen auf die Rolltreppe und fährt in den ersten Stock, wo Margarete neben der Kasse sitzt und ihr majestätisch winkt. »Ich mache Ihnen einen neuen roten Pullover«, sagt sie.

Lucy tritt zu ihr, schüttelt den ihr hingehaltenen Ellenbogen und sagt: »Sie haben gerade einen Zentimeter Ärmel. Das ist eine nette Idee, aber sollte man in Ihrem Alter nicht lieber Sachen häkeln, die man noch fertig kriegt, Topflappen oder so?«

»Sie sind wie immer weit unter Ihrem Niveau«, sagt Margarete fröhlich. »Was ich hier tue, nennt man Stricken.« Sie senkt den Blick und klappert mit vier silbernen Nadeln voran. Tom probiert einen mattblauen Anorak an, auf dem Verkaufstresen liegt noch ein grüner und darunter zwei blaue Sweatshirts mit Kapuze.

Als Lucy am von ihr initiierten Schwarzen Brett in der Cafeteria um einen Kinderanorak gebeten hat, kamen bergeweise Kleiderspenden an. Lea tadelte, man hätte vielleicht eher die Konfektionsgröße angeben sollen, nicht, dass seine Hobbys Boxen und Popeln sind. Sie hat die Sachen in die Mitarbeitergarderobe gebracht, etwas Passendes für ihn ausgesucht und den Rest von der Notunterkunft um die Ecke abholen lassen. Und jetzt grinst der Kleine vorwitzig und sagt, er will den blauen, und der grüne Anorak ist für seine Freundin.

»Du hast 'ne Freundin?«

»Mhm.« Er reckt sich vor dem Spiegel und guckt sich von hinten an.

»Ist die nett?«

»Mhm.« Er kommt ran und mustert Lucy nachdenklich. »Aber du bist hübscher. Du bist auch meine Freundin.«

»Einverstanden, aber küssen is nich«, sagt Lucy.

Er wird rot und zieht ab. Er hat eine neue Frisur. Marilyn hat sich darum gekümmert, dass beiden Kindern beim Friseur im ersten Stock kostenlos die Haare geschnitten wurden, von einem Lehrling, aber immerhin. Jetzt noch hin und wieder ein Apfel, dann wird das schon. Margarete ist bereits einen Millimeter weiter mit dem Ärmel, plaudert ohne aufzublicken mit der Kassiererin, es geht darum, dass Marilyn Monroe ihren Vertrag mit der Fox verlor, weil sie abreiste, um *Happy Birthday Mr. President* zu singen, hört Lucy. Die Kassiererin beugt sich zwischendurch immer wieder runter.

Das ist DIE Gelegenheit, zu prüfen, ob die da ein Tool zum Luftholen haben oder was da so Interessantes ist. Seit das Kaufhaus gelüftet wird, kann man es hier tagelang aushalten, ohne zu schwächeln. Aber Lucy will das jetzt wissen. Sie lehnt sich über die Theke, guckt runter und erblickt statt eines Beatmungsgeräts einen cremefarbenen Mops.

»Darf ich bekannt machen«, sagt Margarete. »Rupert, Lucy. Lucy, Rupert.« Die Verkäuferin hebt ihn hoch und hält ihn sich vor die Brust. Er guckt aus verschlafenen Glubschaugen in die Runde. »Hat der Frau von Stöttritz gehört«, erklärt Margarete. Anne kümmert sich jetzt seit zwei Wochen um ihn, der trauert noch, aber nicht mehr so schlimm.«

Der Mops leckt sich über die Schnauze. Lucy will auch einen Mops.

»Dieses Kaufhaus tut neuerdings einfach nur gut«, sagt die Kassiererin. »Meine Haut ist viel besser. Meine Schlafstörungen sind Geschichte. Gestern lag ich in der Mittagspause im ersten Stock im Mitarbeiterbereich und hab leise Sting gehört. Eine Wohltat! Da riecht's auch so gut. Nach Harz und Wald oder so.«

»Vielleicht sollte ich Enno herbringen«, sagt Lucy.

»Enno?«, fragt Margarete.

»Meinen Freund. Der ist krank.«

»Von dem haben Sie mir gar nichts erzählt.«

»Der ist neu. Aber auch wieder nicht. Es ist, als würde ich ihn schon lange kennen.«

»Das freut mich, meine Liebe.«

»Na ja, er stirbt wahrscheinlich die Tage.«

»Oh.«

»Vielleicht auch nicht.«

»Mit dem Sterben haben Sie es aber, Lucy Lou.« Margarete mustert sie. »Die Liebe tut Ihnen gut. Sie sehen besser aus.«

»Ach was, ich hab mich nur vorvorgestern mit Kokosöl eingerieben. Meine Haut ist ganz anders seitdem.«

»Dann hat das nichts mit Liebe zu tun?«

Die soll sich mal nichts einbilden. Das Gebiet der Liebe ist eine Stadtbrache mit Bauschutt.

Lucy wendet sich Horsti und dem Detektiv zu, mit denen sie hier verabredet ist und die jetzt brav angetrottet kommen.

Als Lucy ihn für seinen Einsatz lobt, sagt Horsti: »Nisch wahr, die sind wieder fit. Bei Chamäleonen kommt es aufs Detail an. Und da drin bin isch Meister.« Das stimmt, deshalb ist trotz ihrer Abneigung gegen ihn Punkt sechsundvierzig auf Lucys Befehlsliste gewesen, Horsti gegen Bezahlung immer mal eine halbstündige Aufgabe zu übertragen, die eine gewisse Akribie erfordert. Er wirft sich in die magere Brust, zieht einen blütenweißen Lappen und ein Fläschchen aus seinem Leinenbeutel und fängt unter den fassungslosen Blicken der jungen Verkäuferin an, die Kassentastatur zu wienern, und zwar in aller Seelenruhe jede Taste einzeln. Der Detektiv lehnt am Tresen und schaut melancholisch gen Horizont.

»Ich würd durchdrehen«, sagt die Kassiererin. »Ich kann das nicht. Ich kauf mir jedes Jahr ’ne neue Tastatur für daheim, wenn die alte dreckig ist.«

»Jetzt nicht mehr, jetzt haben Sie ja mich. Sie bringen mir die, und dann mach ich alle Kuchenkrümel raus, und die ist wie neu.«

Unter beständigem Tippen auf das Schild an ihrer Brust befiehlt Lucy Horst, diese Arbeit wegen akuten Zeitmangels zu vertagen. Widerwillig löst er sich von der Tastatur. In aller Eile erklärt sie den beiden Männern ihren Plan. Erst sträuben sie sich. Vor allem Horst. »Ich zieh doch nicht fremder Leute dreckige Klamotten an!« Aber mit Blick auf die goldenen Troddeln gibt er überraschend schnell nach. Hat Lucy ja immer schon gesagt: Alle kleinen Jungs wollen Zirkusdirektor werden. Er wird jede Sekunde in der Uniform genießen, Lucy sieht es ihm an. Den Detektiv muss sie nur auf die hohe Diebstahlquote hinweisen, und schon nickt er. Die Kassiererin übergibt dem heute seltsam lethargischen Mann einen Kleiderstapel und schickt die beiden los.

»Na, ob das aufgeht …«, unkt Margarete über ihrem Strickzeug.

»Klar geht das auf«, erstickt Lucy jeden Zweifel im Keim.

Sie unterhalten sich noch eine Weile, während es merklich voller wird im Kaufhaus. Eine vorfreudige Spannung liegt in der Luft. Der Mops scharrt auf dem Linoleum und niest. Margarete hat sich verstrickt und räufelt eine Reihe wieder auf. Lucy rast zweimal in den Keller aufs Klo, weil sie so aufgeregt ist, als würde sie selbst mitmachen müssen.

Leider ist Nielerchen nicht da. Für wen strampelt sie sich hier eigentlich ab? Sie ruft bei ihm an. Er geht wieder nicht ran. »Letzte Verwarnung«, sagt sie ihm auf den AB. Und da fängt es auch schon an: Zwischen den ahnungslosen Kunden, die Drehständer drehen, Pullover in die Länge ziehen und Blusen an sich dranhalten, richten sich wie im Puppentheater plötzlich einzelne Menschen aus der Hocke auf, ein Keyboard bimmelt los. Sie ziehen ihre Jacken aus, tragen darunter knallrote Shirts. Zu kratzigem Sprechgesang machen sie in das Staunen der Kunden hinein Bewegungen, die halb wie Tanzen aussehen und halb wie Boxen.

Die Musik klingklongt und vibriert sich über die Fläche, um die Kleiderständer herum und an Lucy hoch, stellt ihr jedes Härchen einzeln auf.

Muscle to muscle and toe to toe
The fear has gripped me but here I go
My heart sinks as I jump up
Your hand grips hand as my eyes shut
Ahhh ahhh ahhh ah ah – ahhh ahhh ahhh ah ah

Eine alte Frau erschrickt fürchterlich, als der kleine Tom zwei Zentimeter neben ihr einen Ausfallschritt macht und dann sein Bein elegant nach vorn schwingt zu einem Tritt in Hüfthöhe. Jubel erfüllt die Fläche, und über das Klingklong der Musik dringt auch von den anderen Etagen Jubel zu ihnen her. Alle Leute, selbst die ganz alten, reißen ihre Smartphones hoch und fotografieren, wie sich wieder und wieder einzelne Tänzer in roten Shirts aus der Menge schälen und sich in anmutigen Bewegungen synchron drehen und in die Luft boxen und springen und eine rote Reihe bilden, dann ein Quadrat, um schließlich in einer einfachen Choreografie stampfend zu tanzen. Immer mal steht einer von ihnen im Zentrum, versunken in seinen ganz eigenen Bewegungen, die anderen springen derweil aus der Hocke hoch, machen Drehungen, simulieren in Zweiergruppen Faustkämpfe.

Plötzlich sprintet Schwertmann quer über die Verkaufsfläche, er trägt kein Rot, sondern ein silbern schimmerndes Hemd zur grauen Anzughose, und ist ein schöner Kontrast zu den anderen, denen er gekonnt ausweicht. Unter manchen Schlägen der Gruppe duckt er sich hindurch, über einen gebückt dahockenden Mann springt er hinweg. Ihm folgt der Detektiv, der jetzt einen schwarzen Anzug trägt. Gute Idee, so eine Verfolgungsjagd – wobei, für den Effekt hätte Schwertmann sein Schwert tragen müssen und der Detektiv seine Uniform. Lucy hat eben auch nicht immer recht. Sie schaut Schwertmann beim Elegant-Laufen zu. Er macht weit ausholende Schritte, und Lucy ist froh, dass sie im Hexen eine solche Niete ist, sonst würde sie ihn glatt mit einem Fingerschnippen fragmentieren und ihn in als Konfetti durch den Raum wehen. Ihre Wut reicht dafür. Ihr Können nicht. Außerdem ist er für Konfetti zu wenig farbig in seinem edlen Zwirn. Und man will sich ja auch nicht unglücklich machen, indem man seine Kräfte missbraucht. Man will sich vielmehr glücklich machen, indem man noch viele Miniküsse von Enno ergattert und die irgendwann zu einem großen, richtigen Kuss zusammenfügt. Sie schnipst trotzdem mit dem Finger. Nichts. Gott sei Dank ist Rennen ein Vorgang, der einem den Läufer schnell aus dem Gesichtsfeld schafft. Lucy wendet sich wieder dem Schauspiel zu, würde auch gern Capoeira können und wippt zur Musik. Boxer hat wirklich ganze Arbeit geleistet in der kurzen Zeit. Wer hätte dem so eine ausgefeilte Choreografie zugetraut … Sogar Toms Mutter lächelt hingerissen. Zumal Boxer sie jetzt hoch in die Luft hebt und wie in *Dirty Dancing* rumträgt. Sie breitet die Arme aus und lässt Herzkonfetti auf die Leute regnen. Boxer schaut verliebt zu ihr hoch und ist über und über bedeckt mit rotem Glitzer. Na toll, während Lucy seine Zukunft mit Lea Hellmich plante, hat er offenbar Tatsachen geschaffen.

Als sich die magnetische Margarete ächzend neben Lucy erhebt und mit vorgerecktem Hals auf ihren Stöckern in die Mitte wackelt, um besser zu sehen, geht Lucy zur Sicherheit hinterher und baut sich ein Stück seitlich zu ihrem Schutz auf. Aber dann nimmt Valerie Margarete die Stöcker ab und reicht ihr an einem Besenstiel eine riesige Zielscheibe aus Styropor, auf die nun von einem Mann Messerchen mit rotem Griff geworfen werden. Lucy erkennt, dass das ein Herz wird.

Please don't go I'll eat you whole

I love you so, I love you so, I love you so, I love you so, fleht der Sänger.

Die Leute, und zwar alle Leute in diesem ganzen verdammten Kaufhaus, glaubt Lucy, machen mit Daumen und Zeigefingern Herzen vor silbernen, hellblauen, lila Anoraks. *I love you so, I love you so, I love you so, I love you so.*

»Schönen Gruß von uns allen. Wir mögen dich«, ruft Margarete ihr über die Schulter zu. Das Herz ist für sie. Lucy lächelt tapfer und will dringend hier weg.

Doch daraus wird nichts. Man nimmt sie unter den Achseln und trägt sie in die Mitte, damit sie von allen Seiten sichtbar ist in ihrem Tutu, und ein Muskelpaket mit braunen Knopfaugen und lustigem Lachen nimmt sie umstandslos in den Arm. Die Umarmung ist ganz schön fest, und gerade als sie denkt, sie hält es keine Sekunde länger aus, dreht er sie dem nächsten Mann in die Arme. Der lehnt sie an sein Sixpack, macht einen Ausfallschritt mit ihr an ihm dran und wirbelt sie unter tausendfachem Jubel und Gejohle, das hört Lucy ganz genau, an das nächste Sixpack. So geht das vielleicht siebenmal und dann wieder zurück. Lucy ist ganz verwirbelt. Die haben aber auch wirklich die schönsten Männer der Stadt gecastet, die kennt sie nicht aus dem Kaufhaus. Das sind Chippendales oder welche aus einem teureren Fitnessstudio, schätzt sie. Lucy atmet holzige Parfüms, lacht mit weit aufgerissenem Mund, hört die Menge applaudieren und ist im Rausch und ist der Mittelpunkt einer ganzen Show. Als der Song endet, lässt man Lucy los, und die Tänzer mischen sich dezent wieder unter die Kunden. Aber das wollen die Kunden nicht, sie hören nicht auf zu johlen und nach roten Shirts zu greifen und Fotos zu schießen. Lucy steht jetzt ein bisschen einsam da. »Am Ausgang finden Sie eine Spendenbox«, säuselt durch die Lautsprecher Schneewittchens böse Stiefmutter. »Der Erlös dieser Aktion kommt der Kiezküche zugute. Dank an das Fitnessstudio im vierten Obergeschoss, wo Sie Capoeira und Boxen erlernen können« – »und Bauch, Beine, Po!«, kiekst ihr jemand ins Mikro, man hört, dass sie es sich zurückerkämpft. Dann säuselt sie zerzaust weiter: »Zudem stellt das Fitnessstudio fünf kostenlose Mitgliedschaften für die Flüchtlingsnotunterkunft in der Wrangelstraße zur Verfügung.« Jubel wallt durch das gesamte Kaufhaus. Die Leute schniefen und lachen und schnäuzen sich. Und als Margarete angedackelt kommt, schmeißt Lucy sich in ihre Arme, wogegen Margarete nicht viel machen kann, weil sie die Walkingsticks in den Händen hält, die nun waagerecht von ihnen abstehen. »Ist ja gut, ist ja gut, Lucy Lou«, sagt sie in Lucys Haar.

Nachdem die Tänzer wieder mit der Menge der Kunden verschmolzen sind und der Tag sich dem Geschäftsschluss nähert, braucht Lucy dringend die Ruhe ihrer Wohnung. Den Presseempfang wird Lea managen. Aber weit kommt sie nicht, weil der Detektiv ihr vom Platz her entgegenschleicht, als sie vor das Kaufhaus tritt. Er ist schweißüberströmt, sein neuer Anzug hat schmutzige Knie.

»Er ist entkommen. Das tut mir entsetzlich leid.«

»Wie? Entkommen?«

»Na, weg, der hat die Biege gemacht, sich verzupft.«

»Dann war das gar nicht Teil der Choreografie?«

»Guter Witz. Dieser Mensch hat Uhren im Wert von 4000 Euro gestohlen. Wir sind überhaupt nur so weit gekommen, weil Horschti seit zwei Stunden die Toiletten betreut.«

»Ich versteh kein Wort.«

Die Uhren sind schon vor ein paar Tagen gestohlen worden. Offene Fenster, wenn Sie wissen, was ich meine.«

Lucy rutscht das Herz in die Hose. Aber eigentlich kann das nicht sein. Schwertmann ist kein Kleinkrimineller. Der stiehlt keine Uhren. Der legt ganze Länder in Schutt und Asche. »Nee, der ist kein Dieb …«

»Und ob. Offenbar hat der in den letzten Tagen irgendetwas in den Waschräumen versteckt, weil ich ihm auf Ihre Anregung hin, wenn ich das recht sehe, die ganze Zeit auf den Fersen sein musste. Der hätte hier kein Stäubchen raustragen können. Und jetzt, wo plötzlich das Haus so trubelig war, hat er die Gelegenheit genutzt, die Beute geholt und wollte damit raus. Und als er aus der Kabine kam und Horschti in meiner roten Uniform vor ihm stand, hat er uns natürlich verwechselt. Der dachte, jetzt geht es ihm an den Kragen, hat Panik gekriegt und ist losgerannt. Horschti mich also gleich angefunkt, ich hab mich an seine Fersen geheftet, aber der Typ ist schnell.«

»Das kann man wohl sagen.« Der kommt zweimal innerhalb von acht Minuten.

»Mist. Wir haben zwar hinter einem Spülkasten eine der Uhren gefunden, aber das ist zu wenig. Damit dürfte der liebe Herr Nieler wohl seine Tätigkeit los sein. Wir wissen das ja schon seit ein paar Tagen. Ich wollte vorhin nur nichts sagen. Sie haben sich so auf den Flashmob gefreut.«

Schweigen.

Betretenes Schweigen.

Grauenvolles Schweigen.

»Ich weiß, wo der Typ wohnt.«

»Woher das denn?«

»Sag ich nicht.« Sie kramt die Visitenkarte raus, die Schwertmann ihr gegeben hat. »Wenn du mal wieder jemanden brauchst, der es dir fachmännisch besorgt«, hat er zum Abschied gesagt. Sie reicht die Karte dem Detektiv.

Der guckt misstrauisch, und als er gelesen hat, was draufsteht, guckt er geradezu fassungslos. »Wir können dichtmachen.«

»Wieso?« Lucy hat die Karte nicht gelesen, weil sie nicht vorhatte, es sich noch mal besorgen zu lassen. Dass sie die Karte behalten hat, hatte nur damit zu tun, dass sie nie wieder den Unterschied zwischen Liebe und einem seelenlosen Fick vergessen wollte.

PASCAL M. FÜRLEI

Mobile Observation

Ihre Mitarbeiter sind nicht vertrauenswürdig?

Wir überprüfen das für Sie!

100 Prozent Erfolgsgarantie

»Ich verstehe nur Bahnhof«, sagt sie.

»Offenbar wurde er von einer Partei der zerstrittenen Eigentümer engagiert, um den Chef in Schwierigkeiten zu bringen. So ein Arme-Leute-Kaufhaus wie unseres bringt einfach keine Rendite. Ich vermute, der Typ hat alles gefilmt …« Lucy hustet, irgendwas ist mit ihrer Kehle. »Alles?«, krächzt sie.

»Na ja, was soll's. Wenigstens müssen wir uns jetzt kein Bein mehr rausreißen, sondern können auf dem Empfang für die Presse einen Prosecco trinken und mal mit der Lea plaudern. Die kommen eh demnächst, um uns dichtzumachen. So viel steht fest. Ich hab so gerne hier gearbeitet. Nie war ich so sehr ich selbst wie auf den Fluren dieses Hauses. Frei! Ich war frei! Hier konnte ich spüren wie nirgendwo sonst, dass ich dazu ausersehen bin, die Welt zu einem schöneren Ort zu machen. Hier konnte ich atmen. Mit weiter Brust und offenem Herzen.« Er breitet die Arme aus und deklamiert gen Himmel, und Lucy kann nichts erwidern, weil sie ihren Text nicht kennt. Jetzt schlägt er auch noch die Hände vors Gesicht. Sie glaubt, er weint, da kommen Tropfen zwischen seinen Fingern raus, ganz sicher weint er. Und sie hat mal wieder kein Taschentuch.

Er wischt sich die Augen am Ärmel ab und blickt traurig in Lucys Augen. Lucy ist schuld. Sie war es, die Schwertmann gesagt hat, welches Fenster sich öffnen lässt und was das für ein veralteter Mechanismus von seltsamer Schönheit ist. Es ist schlimm, schuld zu sein. Aber Lucy kann sich schlecht vom Detektiv trösten lassen, der ist selbst untröstlich.

»Können Sie eigentlich auch Feuer atmen?«, erkundigt sie sich.

»Wieso fragen Sie?« Er zieht ein blau-weiß kariertes Stofftaschentuch aus der Hosentasche und betupft seine Augen. Dann beugt er sich zu ihr runter wie zu einem sehr kleinen Ding mit interessanten Funktionen.

»Na, wegen der Uniform. Zirkusdirektor, dachte ich. Was muss man da können, Conférence wahrscheinlich auch …«

»Sie haben recht! Das ist ja verrückt! Das sehen die Leute mir sonst nicht an der Nasenspitze an. Mein *Tataie*, mein Großvater, hatte einen kleinen Zirkus in Rumänien. Ich liebe diese Uniform, hab sie im Laufe meines Lebens schon elfmal nachschneidern lassen.«

»Verleiht sie Ihnen Autorität?«

»Nein, sie erinnert mich stets daran, dass das Leben ein famoses, königliches Spiel ist.«

»Aber warum sind Sie dann so streng?« Lucy weiß ja, wie er sie wegen der Messer angezählt hat und danach die Fruitinator-Dame wegen des winzigen Schokoladentäfelchens.

»Wenn ich von selbst wüsste, dass das Leben ein famoses, königliches Spiel ist, müsste ich ja nicht mehr daran erinnert werden. Ich selbst bin eher humorlos. Ich komme nach dem preußischen Zweig der Familie, nicht nach dem transsilvanischen. Aber ich kann wie mein Großvater Geschichten erzählen und Schnaps brennen, das immerhin doch.«

»Aha.«

»Und Feueratem kann ich natürlich auch*. Kann mit ein bisschen Übung jeder. Ich mache das aber nur selten, es geht auf die Geschmacksknospen, hab ich den Eindruck.«

Das ist jetzt nicht so Lucys Problem. Schließlich hat sie die martialischen Zwillinge rausgeschmissen und wird, sobald Enno gestorben ist, für den Rest ihres Lebens talgige Dosenravioli verzehren. Da sind abgetötete Geschmacksknospen eine tolle Sache.

»Jetzt muss ich aber mal los«, sagt sie.

* Falls Sie das zu Hause probieren möchten, bitte, gerne. Die Autorin übernimmt allerdings keine Haftung.

»Es war reizend, mit Ihnen zu plaudern. Sie sind gar nicht so furchtbar, wie ich vermutete.«

»Na, vielen Dank auch.«

»… und dass Sie meine Herkunft erkannt haben, nein so etwas. Wenn Sie Geschichten mögen, kommen Sie doch mal vorbei, jeden ersten Freitag im Monat erzähle ich welche in Gabors Kneipe.«

»Da komme ich bestimmt mal vorbei. Ich liebe größere Ansammlungen von Menschen.«

»Haha, das war nicht sehr glaubwürdig.« Es geht ihm besser, er lacht. Man kann ihn stehen lassen und sich ins Bett verfügen.

Kann man leider doch nicht. Denn in diesem Augenblick hupt es direkt vor ihnen.

»Aha. Der Caterer für den Presseempfang«, sagt der Detektiv.

Und wirklich: *We Feed the World* steht außen an dem hellgrünen Oldtimer, aber die Folie hat sich in der Mitte gelöst, und Lucy entziffert *y Lov*, in blutroter Schrift. Aus der Fahrerkabine winkt eine exotische Frau.

Das kann nicht sein.

Das kann jetzt aber echt nicht sein.

»Ich geh mal rein, Bescheid sagen.« Mit einer formvollendeten Verbeugung entfernt der Detektiv sich.

»Zoë?« Lucy stakst ans Fahrerhaus.

»Allo, Lucy«, sagt die martialische Zoë und streicht sich den schwarzen Bob zurück.

»Du machst das Catering?«

»Das wird toll, verlass disch auf misch«, säuselt sie. Isch bin gespannt, wie du ös findest. Du arbeitest jetzt ier, bon? Isch abe deine Name in die Bestellbestätigung gelesen.«

»Ich muss heim.«

»Oh. Schade. Dann nimm unsere Karte mit. Meld disch mal.«

Die Karte, die sie mit grasgrünen Nägeln herausreicht, hat zwei Seiten. Hellgrüner Untergrund, *We Feed the World.* Die Rückseite ist blutrot. In schwarzem Spotlack steht darauf: *Only Lovers left Alive – Erlebnisgastronomie der besonderen Art.*

Na, schönen Dank auch. Die machen Kugelfisch. Und nur wer liebt, überlebt. Also keiner. Und Lucy ist gleich noch mal schuld. Dann nämlich, wenn das Kaufhaus morgen mit zwölf Leichen auf der Titelseite der *BILD* ist statt mit einem Liebes-Flashmob. Wobei, es erwischt ja die Presse, wer soll da schreiben? Lucy schlackern die Knie, sie stützt sich am Wagen ab. Zoë schaut lächelnd auf das schon ziemlich angegraute Tutu, das Lucy trägt und das gleich mehrere Risse hat, links hängt ihr eine ganze Gazebahn bis zu den Arbeitsstiefeln.

Zoë heißt den Diebstahl offenbar gut. Sie streckt den Daumen nach oben, sagt »übsch« – den Akzent hat sie neu, die konnte makellos Deutsch – und kramt dann neben sich auf dem Beifahrersitz in einem großen Karton, reicht ein hellgrünes Schächtelchen raus. »Das ist für disch. Du hast uns inspiriert, weil du unsere Essen so gierisch gefrössän hast.«

»Und Mathe?«, fragt Lucy, um etwas zu sagen in ihrer vollkommenen Baffigkeit. Mal wieder hat sie keine Handlungsparameter. Wenigstens knickst sie nicht.

»Jaja. Mathe machen wir auch. Molekularküsche, da braucht es jöde Menge Mathe.« Sie lacht perlend. Lucy wird nie in ihrem ganzen Leben perlend lachen, aber das spielt seltsamerweise gerade keine Rolle. Sie rafft die hellgrüne Schachtel an ihre Brust, macht nun doch einen Knicks, sagt: »Ich wünsche Ihnen alles Gute.« Sie wendet sich ab und geht los. Hinter ihr hupt Zoë noch mal fröhlich. Sie dreht sich nicht um.

Als sie um die Ecke und außer Sichtweite ist, bleibt sie stehen, reißt die edle kleine Schachtel auf und stopft sich das mit irgendeiner herrlichen Pilzcreme gefüllte Brioche in den Mund. »Wie geil ist das denn«, stöhnt sie, steht an der Ampel, kaut, schmatzt mit geschlossenen Augen, sagt: »Danke, danke. Was für ein irres Essen.« Als jemand sie vor den Bauch stößt, öffnet sie widerwillig die Augen. Vor ihr steht eine kleine unansehnliche Person und sagt: »Wollen Sie sich nicht auch noch ein Bier aufmachen? Fressen, saufen, rülpsen und anderen Menschen den Weg versperren? Ich hasse Leute wie Sie, Ihnen fehlt doch jede Sensibilität!«

»Verzeihen Sie.«

»Pfft. Dafür kann ich mir auch nichts kaufen. Jetzt ist wieder rot, jetzt warte ich hier weitere drei Minuten. Nur Ihretwegen. Sie können mich mal. So sieht's nämlich aus. Kreuzweise!«

»Tut mir wirklich leid.« Lucy guckt nach links und rechts, und als nichts kommt, überquert sie die Straße.

Vor der Wohnungstür ein Päckchen und ein Napfkuchen und eine Flasche Kirschlikör. Als sie aufschließt, kommen Valerie und Tom Hand in Hand die Treppe runter. »Dürfen wir bei dir *Transporter* gucken?«

»Das ist ab sechzehn. Ich hab euch *Harry Potter* gekauft. Aber ihr müsst leise sein. Ich war noch nie so müde.« Sie schneidet ihnen den Kuchen auf, drückt ihnen die DVDs und je einen Apfel in die Hand, stellt den Likör aufs Küchenbüffet und geht schnurstracks mit dem Päckchen, das von Enno ist, auf den Futon.

Sie wacht davon auf, dass eine Ecke des Päckchens ihr schmerzhaft gegen die Brust drückt. Enno … Sie schiebt sich die Batman-Schlafmaske in die Stirn, bleibt noch ein bisschen liegen, schuckelt das Päckchen. Dann setzt sie sich hin und reißt es auf. Hellgraues Packpapier und in Styropor ein kleiner Plastikkasten.

Auf einem grauen Kärtchen ist mit Tinte eine Nachricht für sie. Sie küsst das Kärtchen, dann wendet sie sich beschämt um, aber die Tür ist zu. Sie küsst das Kärtchen noch mal, raues, festes Papier an den Lippen.

Liebste Lucy,
endlich kommt dein Computer. Ich hab einen Kumpel gebeten, den fertigzubauen. Ich hab dir schnell noch ein paar Orakelsprüche eingespeichert. Deine waren mir zu ruppig. Der fahle Fisch ist viel melancholischer in seiner Hellsichtigkeit, als du denkst. Du übrigens auch. Ich liebe es, wenn du roh und zart bist statt ruppig. Aber selbst ruppig bist du die Frau meiner Wahl.
Ich küsse dich. Dein Enno

Er küsst sie … *Ihr* Enno … Ach ja … Die Kinder hocken Arm in Arm im Flur auf Valeries Sitzsack vor dem kleinen Bildschirm und halten sich mit jeweils einer Hand die Augen zu. Und das soll ein Kinderfilm sein? Da hätte sie ihnen auch *Transporter* erlauben können. Als Lucy vor ihnen steht, fahren sie auseinander. Aber Lucy winkt nur ab. »Meinetwegen könnt ihr knutschen. Ich glaube jetzt an die Liebe.«

Valerie wird rot, Tom auch.

»Ich brauche eure Hilfe«, sagt Lucy. »Wir müssen den Fisch wieder aus dem Müll holen.«

»Welchen Fisch?«, fragt Tom. Aber Valerie weiß Bescheid.

»Ja, die ist so doof, die hat Kunst weggeschmissen.«

»Die ist nicht doof, außerdem sieht sie gut aus.«

»Männer«, sagt die kleine Valerie und verdreht die Augen. »Innere Werte hat sie übrigens auch.«

»Was?«, fragt er, und an Lucy gerichtet: »Kannst du mir auch so einen Sitzsack kaufen wie der Valerie?«

»Na klar«, Lucy grinst. »Wenn deine Mama einverstanden ist. Dafür musst du mir aber bei verschiedenen Sachen helfen. Geschenkt ist der nicht, was, Valerie?«

»Nee, wirklich nicht«, sagt Valerie. »Drähte verlöten, Plastikteile mit Farbe ansprühen …«

»O ja, das kann ich!«

Lucy holt ihren Küchenstuhl, trägt ihn zur Tür. »Ich brauch den Fisch zurück, den du für mich weggeschmissen hast. Wir steigen da rein und gucken nach, ob der noch da ist. Seid ihr dabei?«

Valerie nimmt ihr den Stuhl aus der Hand und stellt ihn zwischen ihnen ab.

»Ohne kommen wir da aber nicht rein«, sagt Lucy kläglich.

»Das ist auch nicht nötig.« Valerie grinst wie Schmalzbacke. Tom – obwohl klar ist, dass er keine Ahnung hat, worum es geht – grinst auch wie Schmalzbacke.

»Wieso? Sind die Tonnen geleert?«

»Keine Ahnung.«

»Komm, wir gucken wenigstens. Im Zweifelsfall müssen wir den neu bauen. Ich brauche Hilfe.«

»Das fürchte ich auch«, sagt Valerie. Und an Tom gewandt: »Sie braucht Hilfe. Sie muss sonst in die Klapse.« Und wieder zu Lucy: »Ich hab die Gräten mit hochgenommen.«

»Wirklich?«

»Ja, der tat mir leid.«

»Kann ich den wiederhaben? Bitte!«

»Solange du mein Taschengeld nicht zurückwillst. Klar, wir holen den.« Und schon sind die Kinder aus der Tür, und Lucy steht da und seufzt eine kleine Flamme ins dunkle Treppenhaus.

Als sie den Corpus und ein paar Flossen und Organe hereintragen, muss sie sich anstrengen, nicht noch mal eine kleine Flamme zu seufzen, denn Valerie hat den von Lucy zerstörten Fisch ausgewuchtet. Zwar sieht er sehr mitgenommen aus, aber man kann erkennen, dass er durchkommen wird. Sie schiebt alle Werkzeuge und Materialien zur Seite, und die Kinder hieven den Patienten auf den Tisch. Das wird viel Arbeit. Trotzdem stellt Lucy mal Ennos Computer in den Corpus. Sie drückt auf den schwarzen Knopf, und ein graues Zettelchen segelt heraus: *Was aussieht wie Dreck, kann auch Sternenstaub sein.* Pah! Sie lacht laut auf.

Der Fisch soll Lucy in Enno verliebt machen. Aber *no way.* Es ist ja längst zu spät.

»Ich auch!« – »Ich auch!«, betteln die Kinder.

Lucy lässt sie an den Fisch und zeigt, wo sie drücken müssen.

Ganz vorsichtig schiebt Valerie ihre Hand in den eingedellten Bauch und drückt auf den Knopf.

Tränen bewässern den Garten der Seele.

»Oh«, sagt Lucy und liest vor. Valerie nickt bedeutungsvoll. »Siehste. Der kennt mich. *Tränen.*«

»Ichichich!«, ruft Tom jetzt, drängelt sich an die Tischkante und schiebt seine Pfote vor in den Fisch.

Ein Einhorn kann keine Ponys gebären, nur Wunder. Valerie liest es ihm vor.

»Verstehe ich nicht, das ist doof«, nörgelt er und stapft mit seinem Zettel in den Flur. »Valerie!«, ruft er, und Valerie, die gerade die Hand nach dem Fisch ausgestreckt hatte, um noch mal zu drücken, wendet sich ab.

»Danke«, sagt Lucy schnell. »Du hast das Orakel des fahlen Fisches gerettet, tapfere Valerie.«

»Jetzt chill mal, ich war nur zu faul, extra zur Mülltonne zu gehen«, sagt Valerie und tritt in den Flur. Bei Gelegenheit sollte man das Mädchen zu mehr Höflichkeit Erwachsenen gegenüber anhalten.

Wieder allein im Zimmer, stellt Lucy sich vor den fahlen Fisch. Heute noch wird sie anfangen, ihn wieder mit goldenen Schuppen und meerblauen Augen mit langen Wimpern auszustatten. Enno zuliebe. Und die Außenhaut wird an mehreren Stellen durchscheinend sein, damit man die innen mit Draht befestigten Organe sieht. Das Herz. Er soll sich freuen. Der Fisch ist ihr gemeinsames Projekt. Wie es ihm wohl geht? Er schreibt in seinem Begleitbrief zum Computer nichts darüber. Leukämie hat sie gegoogelt. Daran stirbt man meistens.

Die Nacht ist groß und weit, als wäre die Schrödersche Wohnung das All mit den ganzen Sternen und Planeten. Lucy liegt auf dem Rücken und pustet ihren Atem in eine Galaxie, von der wahrscheinlich nie jemand hören wird. Kahle Monde, reich an Bodenschätzen, glutrote Sonnen und dazwischen immer mal ein anmutig verglühender Stern.

Ewig verharrt sie so. Zeit ist eine Illusion. Schwerelos schwebt sie, um sie herum dreiundzwanzig geöffnete Schachteln. Geschenke ihrer Großmutter an die kleine Lucy, die es schon lange nicht mehr gibt und die es vielleicht nie gab. Von der Großmutter persönlich besprochene Märchenkassetten. Viele Sachen in Rosa, feinstes Seidenpapier in Rot und Absinthgelb. Auf den beiliegenden Karten viel »ich hab dich lieb«, »du bist toll«. In einem Karton zwei Motoren, eine kleine Bohrmaschine, jede Menge Magneten, Klebstoff, drei Blöcke mit Karton. Offenbar hat die Großmutter von Lucys Talent gewusst.

Reglos liegt Lucy zwischen ihren dreiundzwanzig Trabanten und atmet das All.

Sie hat alle Päckchen wieder hochgeholt. Sie musste das machen. Im siebzehnten hat sie gefunden, wonach sie suchte: ein von Lucys Großmutter selbst vollgeschriebenes großes, dickes Kochbuch, in dem aber nicht die paar Rezepte (Dhal, Wildreis mit Datteln und Tahin und so Zeug) wichtig sind, nein, dazwischen stehen in einer schön melodischen Schrift Unterweisungen.

Hexenküche. Frauenwissen.

Lucy blättert behutsam. Gibt es einen für Enno passenden Heilzauber? Nicht auf den ersten Blick. Besprechen von Warzen. Leberwickel gegen Jähzorn. Kakao für mehr Hitze. Auf Seite 222 ist die Schrift verwischt. *Heile dich selbst, sei heil, und du wirst sehen, dass auch andere in deiner Nähe heil werden können.* Eine Teemischung wäre ihr lieber. Sie wird morgen noch mal durchblättern. Das Buch liegt auf Lucys Brust wie ein Neugeborenes, und sie zieht sich ohne aufzustehen die Decke vom Futon herunter und deckt sich und das in weinrotes Leinen gebundene Buch zu, und dann träumt sie, dass sie in Furor und mit aller ihr zur Verfügung stehenden Kraft opake, dicke Bänder zerschneidet, zerhackt, zerbeißt, die um ihren Körper geschnürt sind. Als alle Bänder durchtrennt sind und sie schnaufend in dem Sehnenhaufen steht, ist sie weich und kraftlos wie eine Lumpenpuppe und sinkt in traumlose Dunkelheit.

Eine Woche gibt sie sich, dann will sie Ergebnisse sehen. Enno gesund, sie in seinen Armen – oder so ähnlich. Bei Nielerchen meldet sie sich telefonisch ab. Dem Kaufhaus hat sie eh genug geschadet mit ihrer Geschwätzigkeit. Immerhin leben die Chamäleonen. Alles Weitere liegt nicht mehr in ihrer Hand. Nieler geht zwar ran, ist aber nicht wirklich bei der Sache, wartet nur noch auf seine Suspendierung.

»Ich seh mich schon auf Mallorca«, unterbricht er ihren Vorschlag, W-Lan anzubieten und im Pralinenbereich richtig guten Kaffee. »… Surfbretter ausgeben an Burschen, die halb so alt sind wie ich und halb so breit. Immerhin hab ich auf die Weise ein bisschen Zeit mit meiner Frau.«

»Und den Zwillingen«, versucht Lucy, ihn zu trösten.

»Und den Zwillingen, genau.« Jetzt lacht er schallend los. Auf den Ultraschallbildern sieht man ja nur Schneegriesel. Aber dass da zwei kleine Schneemänner drinstecken … Meine Frau hat ganz schön geschluckt, als die Ärztin uns das gesagt hat. Die muss die Rasselbande ja irgendwann zur Welt bringen. Aber ich hel…«

»Ich unterbreche Sie nur ungern, aber ich bin doch für eine strikte Trennung von Privatem und Dienstlichem«, sagt Lucy. »Wollen Sie nicht in Zusammenarbeit mit dem Fitnessstudio den Flashmob einmal im Quartal anbieten? Man könnte sich im Fitnessstudio dafür anmelden und das in einer Gruppe einstudieren. Die Leute lieben es, etwas in Gruppen zu machen.«

»Gute Idee. Ich krieg herrliche, dicke Zwillinge! Das wird ein Spaß. Wenn einer weint, weint der andere auch. Wenn einer lacht, lacht der andere mit. Wie Sie das machen, will ich nicht wissen, aber was sehen Sie noch für mich voraus?«

»Ehrlich gesagt, sehe ich Sie auch auf Mallorca oder so«, Lucy gibt es auf, ihn zu mehr Professionalität anzuhalten. Der Mann ist ganz woanders. »Strand, ja, aber keine Surfbretter. Sie umarmen jemanden … Und dann noch jemanden … Und noch jemanden … Die sehen alle nett aus. Ich versteh's nicht. Aber das wird schon gutgehn. Warten Sie ein paar Wochen.«

»Ja, das sagt der Mötlich auch«, erwidert er mutlos.

»Wer ist der Mötlich? Ihr Astrologe?«

Aber er lacht nicht. »Der Hausdetektiv. Den kennen Sie doch.«

»Wieso haben Sie dem eigentlich nicht von Anfang an

untersagt, in dieser auffälligen Uniform rumzustolzieren? Mit einem erstklassigen Hausdetektiv wären Diebstähle in diesem Ausmaß doch undenkbar.«

»Ach, ich weiß nicht. Außerdem ist Steffen Mötlich ein alter Schulfreund von mir.«

»Und?«, fragt Lucy nach.

»Freunde nimmt man, wie sie sind, an denen krittelt man nicht rum.«

Dieser Geschäftsführer ist ein hoffnungsloser Fall.

»Und im Übrigen sind Sie hier auch wie eine arme Irre mit gelben Lärmschützern und Tutu rumgerannt, und ich hab nicht 112 angerufen, sondern Ihnen eine Chance gegeben.«

»Sie *mir*? Sind Sie sicher?«

»Ja. Und Sie mir. Genau. So läuft das im Leben, wenn es gut läuft.«

»Hinter Ihnen und den ganzen Leuten, die Sie an dem Strand umarmen, sehe ich übrigens ein Schild. *Shangri-La* steht drauf.

»Verarschen kann ich mich selber.«

Nun, in ungefähr anderthalb Jahren wird er an sie denken. Lucy verabschiedet sich.

»Danke für alles, meine Liebe«, sagt er noch, aber von Liebe hört sie nur das L, weil sie ihn weggedrückt hat.

Zum ersten Mal sieht ihr Zimmer tatsächlich aus wie ein Kinderzimmer. Überall Spielzeuge aus den Päckchen und farbiges Papier. Tagelang läuft sie mit rosa Lippenstift und in einem grün karierten Rock herum, in den sie noch eine extra Stoffbahn tackern musste, so klein war er, macht Seifenblasen und Malen nach Zahlen und spielt fünf Plüschbären und zwei Bagger durch die gesamte Wohnung. Natürlich erklären Valerie und Tom, die eigentlich »zu groß für den Scheiß« sind, sich bereit, mitzuspielen, als Lucy ihnen erklärt, dass sie das machen muss, um den Fluch zu lösen, der auf Enno lastet.

»Welcher Enno?«, fragt Tom.

»Welcher Fluch?«, fragt Valerie. »Was ist ein Fluch?«

Lucy füllt Smarties in einen blauen Laster und sagt: »So was wie Fluch der Karibik.«

Die Kinder sagen: »Toll! Gucken wir den dann?«

Lucy erwidert: »Machen wir. Jetzt müssen erst mal die Steine raus in den Flur zum Straße-Ausbessern.« Sie sollte doch mal lernen, wie man Kinder ohne einen Laster voller Süßigkeiten zu irgendwas motiviert kriegt.

Während die Kinder im Licht der Leuchtspinnen brummend und mit aufgeblasenen Backen die Fahrzeuge über die klagenden Dielen manövrieren, liegt Lucy in Valeries Sitzsack und fragt immer mal scheinheilig rüber.

»Was macht ihr, wenn ihr so richtig, richtig traurig seid?«

»Na, weinen!«, sagen sie.

»Und wenn es einem Freund von euch schlecht geht?«

»Na, hingehen und in den Arm nehmen.«

»Und wenn das nicht geht?«

»Ich hab mal meinen besten Bagger hingeschickt, in einem gelben Paket. Der Bagger war von Bruder.« Tom hebt den Bagger hoch, die Schokolinsen klackern über den Flur wie beim Zwergenbillard. Valerie nimmt ein paar mit der ausgestreckten Zunge auf, und Lucy wird ganz elend, weil sie im Gegensatz zu Valerie weiß, wann hier das letzte Mal durchgewischt wurde. Soll sie das jetzt verbieten und riskieren, dass die heult? Aber dann hat Valerie einen hellgrünen Fussel an der Zunge und hört von selbst auf. Puhlt sich auf der Zunge rum und sagt: »Ich hab mal meinen Hamster, als er Husten hatte, nicht zum Tierarzt gebracht. Wir hatten Streit, und ich dachte, der simmeliert nur, damit ich ihm verzeihe, aber dann ist er gestorben. Ich streite mich deswegen nur noch ganz kurz und ganz selten.« Sie hebt sehr klug den Zeigefinger. Lucy ist nicht halb so klug und hat noch tausend Fragen. Aber bei »Hilft das wirklich, wenn man draufpustet, wo es wehtut?« stöhnen die Kinder schon. Und bei »Könnt ihr bitte mal versuchen, mit dem ganzen Körper zu vibrieren, als wärt ihr … eine elektrische Zahnbürste?« gucken sie sich nur an und schieben mit ihren Baggern und dem Kipper ab ins Trampolinzimmer, schließen die Tür hinter sich.

Die Nächte verbringt Lucy mit dem Rezeptbuch und Schnittlauchbroten. Friedemann will sie wohl nicht mehr sehen. Er hat einen Kollegen geschickt, damit der ihr Brot, Äpfel, Quark und Schnittlauch bringt, Smarties für die Bagger und ein Paket Küchenrollen. Den Anorak hat er auch eingefordert. Lucy, die gehofft hatte, dass Friedemann selbst vorbeikommt, hat mit der Nähmaschine aus einer alten Landkarte aus dem Keller eine große Tüte für den Anorak genäht. Auf eine Postkarte hat sie geschrieben, dass er sich trotzdem einen neuen kaufen soll. Khaki steht ihm bestimmt besser als weinrot. Und sie hat eine Schneekugel für ihn dazugelegt. Aber nicht er am Krankenbett. Nein, viel niedlicher: er mit zwei Hunden, zwei Katzen und zwei kleinen Jungs. Alle mit Magneten versehen, sodass sie aufeinandergestapelt werden. Manchmal landet der kleinste Hund ganz unten, manchmal Friedemann.

Friedemanns Kollege ist instruiert. Lächelt nicht, als sie ihm die große schöne Tüte überreicht, ist eisern hinter der Fußmatte stehen geblieben. Dabei will sie den gar nicht. Inzwischen macht sie alles, was sie macht, für Enno.

Sie könnte sich in den Hintern beißen, dass sie nicht früher angefangen hat, zu üben. Wie sie das jetzt sieht, kann das Jahre dauern, bevor sie sich das erste Mal bis an die Zimmerwand ausdehnen kann, geschweige denn bis zu Enno und seinem Krankenhausbett. Ganz abgesehen davon, dass man eigentlich ein auf einem Berg vor einer Höhle sitzender alter Mann mit weißem Bart sein müsste, um zu begreifen, was mit diesem Ausdehnen gemeint ist. Sie nimmt noch einmal das Buch, liest: »Spüre auf imaginative Weise nach, wie weit dein Feld reicht.« Imaginativ! Das hatte sie übersehen, oder ändert sich so ein verdammter Text mit jeder verdammten Lektüre? Imaginativ kann sie. Da kann sie sich bis zum Mond ausdehnen. Sie schließt die Augen und lässt einen kleinen silbernen Sternenregen in der Ferne niedergehen.

Als ihr auffällt, dass sie gerade das erste Mal in ihrem Leben nicht weiß, wo sie endet und wo das Zimmer anfängt, reißt sie die Augen auf, geht in die Küche und holt sich vor Schreck erst mal ein Glas Wasser, ist nicht ganz sicher, wer da das Wasser eingießt und für wen. Sie lacht rau, schließt die Augen. Ein einzelner dicker Stern steht da noch an ihrem Firmament. Die Rettungsaktion für Enno führt geradewegs in die Psychiatrie, hat sie das Gefühl. Wollte sie die nicht vermeiden? Egal.

Bald hat sie gemerkt, dass ihr Zimmer trotz seiner Größe mit all den Werkzeugen und Materialien und den dreiundzwanzig Päckchen auf dem Fußboden zu voll ist für Ausdehnen, und sie hat in ziemlicher Eile Roccos Zimmer hellrosa-dunkelrosa-weiß kariert gestrichen, kleine zuckrige Quadrate. Die Kinder haben das für eine hervorragende Idee gehalten, waren aber zwischendurch kurzzeitig eingeschnappt, weil sie wegen der geforderten Präzision nicht mitmachen durften. Sie haben währenddessen, die Walkie-Talkies am Hosenbund, nebenan auf dem Trampolin Weltraummission gespielt. »Ich komm bis an die Decke, ich kann wahnsinnig hoch springen«, hat Valerie Lucy atemlos zugerufen. Daraufhin hat Lucy einen Schwamm herzförmig ausgeschnitten und auf ihr Englisch-Wörterbuch getackert und den so entstandenen Stempel für den nicht ganz unwahrscheinlichen Fall, dass Valerie ein bisschen übertrieben hat, auf einen Besenstiel geschraubt. Damit haben die Kinder sieben rote Herzen über dem Trampolin an die Decke stempeln dürfen. Dann hat Lucy weiter Karos gemalt und die Kinder haben für Tom eine Cap mit *Hero* beschriftet.

In der Küche haben sie schließlich vor der Karte mit der Übungsanweisung von Lucys Großmutter prustend in ihre Füße geatmet, sich einander zugewandt, die Blicke verschränkt, weiterhin tief geatmet und sich dann, »brrrr«, synchron geschüttelt.

Lucy, die sich einen Kaffee hatte kochen wollen, stand stocksteif in der Tür und hatte mal wieder so eine Ahnung, dass man als Kind Fußatmung kann, ach was, Körperatmung, mit Haut und Haar. Bis einem irgendwann jemand sagt, man soll jetzt aber mal die Luft anhalten. Sie hat dann zur Sicherheit die Kerzen ins Küchenbüfett geräumt, die sie für sich zum Üben gekauft hatte. Es war nur eine Frage der Zeit, bis diese tollen Kinder ganze Feuerbälle durch die Wohnung jonglieren würden.

In die Mitte ihres karierten Raums hat sie ihren Futon gestellt (untendrunter die Schneekugel von ihrer Großmutter), und nun übt sie da. Lüftet auch hin und wieder. Zur Stärkung gibt's täglich Schnittlauchbrot und Atmen und Mandala-Meditation. Was auch hilft: täglich ein kurzes Bemutterungstelefonat mit Lea Hellmich, in dem sie eigentlich über nichts Besonderes reden. Lea sagt, sie findet toll, dass Lucy sich jetzt öffnet, und Lucy sagt, »ach Quatsch«. Lucy sagt, dass sie toll findet, wie Lea diese ganzen Bekloppten und Kranken um sich erträgt, und Lea sagt, »ach Quatsch«. Außerdem hilfreich für Lucys Trainingsprogramm zu Ennos Rettung: täglich mindestens eine Stunde spielende Kinder in der Wohnung. Aber das Entscheidende sind wohl die von Friedemanns Kollege gelieferten Küchenrollen:

Jetzt sitzt sie in dem neuen Zimmer auf dem Futon, daneben eine Küchenrolle und der Papierkorb, und kommt sich vor, als hätte sie Verstopfung. Es tröpfeln nämlich nur alle fünf Minuten mal drei Tränen. Hauptsächlich ist ihr übel. Wenn Weinen ihr Beruf wäre, die Welt wäre verödet und verwüstet. Nach einem halben Tag in der Mitte des Raums kriecht sie auf allen vieren vom Futon und lehnt sich erschöpft an die Wand. Ihr Körper fühlt sich an wie entzündet. Da ist wahrscheinlich einfach kein Wasser drin. Sie ist vertrocknet in ihrem erbärmlichen Leben, knorrig und ohne die Kraft, auch nur eine einzige Blüte zu treiben. Lucy hebt eine verdorrte Hand vors Gesicht und seufzt.

Saharaluft versengt ihr die Nasenlöcher, zum Glück kommt kein Feuer. Sie legt sich hin und seufzt noch mal. Und noch mal und noch mal. Es rumpelt die ganze Zeit in ihr. Sie stellt sich vor, dass da gerade ein protziges Bauwerk von überwältigender Hässlichkeit einstürzt. Mit dem Lachen darüber kommen zart die Tränen.

Sie fühlt sie an ihrer Wange, tupft sie sich auf die Zunge. Dann setzt sie sich aufrecht hin und strebert sich in ihre Aufgabe hinein. *Walle! Walle manche Strecke, dass, zum Zwecke, Wasser fließe.* Jetzt, wo sie weinen kann, weint sie richtig. Um verlorene Jahre, um das fröhliche Kind, das sie hätte sein können. Sie weint darum, dass sie nicht ein Mal in ihrem Leben ein Brettspiel gespielt hat. Zwischendurch macht sie immer wieder die Musik von Enno an. Sie tanzt und weint. Tage geht das so. Unterbrochen nur von Essen, Klogängen und traumlosem Schlaf. Drei Papierkörbe voller nasser Küchentücher lang weint sie. Und plötzlich lacht sie wieder, als ihr einfällt, wie sie immer an den speckigen Hausschuhen ihres Vaters gerochen hat, die vor seinem Zimmer versauerten, während er in seinem heiligen Anzug im Büro war. Sie hat auch an seinem Kopfkissen gerochen, aber das hat er wohl gemerkt und sein Zimmer abgeschlossen. Sie hat am Morgen vor dem Geschirrspülen aus seiner Kaffeetasse den süßen, sämigen Rest getrunken und sich total erwachsen gefühlt. Sie lacht über ihre Kinderwahrsagerei mit ebenjenem Kaffeesatz und einem Geschirrtuchturban, zu der sich hin und wieder ein Hausbewohner einfand, um eine kleine, aber nicht unbedeutende Frage zu klären. Sogar über Rodschers absurden Tod lacht sie, obwohl sie da auch wieder weinen muss. Dann lacht sie, weil der so blöd war.

Das tagelange Weinen macht Lucy weit und licht, als hätte es wirklich einen Trauer- und Tränenstau in ihrem Inneren gegeben. Nachdem sie fertig ist, liegt sie wie hinschraffiert auf dem Futon und vibriert.

Ihre Großmutter behauptet auf einer der dreiundzwanzig den Päckchen beiliegenden Igel- und Kätzchenkarten, bis in ihr Überbein am rechten großen Zeh atmen zu können. Na, die gibt ganz schön an. Viele Stunden am Tag liegt Lucy da und atmet statt in ihre Füße in eine Verspannung nach der anderen. Das kann sicher auch nicht jeder. Wer hätte gedacht, dass über einem rechten Schlüsselbein Angst oder so was kauern kann, die, sobald sie enttarnt ist, in den Magen abfließt? Dementsprechend rumpelt und gurgelt Lucys Magen laut hörbar wie Hexenküche und tut auch ein bisschen weh. Valerie, die mit einem mit Smarties belegten Quarkbrot in der Tür steht, geht erschrocken wieder raus.

Gemeinsam mit Tom – Valerie schminkt sich lieber mit den Sachen aus den Päckchen die Lider golden und die Lippen orange – macht Lucy täglich Liegestütze und Kniebeugen und die Dehnübungen aus dem Kochbuch, bei denen sie sich allerdings irgendeinen Nerv im Oberschenkel einklemmt, weshalb sie das erst mal wieder sein lässt und ein Stück weiterliest. *Beim Ausführen dieser Übungen kannst du möglicherweise zunächst schmerzhafte Empfindungen haben*, steht da. Na super. *Im Allgemeinen sind wir der Meinung, dass wir Schmerz vermeiden sollten. Es lohnt sich aber, im Laufe des Übens über die gedankliche Vorstellung Schmerz hinauszugehen und so zu einer Quelle neuer und belebender Energie zu gelangen.* Ihr Schmerz ist sehr real und keinesfalls eine gedankliche Vorstellung, aber als sie die Dehnung wiederholt, sanfter jetzt, weint sie, und zwar nicht vor Schmerz, sondern vor Wut darüber, dass ihr Vater den Brief ihrer Mutter entsorgt hat, von dem nur noch der Umschlag da ist: *Für meine Lucy zum vierzehnten Geburtstag*. Diese Wut sitzt also im Oberschenkel. Tolle Erkenntnis. Mal gucken, was in ihrem Hintern abgespeichert ist. Aber es kommen nicht immer konkrete Erinnerungen, oft auch nur Gefühle: Trauer, Hass. Freude seltener – die fühlt man ja gern und schließt sie nicht in irgendeinem Körperteil weg. Gut, dass sie sich bei Nieler abgemeldet hat. Berufstätigkeit und Fühlen schließen sich schon rein zeitlich aus. Von Details wie verheulten Augen, plötzlichen Lach- und Weinanfällen, einem großen Schlafbedürfnis und mächtigem Hunger einmal abgesehen.

Zu Lucys Freude gibt Lea Hellmich Tom hin und wieder etwas zu essen für Lucy mit: eine Schale asiatischer Hühnersuppe aus der Cafeteria, eine halbe Quiche, die Lucy mit den Kindern teilt, Rote-Bete-Salat. »Darf ich Mama zu dir sagen?«, schreibt Lucy auf den Zettel, den sie in die leere Tupperdose legt, die Tom wieder abgibt. Zwei Tage später kommt auf einem Teller mit Gemüsebuletten die ziemlich durchgefettete Antwort: »Mama? Das fehlte noch. Grüße auch von Bert und Marilyn.«

»Ja«, sagt Lucy, »das hätte ich an deiner Stelle auch gesagt. Wer ist Bert?«

Lieber, lieber Enno,
Grüße aus dem Trainingscamp für Feuer und Wasser speiende Nachwuchsdrachen. Ich hoffe auf weitere Küsse. Ich fühle alles, Enno, und ich liebe, zum ersten Mal in meinem Leben. Die mickrigen Eisblumen

an meinem Fenster, die dicke Ader, die meinen Daumen entlang auf meinen Unterarm führt, das Geräusch, das Valerie macht, als sie begreift: Die zwei goldenen Tücher auf dem Sitzsack sind wirklich für sie und Tom. Ich bin dick und fett vor Liebe, Enno, und nebenbei bin ich auch noch dick und fett verliebt in dich.

Nimm mir das Gestotter nicht übel. Liebe ist so simpel, dass der Verstand bloß noch irre lacht.

Lebst du noch? Ich hoffe, du lebst noch. Sonst hätte ich mich ganz umsonst so weit aus dem Fenster gehängt. Mehr Küsse! Ich liebe dich! Mit meinem Herzen, meinem rechten Schlüsselbein und demnächst sogar mit meinem großen Zeh. Wer hätte gedacht, dass ich so was mal sage: Lucy Lou loves you.

Lucy Lou loves you, summt und brummt und rappt sie und guckt im Internet, mit welcher Tastenkombination man Herzchen macht. Sie findet keine. Dabei ist das ganze Internet verseucht mit Herzchen. Per Copy-and-paste klaut sie sich die schönsten und fügt sie in ihre Mail ein, die jetzt aussieht, als wäre sie von Valerie. Egal. Lucy lässt das jetzt mal so. Kaum hat sie die Mail abgeschickt, klingelt es. Enno! Wahrscheinlich kann sie inzwischen wirklich hexen. Sie trägt schnell ein bisschen Glitzerlippenstift auf.

Auf dem Weg nach vorn zur Wohnungstür sieht man seltsamerweise kaum die Hand vor Augen. Lucy öffnet schwungvoll die Tür, und leider stehen bloß Valeries Vater und die sexy Mattusch vor ihr. Stielaugen wie die schönstedtischen Chamäleonen, zum Glück haben sie nicht die Farbe des Treppenhauses angenommen, dann wären sie jetzt nämlich rosa.

»Was ist denn hier los?«, fragt Lucy und zerwedelt den rosa Nebel, aus dem noch weitere Gesichter sie anschauen. Die ganze ranzige Nachbarschaft scheint sich versammelt zu haben.

»Das wollten wir dich fragen«, sagt die Mattusch. »Alles in Ordnung, meine Liebe?«

»Mein Flur ist rosa«, sagt Herr März anklagend. »Meine Tochter hat gesagt, Sie haben rosa gestrichen. Was Sie hinter verschlossenen Türen treiben, ist Ihre Sache, aber das ganze Haus einstäuben geht zu weit.«

»Ach, aber das ist doch ganz hübsch, oder?«, sagt eine quirlige Quellnymphe hinter ihrem jungstierhaften Mann vor.

»Wie ist das denn passiert?«, fragt er. »Da ist doch nicht nur eine Tüte mit Pigmenten umgefallen.«

»Meinen Sie, dass das schädlich ist? Aber schön ist es auch«, sagt sie und greift ins Rosa.

»Kannst du wirklich hexen?«, fragt der Neue aus dem Erdgeschoss.

»Papperlapapp.« Die Mattusch winkt ab, dass ihre goldenen Armreifen klappern. Valeries Vater guckt dem Geklapper zu wie hypnotisiert. »Wenn alles in Ordnung ist, können wir ja wieder gehen. Pass auf dich auf, Mädchen«, sagt die Mattusch.

»Das Treppenhaus wird von Ihnen gereinigt, das ist Ihnen ja wohl klar«, sagt Herr März.

»Klar«, sagt Lucy. Wem nützt denn ein rosa Hausflur? Wenn nicht morgen auf der *BILD* vorne draufsteht, dass ganz Berlin rosa ist und die Lahmen gehen und die Blinden sehen können, ist niemandem geholfen. So was Blödes. »Das Rosa ist in ein paar Minuten weg«, sagt Lucy mutlos. Während sie hier Herzchen malt, wird Enno sterben. »Versprochen. Tut mir leid.«

»Ein Trauerspiel, dass man sich erst beschweren muss, damit Ordnung einkehrt«, sagt Herr März.

»Wie geht es Ihnen?«, fragt Lucy.

»Äh, ja, gut«, sagt Valeries Vater.

»Fantastisch. Oder, Jens?«, sagt die Nymphe.

»Und dir, meine Liebe?«, fragt die Mattusch.

»Mir geht's gut, ich trainiere.« Und während Jens zweifelnd ihren Bizeps begutachtet, hat sie eine Idee. »Kommen Sie doch alle kurz rein, ich hab selbst gemachten Kirschlikör.« Sie zwinkert der Mattusch zu. »Ich schmeiß 'ne Runde auf den Schreck.« Augenblicklich setzt die Mattusch sich in Bewegung, dringt mit ihrem üppigen, in grüne Seide gewandeten Leib gierig in den mit Rosa durchsetzten Flur vor. Valeries Vater geht ihrem Hintern hinterher. Die Mattusch hat auch Frauenwissen. Lucys Großmutter hat mit der manchmal »Tee getrunken«. Vielleicht sollte sie in einer ruhigen Minute mal fragen, wie ihre Großmutter so war, woran sie sich erinnert. Ob die Mattusch noch ihre Mutter kennt?

»Deine Mutter kannte ich leider nicht. Aber deine Großmutter war 'ne Superfrau, das sag ich dir, Kindchen. Die hatte Feuer unterm Arsch«, sagt die Mattusch über die

Schulter zu ihr, obwohl sie gar nicht gefragt hat. Lucy nickt. Sie folgt den anderen in die Wohnung.

Das Rosa in Lucys Flur ist dicht wie Zuckerwatte und duftet infernalisch nach Himbeeren. Sie arbeiten sich durch den Nebel vor, bleiben nah beieinander wie eine Forschergruppe im Dschungel. Die quirlige Quellnymphe kiekst »iiieeehh« angesichts der großen Leuchtspinnen und macht einen Hopser in Richtung Jens. Die Männer haben den Gartenzwerg entdeckt, der mittels Flaschenzug den Garderobenschrank auf- und zuklappt, und drücken ihm jetzt auf die Mütze, dass die Schranktür nur so klappert. Die Frauen bringen die Dielen zum Jammern. »Ich könnte ja nicht so wohnen, oder?«, sagt die Nymphe zu ihrem Jens. Im Arbeitszimmer bleiben alle vor dem Tisch mit dem beibootgroßen fahlen Fisch stehen, der schon wieder einen schuppigen, glänzenden Bauch hat. Valeries Vater schaut sich um. »Ganz schön dreckig hier.« Wo früher Lucys Futon stand, schiebt er ein paar Papierschnipsel mit dem Fuß zusammen.

Lucy schenkt den Likör in den kleinen Kristallgläsern aus, die die Mattusch schnell noch von unten geholt hat. Die Gäste trinken, plaudern. Das Rosa ist mittlerweile lediglich ein Hauch. Unbemerkt stellt Lucy sich in die Tür und testet in der Praxis, wie weit ihr Training der letzten Tage sie gebracht hat. Die Mattusch zwinkert ihr zu. »Ausdehnen war der Verrückten ein echtes Anliegen. Ich frage mich, ob sie es selbst konnte und jetzt gar nicht tot ist, sondern sich ins Universum ausgedehnt hat.« Die anderen gucken seltsam. Lucy sagt, dass sie leider nur ganz selten mit ihrer Großmutter geübt hat. Ein Schluchzer kommt wie ein altersschwacher Paternoster ihre Kehle hochgeruckelt.

Aber die Mattusch winkt ab. »Na, dann machst du das halt alleine. Los, jetzt gleich, hier an uns ran.«

Die anderen gucken noch seltsamer.

»Was ist?!«, sagt sie kichernd. »Heute ist Sonntag. Für eine alleinstehende Dame durchaus ein Grund, schon am Nachmittag beschwipst zu sein.«

»Pah, Dame!«, sagt Valeries Vater.

»Sie haben es besser Evchen, nicht wahr?« Die Mattusch zwinkert der Quellnymphe zu. »Sie kriegen Sonntagnachmittag was anderes.«

Evchen haucht: »Ja«. Ihr Freund wird rot, ist aber offensichtlich geschmeichelt, weil man hier seine Bemühungen anerkennt.

Die Mattusch schenkt Likör nach. Lucy versucht es noch mal mit dem Ausdehnen. Valeries Vater ist ein harter Brocken. Sie kommt nicht mal in seine Nähe. Na ja, sie mag ihn ja auch nicht. Alle Kraft sickert aus ihr raus. Herr März scheint zu merken, dass sie an ihn ranexperimentiert und schaut immer wieder finster zu ihr her, während alle anderen lachen und schwatzen und die Gegenstände in Lucys Arbeitszimmer berühren. Es klingelt und schnurrt und klackert, Evchen kichert erschrocken, als ein gelber Plastiklöwe »*Amore!*« brüllt, weil sie seine Schnauze angetippt hat. Herr März knurrt verächtlich. Die Mattusch bewundert Lucys gelben Kaufmannsladen, in dem von früher noch Heilmittel stecken: ein Fläschchen Löwenzahntinktur, zwei Tütchen Nieswurz und ein Glas mit Lohkraut. Das sieht mit seinen roten Fäden so ähnlich aus wie Safran, nur grober, fester. Lohkraut hilft, wenn man sein Gleichgewicht zurückerlangen will, während oder nach großer Verliebtheit oder während einer Krankheit. Lucy und ihre Großmutter haben es

Flohkraut genannt, weil die verliebten Frauen so hibbelig waren, und Lucys Großmutter hat sie gewarnt, es weiterzugeben, weil es jede Menge beeindruckender Nebenwirkungen hat. Das Glas ist nur für Lucy und nur für den Notfall. Zum Glück ist sie Meister darin, ihr inneres Gleichgewicht auch in den übelsten, furchtbarsten Situationen nebenwirkungsfrei zu bewahren, und darf das ja, aus welchen Gründen auch immer, häufig unter Beweis stellen. Zuletzt nach dem Tod ihres Vaters. Das nächste Mal, sie will ja nicht unken, wenn sie Enno beim Sterben zugucken kann. Die Mattusch hat auch nur Sorgen, auf die Lohkraut nicht passt. Sie steckt sich auf Lucys Nicken hin ein paar Liebesperlen in die Tasche, offenbar plant sie einen kunterbunten Liebeszauber.

Und während Lucy sich nur noch mit halber Kraft ausdehnt, weil ihr Kopf mit den Mittelchen beschäftigt ist, klappt es plötzlich: ein winziges Stück in den Raum hinein. Es ist bloß ein jämmerlicher Zentimeter, und auch nur eventuell, aber etwas ist anders. Und als sie unwillkürlich denkt, dass sie, wenn sie nur stark genug weiterübt, irgendwann Enno umschließen kann, denkt sie gleichzeitig an Küssen, und da stiebt plötzlich wieder Rosa hoch. Weniger diesmal, nur eine kleine Wolke vor der Zimmertür. Dafür aber alle Facetten von Rosa, scheint es. Hortensienrosa sieht Lucy, Blassrosa, Bonbonrosa, Silberrosa, Purpurrosa, Schweinchenrosa, Perlmuttrosa, Französischrosa, Graurosa und wieder Zuckerwatterosa.

Zum Glück sind ihre Gäste abgelenkt und sehen das Rosa nicht. Oder sie sind es mittlerweile gewohnt. Der Mensch gewöhnt sich schnell an alle möglichen Wunder.

»Der große Fisch, den Sie dort auf dem Tisch sehen, enthält Botschaften. Möchten Sie ihn testen?«, sagt sie, tritt vor das Wölkchen, verdeckt es so und zeigt auf den fahlen Fisch.

»Ist wohl 'ne Mutation nach Fukushima«, sagt Valeries Vater, tritt heran, legt grob eine Hand auf die bläulich-golden glitzernde Schwanzflosse und schaut sich Beifall heischend um, aber keiner reagiert.

»Der ist schön, Jens, oder?«, wispert Evchen, und Lucy nimmt sich vor, auch mal wispern zu üben. »Schön traurig. Guck nur, wie der guckt.«

»Schön traurig, das sieht dir ähnlich«, sagt ihr Freund und zieht sie an sich.

Die Mattusch will den Fisch testen. Natürlich. Sie ist die Erste, sie hat schon immer an Lucy geglaubt.

Sie beugt sich vor. Lucy zeigt ihr, wo sie drücken muss. Der Zettel kommt noch nicht aus dem Maul des Fisches, sondern man muss ihn neben der Flosse aus dem Corpus zupfen. Sie tut das ganz aufgeregt und feierlich. Die anderen Frauen rücken näher. Die drei Männer haben sich noch mal nachgeschenkt und reden über die Baustelle vor dem Haus, wo es seit Wochen nicht vorangeht, aber heute die Spundwände geliefert wurden.

»*Das Glück kommt mit dem Mann in Schwarz*«, liest die Mattusch zögernd vor, während Valeries Vater auf ihre rot angemalten Lippen starrt. Sie macht einen ganz kleinen Luftsprung, kommt mit einem Knall wieder auf ihren Plüschpantöffelchen auf. Und während Lucy denkt, dass der schwarzhaarige, auf seiner Website schwarz gekleidete Enno nicht besonders subtil ist in seiner Eigenwerbung, sagt die Mattusch allen: »Ich bin verknallt in meinen Tangolehrer! Und er in mich. Ich finde ja, das ist wirklich zu klischeehaft. Der spricht auch kaum drei Wörter Deutsch. Aber wenn der Fisch das sagt …«

»Tangolehrer sind schwul«, sagt Valeries Vater aus der Männerrunde beiläufig rüber und will schon an den Fisch treten, um auch eine Weissagung zu bekommen, die er dann verhöhnen kann, da sagt Lucy schnell: »Mehr geht leider noch nicht. Das Projekt ist bislang im Planungsstadium.«

»Bullshit«, sagt er, macht einen Schritt vor und hebt die Hand. Lucy stellt sich zwischen ihn und ihren Fisch, sieht Hass in seinem Blick. Gar nicht gegen sie. Eher so allgemein.

»Ein andermal«, sagt sie fest. Er steht vor ihr. Sie steht vor ihm, lächelt nicht, schaut aber auch nicht unfreundlich. Und er kann damit etwas anfangen. Er zieht die Hand zurück und nickt.

»Verstehe. Ich hab 'ne Klebepistole in der Werkstatt. Falls Sie die brauchen, jederzeit gerne.« Er zwinkert ihr zu, aber sie nimmt weiter unerschrocken Raum ein, und er nickt wieder, wendet sich dann den anderen Männern zu. Zum wiederholten Mal beschließt sie, Valerie für alle Fälle beizeiten ein paar Sachen beizubringen. Sie muss diese paar Sachen nur leider zunächst mal sich selbst beibringen.

Die Mattusch regelt für Lucy, dass die Gäste nach einer Dreiviertelstunde wieder gehen. Schnatternd wie ein Entengrüppchen gehen sie den Flur entlang, recken die Hälse. Die Dielen jaulen und jammern zum Abschied. Evchen geht in etwas größerem Abstand hinter den anderen her, schwingt den Saum ihres schneeweißen Kleides und scheint sich zu wundern, wieso sie hier ist, was noch mal der Anlass für diesen Besuch war.

»Das Rosa«, sagt Lucy.

»Ah.« Suchend beugt sie sich ins Treppenhaus.

»Es hat sich gelegt.«

»Wer weiß, was das war«, sagt sie, schließt zu ihrem Freund auf und geht Arm in Arm mit ihm die Treppe runter.

»Das kam von der Baustelle draußen. Man weiß nie, was bei Bohrungen so an Gasen freigesetzt wird. Riskante Sache, das«, fachsimpelt Valeries Vater und steigt nach oben.

»Das war Liebe«, sagt Lucy leise und schließt die Tür.

Es klopft zaghaft. »Du«, sagt die Mattusch durch den Türspalt. »Ich möchte dir noch etwas sagen.«

Lucy hatte eine große Anzahl fremder Leute in der Wohnung. Die Leute waren zum Teil feindselig. Das war nur mit Beherrschung und Professionalität zu meistern. Lucy tippt an die Stelle, wo unter normalen Umständen ihr Schildchen *A.-Ermittlerin* hängen würde. Ihre Arme und Beine jucken. Sie muss nicht alles wissen, was die Leute meinen, einem sagen zu müssen. Stattdessen muss sie sich hinlegen. Ihr Kopf juckt auch. Und der Nacken.

»Ich dachte damals, es wäre eine gute Idee, mir deinen Vater zu schnappen«, sagt die Mattusch. »Witwer und so. Ich war mir meiner Sache absolut sicher. Er war stets zuvorkommend und schweigsam. Ich war oft bei euch, weißt du noch?«

Lucy weiß noch. Sie lehnt sich in die Tür, schmilzt in den gelbstichigen Lack.

»Aber als ich versucht hab, ihn zu küssen, war dein Vater empört, wobei, *kalt* trifft es eher.«

»Ja, das kenne ich von ihm«, sagt Lucy.

»Mir war das peinlich. Mir so eine Blöße gegeben zu haben. Deshalb bin ich nicht mehr gekommen. Ich hab dich mit dem alten Stiesel allein gelassen. Der hat mich auch nicht mal mehr gegrüßt. So schlimm war das ja nun wirklich nicht. Der hätte geschmeichelt sein sollen, der Depp«, redet sie sich in Rage. »So ein Blödmann, wirklich.«

Wer meinen Vater beleidigt, den boxe ich, müsste sie sagen, wenn sie so aufrecht wäre wie Tom, der seine Mutter gegen alle Vernunft verteidigt. Aber Lucy nickt nur.

»Alle im Haus haben es gesehen«, die Mattusch macht einen Schritt nach vorn. »Entschuldige bitte. Ich hab gewusst, wie es dir ging. Man hätte das beim Jugendamt melden sollen. Doch ob das die bessere Alternative gewesen wäre, weiß man ja auch nicht.« Sie hat offenbar ganz schön viel Likör getrunken.

»Aber du hast mir doch erklärt, wie die Waschmaschine geht. Das reicht«, beschwichtigt Lucy sie. »Und meine Zöpfe musstest du nicht mehr flechten, weil ich die abgeschnitten hab.«

»Ich weiß. Es tut mir so leid.«

»Ich muss los«, sagt Lucy. »Mir geht es sehr gut. Danke.«

Die Mattusch wischt sich Tränen weg, ihr Mascara ist verschmiert. Lucy wischt sich auch Tränen weg, sie ist aber nicht geschminkt, weil sie eine Woche lang auf Expedition im Tal der Tränen war und von ihrem Weinen den Vornamen und die Blutgruppe kennt. Außerdem ist sie sowieso nie geschminkt. Es sei denn, man schickt ihr ein Päckchen mit was Rosanem drin, da verliert sie zuverlässig die Nerven. Lucy lächelt.

Die Mattusch ist offensichtlich erleichtert über das Lächeln und zieht Lucy kurz an sich ran. »Komm doch mal zum Kaffee, dann plaudern wir über deine Großmutter.«

»Danke«, sagt Lucy ein zweites Mal, macht einen Schritt zurück und hofft, dass sie jetzt verstanden wird.* Sie schiebt die Tür zu, ohne der Mattusch noch mal ins Gesicht zu gucken, und geht durch Reste von Rosa zurück. Keine einzige Diele jammert. Sie geht ins karierte Schlafzimmer und legt sich auf den Futon. Sie setzt die Schlafbrille auf, sagt: »Das Glück kommt mit dem Mann in Schwarz? Denkfehler, lieber Fisch. Der Mann ist krank, und ich bin zu blöd für Heilzauber.«

Das war ein Orakel für deine Nachbarin, Lucy, nicht für dich, hört sie Geblubber aus dem Arbeitszimmer. Sie hat vergessen, die Tür zuzumachen. Na toll. Man sollte aber auch wirklich weniger Likör trinken.

Willst du dein Tagesorakel für morgen hören?

»Ich glaub nicht an Orakel, die ich nicht selbst erfinde. Aber okay – schieß los.«

Pff. Muss ja nicht sein.

»Dich gibt's gar nicht, also hör auf rumzuzicken. Los, sag.« Sie schiebt sich die Batman-Schlafbrille in die Stirn und guckt in Erwartung einer Offenbarung an die Decke.

Verschenk dich. Mehr ist nicht zu tun.

»Na super. Das hab ich aber anders gelernt.«

* Statt immer wieder aufs Neue festzustellen, dass Lucy ein Problem mit Nähe hat, könnte man ja auch mal feststellen, dass die meisten anderen Menschen ein Problem mit Distanz haben. Sobald jemand distanziert ist, drückt man ihn an sich oder redet auf ihn ein, um Nähe zu simulieren. Langfristig hilft das keinem. Aber das nur nebenbei.

Ja. Und zwar von jemandem, der jetzt nicht so die Megakompetenz hatte, was Schenken angeht.

Würde der poetische Fisch ein Wort wie Megakompetenz benutzen, oder sagt das nicht doch eher Lucys höchstpersönliches Unbewusstes, dessen von Kirschlikör besoffener Driver kaum mehr genug Kontrolle über den Wagen hat, um auf dem Highway des Lebens irgendwo anzukommen?

Highway des Lebens, Driver, ist das aus Twin Peaks? *Und wo bitte schön willst du ankommen, zumal wenn du* Twin Peaks *kennst?*

Lucy beschließt, dass ihr das jetzt zu komplex ist, sie zieht sich ihre Batman-Schlafbrille über die Augen und schläft ein.

Lieber Enno,
ohne dich groß zu kennen, hab ich Sehnsucht nach dir. War gestern irgendwas bei dir rosa? Das wäre zu schön, um wahr zu sein. Bei mir war gestern alles rosa, nachdem ich an dich gedacht hab.
Werd gesund.

P.S. Es würde mich sehr beruhigen, wenn du dich zwischendurch melden und sagen könntest, dass du lebst.
P.P.S. Falls du eh schon tot bist, kann ich das anstrengende Nachwuchsdrachenschulungsprogramm nämlich abbrechen und mich mit 'ner Dose Ravioli und meinem Piepel Valerie auf den Futon knallen und Harry Potter gucken.
P.P.P.S. Das war ein Witz!

Als Lucy nach drei weiteren Tagen, leider alle drei ohne Nachricht von Enno, das Buch ihrer Großmutter ein Mal halbwegs durch hat, ist sie nicht mehr die Alte. Die Übungen machen gelenkig, ihre Oberschenkel brennen. Sie ist wacher, schneller, scheint es. Demnächst muss sie die Dielen nachstreichen, weil sie beim Bis-in-die-Füße-Atmen immer mal wieder einen kleinen Feuerstrahl ausgestoßen hat. Aber inzwischen kann sie ihr Feuer halten. Sie ist stolz wie ein Knirps, der keine Windel mehr braucht, und hat unfassbar viel Kraft. Und sie weiß, wo sie nachschlagen muss, falls, was jetzt nicht so wahrscheinlich ist, jemand klingelt, der

- Schweißausbrüche hat, rechts mehr als links
- von seinem Partner ohne Abschiedsworte verlassen wurde
- Warzen am Augenlid hat
- unter frühmorgendlicher Schlaflosigkeit leidet
- das Gefühl hat, eine Metallplatte auf der Brust zu haben

Ganz hinten in dem Buch steht etwas über sie. »Das Mädchen lebt wie jemand, der feinste, stahlblinkende Präzisionsinstrumente besitzt und die Gabe und Kenntnis, Operationen am offenen Herzen durchzuführen, der die Instrumente aber lediglich dazu benutzt, sich Hundekacke aus dem Stiefelprofil zu kratzen.« Dass ihre Großmutter aber an sie glaubt, steht da noch. Na schönen Dank auch. Ein Jahr weinen, ein Jahr lachen, ein Jahr Stille schlägt ihr das Buch zur Weisheitsbildung vor. »Weisheitszahnbildung«, flüstert Lucy und fährt die Tinte wie Braille nach, sieht ihre Großmutter in der Villa an ihrem Schreibtisch sitzen, die Brille ins dichte weiße Haar geschoben. Drei Jahre üben.

Die Leute im letzten Jahrtausend hatten echt zu viel Zeit. Lucy hat alles richtig gemacht, die ganze Prozedur aber mal eben auf neun Tage verkürzt. Sie könnte sich ja verpflichten, ein Jahr lang pro Monat einen Tag zu weinen, einen zu lachen und einen die Fresse zu halten. Wenn das alle machen würden, wär die Welt wahrscheinlich ein lieblicher Ort. Vielleicht noch einen Tag schreien. Also, jetzt nicht die Frau anschreien, die einem auf der Straße nicht Platz macht, weil sie saugut aussieht und man selbst leider nicht. Mehr so global schreien, so generell.

Offenbar ist das Kochbuch nicht für Lucy geschrieben worden, sondern das Handwerkszeug der Großmutter und Lucys Erbe. Das Absende-Datum bestätigt das: kurz vor Lucys vierzehntem Geburtstag.

Ihre Großmutter hat darin ein Leben lang die wirksamsten Heilmittel und kraftvollsten spirituellen Übungen notiert, die ihr untergekommen sind. Die Übungen wurden klarer mit zunehmendem Alter der Großmutter, fast simpel. Am Ende steht pures Atmen, ahnt Lucy. Mit den Gedanken ist es auch so. Die für den Moment wichtigsten Sätze in dem Buch stehen ganz hinten auf Seite 285.

1. Jemandes Zukunft vorauszusehen, den wir lieben, ist uns nicht möglich und soll auch nicht versucht werden. Wir bescheiden uns damit zu versuchen, die Gegenwart eines solchen Menschen ganz und gar zu erfassen.
2. Wir hören auf zu wollen. Wollen hat auf dieser Welt noch nichts erreicht. Hingabe ist die anzustrebende Haltung.

Das ist ein bisschen blöd. Nicht wahrsagen, nicht wollen. Und was kann Lucy nun eigentlich noch für Enno tun? Gut, dass diese zwei Punkte nicht auf Seite drei gestanden haben, dann hätte sie das Buch nämlich zugeknallt und weggeschmissen. Und dann könnte sie sich jetzt nicht mit offenem Herzen von Liane zu Liane in die Küche schwingen und beim Messerwerfen überlegen, wie sie weiter verfahren soll in Sachen Ennos Rettung.

Als Kind war Lucy in ihrer verwahrlosten Autonomie gleichzeitig anziehend und abschreckend für ihre Mitmenschen. Zwar kam ihr zum Beispiel keiner der Hausbewohner so nahe, dass er sich wirklich um sie hätte kümmern müssen. Aber mit praktischen kleinen Geschenken, Lebensmitteln und Dienstleistungen wie Nähen oder Wunden-Versorgen unterstützte man das Kind. Gern hockte man sich mit ihr auf den Treppenabsatz und fragte sie etwas, und Lucy antwortete so schön oder so schlimm, dass man bewegt und dankbar war. Oder sie berührte einen mit einer kühlen Hand oder blickte einen an, und alles war besser.

Natürlich rief das Zweifler und Neider auf den Plan. Und während Zweifler nur sich selbst schaden, verprügelte Rodscher aus dem ersten Stock Lucy trotz des horrenden Schutzgelds, das sie vom Haushaltsgeld an ihn zahlte. Er tat das so oft, dass man meinen konnte, das Prügeln wäre seine Art, ihr nahe zu sein.*

* Es passt nie, man möchte es am liebsten vergessen, statt davon zu erzählen. Aber es steckt ihr in den Knochen. Alles steckt einem in den Knochen. Wie soll man da voranschreiten?

Irgendwann bat Lucy Herrn Klöckener, ihr eine Klimmzugstange in den Türstock ihres Kinderzimmers zu schrauben, und ging zudem viermal die Woche vor der Schule laufen. Außerdem wurde sie größer, während Rodscher hauptsächlich massiger wurde. Und als sie ihm schon lange nicht mehr ihr Geld gab, ihn vergaß und unvorsichtig wurde, passierte es: Zwei seiner Kumpane hielten Lucy im Schulgarten für ihn am Geräteschuppen fest. Die beiden brauchten all ihre Kraft dafür, sie konnten Lucy nicht auch noch den Mund zuhalten. Und so wussten sie hinterher zu berichten, dass Lucy, kaum hatte Rodscher ihr gnädig ein vollgeschnaubtes Taschentuch hingeworfen, geschrien hatte: »Du stirbst, Alter, dafür stirbst du. Ich überlebe alles. Aber du nicht.«

Als sie, beschmutzt und bleich, auf der Polizeiwache vorstellig wurde, beschied man an jenem Nachmittag, um jemanden anzuzeigen, müsse sie in Begleitung eines Erziehungsberechtigten wiederkommen. Ihr Erziehungsberechtigter aber hatte nur aufgelacht am Abend: »Wer will sich an dir schon vergehen.« Dann jedoch, drei Monate später, sagte er etwas anderes: »Herr Rottstock von ganz unten hat mich angesprochen. Die Leute reden über dich. Hast du mit dem Tod dieses Jungen irgendwas zu tun?«

»Nein, der hat sich nur bei mir mit Mumps angesteckt. Ich hab Glück gehabt, er nicht.«

»Mumps … Hattest du Mumps? Und daran kann man sterben? Na dann …«, hatte ihr Vater gesagt und war kopfschüttelnd in sein Zimmer gegangen.

Die Nachbarn setzten sich nicht mehr mit ihr auf den Treppenabsatz, um sie zu befragen. In der Klasse, wo jeder Einzelne unter Rodschers Grausamkeit gelitten hatte, war

Lucy fortan bewundert, aber isoliert. Wie Jesus ungefähr. Nur ohne Jünger.

Ein Brief an ihre Großmutter, der zurückkam mit dem Vermerk, Empfänger verstorben, war ihr letzter Versuch, sich der Welt anzudienen. Dass sie über reiche Innenwelten verfügte, in denen sie hätte wandeln können, und es ja auch noch Menschen gab, die von der unseligen Geschichte nichts wussten und ihr vorurteilsfrei begegnen würden, war ihr damals nicht bekannt, zumal sie ja selbst im Zweifel war, ob sie nicht eine Mörderin war und Strafe verdient hatte.

Als sie Ende Februar das zweite Mal mit dem Buch durch ist und lässig Flämmchen an- und ausmacht und allein durch simple Dehnübungen ihren ganzen Körper in kleine Zuckungen versetzen kann, ist sie einerseits sehr glücklich und fühlt sich ungeahnt behaglich in ihrer Haut, andererseits weiß sie, dass mit zwei Zentimetern Ausdehnen, und auch die sind Ermessenssache, Enno nicht geholfen sein wird. Sie müsste sich energetisch um ihn rumwickeln, um ihn zu heilen, stellt sie sich vor und findet das zum Glitzern schön. Sie kann es nur eben leider nicht.

Seit zwei Tagen antwortet er auf manche ihrer Mails. Er weiß ja nichts von ihrem Versagen. Bei ihm versagt gerade der Körper. Eine Infektion. Er ist ans Bett gefesselt und in Quarantäne. Dass der Himmel wie eine Eisschicht auf ihm draufliegt, schreibt er, und nur noch ein fahler Fisch an ihm vorbeituckern müsste, dann wäre er die Wasserleiche, nach der sich sein Dasein anfühlt. *Lucy, meine Liebe*, steht da in deprimierten Buchstaben und *auf bald*.

Lucy heult eine halbe Küchenrolle voll, jetzt, wo sie es kann. Wenn der stirbt, wird sie sich ein Kaninchen holen. Nun heult sie die andere halbe Küchenrolle auch noch voll, weil sie kein Kaninchen will. Sie ist das erste Mal verliebt. Wahrscheinlich das einzige Mal. Und der stirbt. Da kann sie grad mitsterben. Sie denkt an ihren halben Tod in der Badewanne, der mit Luftblasen-Pupsen endete. Sie ist zu robust zum Sterben. Und vielleicht ist das ihre Chance. Sie hat Kräfte für zwei. Feuer auch. Es wäre doch gelacht, wenn sie nicht irgendwas für ihn tun könnte. Nur leider fehlt es ihr an Lebenserfahrung oder Menschenkenntnis, um zu ermitteln, was es ist, das sie für ihn tun kann.

Aber wozu hat man Freunde?

Freunde.

Sie klappt das Buch ihrer Großmutter zu, kramt aus der Kiste unter ihrem Schreibtisch ihren grünen Fellrucksack heraus und packt es behutsam hinein, setzt den Rucksack auf. Zieht ihre Jacke darüber. Gut, dass sie heute endlich mal wieder zu Schönstedts kann. An einem Montag zur Arbeit zu gehen – auch wenn es Montagabend ist – kann ungeheuer beruhigend sein nach zwei Wochen Kokelei, Heulerei, Zitterei. Und es schafft Struktur.

An der Tür zum Kaufhaus trifft sie auf den Detektiv. Er hat wieder seine rote Uniform an und lässt Lucy so formvollendet ein, als wäre das Schönstedt heute das Kempinski, wendet sich dann aber schnell ab. Dass er ihr gewisse Dinge noch nicht verziehen hat, ist offensichtlich. Lucy zupft liebevoll an einer seiner Tressen und geht rein.

Sie macht eine kleine Runde, schaut den Chamäleonen beim Verfärben zu. Die Degus haben ein zweites Rad und rennen um die Wette. Das war Punkt dreiundsiebzig ihrer Liste. Nieler pariert – gut, wenn man solches Personal hat. Es läuft Brian Ferry, und die Kassiererin schwenkt dazu inspiriert die Hüften, während sie einen Bernhardiner streichelt, an dessen anderem Ende der Leine kein Mensch ist. Sie winkt Lucy heran. Der Bernhardiner findet es hervorragend, dass sein dicker Bauch nun von vier Händen gekrault wird, und legt sich ächzend quer über den Gang. Eine eintretende Familie – Vater, Mutter, Kind unbestimmten Geschlechts – wartet geduldig, bis er fertig gestreichelt ist und sich ächzend erhebt, dann entern sie die famose Tierwelt, um einen Wellensittich zu kaufen.

Es ist regelrecht voll im Kaufhaus, und das nicht nur, weil gut gelaunte Sportler mit den Kranken und Versehrten auf der Rolltreppe scherzen. Insgesamt sind hier mehr Leute jeden Alters als früher.

In der Cafeteria am Schwarzen Brett Artikel zum Flashmob – Lobeshymnen allesamt.

Traditionskaufhaus überrascht
zum Valentinstag mit Liebesflashmob

Schönstedts Geschenk für eine schönere Stadt!

Liebe satt – Kaufhaus Schönstedt weiß,
was Frauen wünschen

Lea sitzt bereits bei einer Kanne Kaffee an Lucys Tisch. Leider sitzt sie auf Lucys Stuhl, aber Lucy ist so aufgeregt und erwartungsvoll, dass ihr das schon beinahe egal ist. Sie winkt zu Marilyn rüber, die sagt: »Guten Abend Lucy, alles Gute für deine Gesundheit!« Margarete Fiebig bringt ihr offensichtlich korrekte Sätze bei. Jetzt müssten sie nur noch Sinn ergeben. Lucy wird an die lila Bluse von Lea gedrückt, sie tauschen die Stühle und setzen sich. Lucy kriegt einen Kaffee. Sie haben eine Viertelstunde, bis die von Lea initiierte Betriebsfeier unter dem heimlichen Motto *Abschlussball* losgeht. Deshalb kommen sie ohne lange Vorrede zur Sache. Lea gesteht, dass sie ein Bewerbungsgespräch hatte und ab April für eine kleine Dessousnäherei Marketing und Vertrieb macht. »Ich bin hier seit fünfundzwanzig Jahren. Ich hab solche Lust auf einen Laden ohne Kopierer, wo aber die Kaffeemaschine Funktionen hat, von denen man noch nie gehört hat.«

»Verstehe, geht mir auch so. Atmen, pulsen.«

Lea guckt verwundert.

»Sind meine neuen Funktionen. Das bleibt nicht aus, wenn man lernt. Mal gucken, welche du an dir entdeckst. Und wer drängt mir dann neue Unterwäsche auf?«

»Du wirst meine erste Kundin. Die haben hauchzarte Dessous in allen Farben des Regenbogens.«

»Dreierpack von Schönstedts tut's auch. Sieht ja eh keiner.«

»Du bist unverbesserlich.«

»Apropos: Was ist aus dir und Boxer geworden?«

»Ach was. Der Mann wollte nur meine Schnitzel, machen wir uns nichts vor. Und jetzt will er eben anderes Fleisch.« Lea guckt in ihren Kaffee, als könnte man da etwas herauslesen. Aber den Kaffeesatz haben sie in der Küche behalten, da müsste sie schon rübergehen.

»Nicht so reden bitte«, Lucy denkt an Schwertmann, wie er sie aufgeklappt hat, wie er diesen Satz gesagt hat: *Fleisch ist Fleisch.* »Sollen andere so reden. Wir machen das nicht. Wir sind behutsam mit uns.«

»Das sagst DU???!!!«

Lucy merkt, dass sie rot anläuft. »Ich hab mich ein bisschen geändert. Nicht weitersagen.«

»Na, hoffentlich nicht zu doll, du süße kleine Schreckschraube.« Sie streichelt Lucys Hand. »Gut siehst du aus. Bloß leicht … flirrend …? Was ist das denn? Ein Flirren um dich rum? Aura oder was? Steht dir, sehr geheimnisvoll.« Sie nimmt Lucy bei den Schultern und guckt sie sich an. »Meine Schöne«, sagt sie abschließend, lässt wieder los und weist quer durch den Raum. »Hier hat sich aber auch einiges getan. Die Fenster sind repariert. Man kann jetzt lüften, ohne Einbrüche zu provozieren. Boxer, wie du ihn nennst, trainiert Tom und daheim auch dessen Mutter. Die Frau ist fürs Erste weg vom Zapfhahn. Halleluja. Dafür verzichte ich doch gern auf den Grobian.«

»Du bist supertapfer, Lea.« Lucy streichelt Leas Hand und denkt, dass sie Lea und die Mattusch mal zusammenbringen sollte. Vielleicht zum Tango. Die sind wie Schwestern und wissen nichts voneinander. Aber jetzt ist erst mal sie dran. »Ich brauche Hilfe«, sagt sie. »Es geht um Leben und Tod.« Lea holt schon mal ein Päckchen Taschentücher aus ihrer lila Handtasche und legt es zwischen ihnen auf den Tisch.

So vage wie möglich beschreibt Lucy ihre Gaben, um dann ausführlich von Enno und dessen Krankheit zu sprechen und zu erklären, dass es ein Leben dauern kann, ehe sie auch nur einen kleinen Teil der Magie aus dem Buch, das sie von ihrer Großmutter bekommen hat, beherrscht. »Enno braucht aber jetzt Hilfe, nicht 2040. Auch wenn ich ihm nicht helfen kann, soll er wenigstens fühlen, dass ich in der Nähe bin. Man darf ihn nicht besuchen, Quarantäne. Und an ihn ran ausdehnen kann ich mich leider nicht.« Nun braucht sie ein Taschentuch. Oder besser zwei. Sie weint die voll. Wenn sie inzwischen was kann, dann das. Lea wartet geduldig. Dann holt Lucy das Buch aus dem Rucksack, hält es hoch und schlägt für Lea die zwei Anweisungen ganz am Ende auf.

1. Wir bescheiden uns damit, die Gegenwart eines geliebten Menschen ganz und gar zu erfassen.

2. Wir hören auf zu wollen. Hingabe ist die anzustrebende Haltung.

»Was soll ich denn jetzt machen?«

Lea trinkt Kaffee und sagt nichts.

»Mal davon abgesehen, dass ich es nicht kann«, sagt Lucy: »Ich darf auch gar nicht für ihn hexen. Und wie geht jetzt Hingabe? Das kann ich noch nicht mal beim Sex. Geschweige denn ohne Sex. Der stirbt mir vielleicht, Lea, und ich hab noch nie jemanden so geliebt. Also, das denke ich jedenfalls, dass ich den liebe. Wenn man plötzlich ein Loch im Herzen hat und trotz Premiumversorgung durch dich drei Kilo abnimmt und wenn man ein Hexenbuch durcharbeitet, obwohl man nicht an Hexen glaubt, und wenn man alle zwei Sekunden gedanklich *Enno* seufzt, dann liebt man doch, oder was? Und wie kann ich ihm nun helfen?«

Lea grinst. »Was machen denn deine Freunde für dich, wenn du krank bist oder sonst Hilfe brauchst?«

»Na nichts, ich bin ganz allein auf der Welt.«

Lea sagt kein Wort. Wartet auf irgendwas. Die Luft hat heute so große Partikel, dass die beim Rumschweben fast Leas ganzes Gesicht verdecken.

Als Lucy nicht draufkommt, zeigt Lea mit dem Daumen auf sich selbst.

»… äh, ja! Du hast Tom Essen für mich mitgegeben. Obwohl ich noch nicht mal krank war, sondern nur freihatte.«

»Eigentlich meinte ich das Kleid, das ich dir geschenkt hab, aber ja, genau. Und sonst?«

»Sonst macht keiner was für mich. Ich bin ziemlich allein.« Und noch während sie »ziemlich allein« sagt, fällt ihr alles ein. Alles, alles. Wie Valerie immer vorbeigekommen ist, um *Transporter* zu gucken, dabei mag die gar keine Brutalität. Die wollte bei ihr sein, und weil sie ihren Vater *Transporter* hat gucken sehen, hat sie sich eben den gewünscht. Und dass Valerie ihr vorgelesen hat. Und letzte Woche hat der kleine Tom ihr ein Frühstücksbrettchen mitgebracht, in das er in der Schule ihren Namen gelötet hat, *Lusi*, und ein Herz. Und die Kuchen plus Likör von der Mattusch und deren Angebot, mal zu plaudern. Und von der Firma im tiefsten Süddeutschland, die ihr Figuren für Schneekugeln gießt, hat sie eine Weihnachtskarte bekommen. Herr Klöckener hat nie das Kellerschloss ausgewechselt, obwohl sie seine Werkzeuge ruiniert. Und selbst das Essen der martialischen Zwillinge – wenn sie ehrlich ist, muss sie das hier auch nennen.

»Und? Irgendeine Idee?«, fragt Lea.

»Essen! Ich bereite tolle Sachen zu und schicke ihm die ins Krankenhaus, damit sie ihn glücklich machen und stärken. Kuchen am besten.«

»Was noch?«

»Ich muss ihm nette Sachen sagen oder schreiben.«

»Das dürfte dir schwerfallen. Aber das Bemühen zählt. Was noch?«

»Na ja, das mit dem Essen und den netten Sachen muss ich so lange machen, bis er gesund ist. Man muss da ein bisschen durchhalten. Das ist nicht meine Stärke.«

Lea grinst.

»Aber ich könnte das eine Weile hinkriegen. Zur Not lüge ich und sage ihm, dass ich mir ein Shirt in der Farbe seiner Augen gekauft hab, das ich gar nicht mehr ausziehe …«

»Klar«, unterbricht Lea sie. »Oder du kaufst dir einfach ein Shirt in der Farbe seiner Augen, das du nicht mehr ausziehst. Und weiter?«

»Noch mehr? Mann, Mann, Mann. Das Buch hier muss ich auf alle Fälle noch mal durchackern. Da gibt es Heiltees, es steht viel über heilende Berührung drin und so. Dann geb ich ihm vielleicht heilende Berührung, sobald man ihn besuchen darf. Das tut mir selber bestimmt auch gut.«

»Heilende Berührung. In der Nähe bleiben. Geschenke schicken, Mitgefühl und Interesse zeigen. Na siehste! Du kannst eine ganze Menge tun.« Lea erhebt sich. »Eine Sache vielleicht noch: Jeden Morgen hinsetzen, zuschauen, wie ein neuer Tag beginnt, und ganz fest an ihn denken kann auch nicht schaden. Ob es hilft, ist eine andere Frage. Ich glaube an solche Sachen, auch wenn ich nicht an Hexerei und Hexenbücher glaube.«

»Wirklich nicht?« Lucy kneift ein Auge zu und entzündet das mit Kürbissuppenspritzern bekleckerte Teelicht zwischen ihnen. Lea japst. »Alles klar, mehr will ich aber nicht wissen bitte!« Sie pustet es aus, guckt auf ihre schmale goldene Armbanduhr und erhebt sich. »Auf in die Schlacht.

Das wird keine Betriebsfeier, das wird ein Gemetzel. So viel Hexerei beherrsche ich immerhin auch.«

»Wieso das?«, fragt Lucy, aber da ist Lea schon losgegangen, hat Lucys Beutel mit den gespülten Tupperdosen unter die Kasse der Cafeteria gepfeffert, nimmt Lucy beim Arm und führt sie zum Lift. Gemeinsam mit fünf anderen Mitarbeitern fahren sie schweigend in den Keller wie in die Aussegnungshalle. Am liebsten würde Lucy ja umdrehen, Mehl und Eier kaufen und einen Kuchen backen, den sie Enno gleich morgen früh schicken kann. Vielleicht braucht sie aus der Buchabteilung aber erst noch ein Backbuch, Mehl und Eier sind bislang nur eine Vermutung.

Im Untergeschoss läuft Nino de Angelo. Es riecht nach Bier. Die Angestellten stehen dicht an dicht und dünsten Selbstekel aus. Der Chefkoch wippt vor und zurück wie ein Irrer und fixiert die Verschalung an der Decke. Marilyn steht krumm da und kaut an ihren falschen Fingernägeln. Die junge Verkäuferin aus dem ersten Stock lässt sich gerade den zweiten Rotwein innerhalb von zehn Minuten geben. Man unterhält sich flüsternd. Ein schlimmer Rückfall. Wenn Lucy hier noch etwas zu sagen hätte, wäre schon mal der DJ fristlos entlassen.

Lea verzieht sich in die hinterste Ecke, und Lucy wird von Horsti gestellt, dem es als Einzigem so richtig gut geht. Mit Verve erklärt er, dass man auf den Kundentoiletten die Fugen zwischen den Kacheln versiegeln muss, sonst sind das die reinsten Keimherde. Jaja. Und dann tritt auch noch Schwertmann vor sie alle hin. Verdammt, sieht der tödlich aus: grauer Maßanzug, Blutstropfen als Manschettenknöpfe. Das blonde Haar zurückgegelt. Lucys Körper übt schändlichen Verrat an der Liebe. Sie wedelt die Gier hilflos weg, nicht dass sie noch etwas in Brand setzt. Leider deutet er das Wedeln als Winken und zwinkert ihr zu. Fehlt nur noch, dass er »knick, knack« sagt. Ein paar Verkäuferinnen drehen sich fragend nach ihr um. Lucy duckt sich hinter die schwarze Bienenkorbfrisur vor ihr.

»Meine Damen und Herren«, beginnt Schwertmann superartikuliert, legt die Hände vor der Brust aneinander und schaut jedem im Raum verbindlich in die Augen. Das wird wirklich ein Gemetzel, jetzt weiß Lucy es auch.

»Ich möchte Ihre kleine Feier nicht lange stören«, fährt er fort. »Mein Name ist Pascal Maurice Fürlei. Einige von Ihnen kennen mich bereits aus den Einzelgesprächen, die wir in den letzten Tagen geführt haben. Zum Teil sehr intime Einzelgespräche.« Er zwinkert Lucy erneut zu. Wieder erntet sie fragende Blicke und duckt sich. »In den vergangenen Wochen habe ich das Kaufhaus Schönstedt und seine Mitarbeiter auf Herz und Nieren geprüft.« Lucy guckt nicht hoch, um nicht sehen zu müssen, wie er ihr jetzt zum dritten Mal zuzwinkert. »Abgesehen von einer desaströsen Geschäftsführung und grundlegendem Sanierungsbedarf, was die Jugendstilbausubstanz angeht, muss ich Sie alle sehr loben. Ohne Sie stünde das Haus nicht da, wo es jetzt steht.«

»Wo denn sonst, aufm Mond?«, knurrt der Chefkoch.

Schwertmann lächelt ihm säuerlich zu und fährt fort. »Deshalb haben zwei der Gesellschafter für Ihr heutiges Fest eine Tombola gestiftet, Hauptpreise: eine Städtereise nach Dachau und zwei Fußpflegesets. Auch von Ihrer wunderbaren Flashmob-Aktion vor zwei Wochen haben wir uns inspirieren lassen: Um einundzwanzig Uhr wird ein Clown für Sie auftreten. Na?! Wie finden Sie das?«

Eisiges Schweigen.

»Das Betriebsklima ist uns ein ernstes Anliegen …«

»Danke«, sagt Marylin laut.

»Drecksack«, sagt Boxer.

»Jedenfalls danke ich Ihnen für Ihr Engagement. Wir werden hervorragend zusammenarbeiten und viel erreichen die nächsten Monate. Breitbeinig steht Pascal Maurice Fürlei da, das Becken vorgeschoben, als wäre der Zapfhahn heute Abend sein Weichplasteparadies. »Dann will ich nicht weiter stören. Mir bleibt nur noch, Ihnen eine entspannende Feier zu wünschen. Die haben Sie sich verdient.« Er fährt sich durchs Haar und tritt ab. Natürlich könnte Lucy versuchen, noch mal in Schwertmanns Wohnung zu kommen. Sie könnte dort, während er im Bad ist, nach den Uhren und verräterischen Dokumenten suchen, ihn überführen und vielleicht die Abwicklung des Kaufhauses verhindern. Aber leider ist sie kein Bond-Girl, nur ihr Körper denkt manchmal, sie wäre eins.

Kaum ist die feuerfeste Tür ins Schloss gefallen, entflammen überall im Zapfhahn-Bereich so hitzige Diskussionen, dass Nino de Angelo nicht mehr zu hören ist. Unbemerkt schleicht Lucy sich zur Tür. Nur Margarete Fiebig, die krumm neben dem Tresen steht und selbst gebackene Quiches auf Pappteller verteilt, winkt ihr enttäuscht mit dem Tortenheber hinterher. Aber es könnte auch sein, dass sie lediglich ihr Handgelenk lockert.

Lucy streift ihre Jacke über, bleibt dabei an dem Schild *A.-Ermittlerin* hängen.

Da war doch was!

Kurz entschlossen macht sie kehrt, holt Luft, baut sich vor der Menge auf und wird jetzt, auch wenn das unangenehm ist, verdammt noch mal ihre verdammte Pflicht tun und zu den Mitarbeitern ihres Kaufhauses sprechen. »Ruhe bitte!«, ruft Margarete Fiebig für sie. Die Menge johlt, wie um die Fürlei-Starre abzuschütteln. Rufe gellen durch den Raum. »Wie geht es jetzt weiter?« – »Machen die uns dicht? – Wissen Sie was? – So ein Mist!« Und als wäre wieder Flashmob, treten zwei Kerle heran, heben Lucy hoch, schon sitzt sie auf der Schulter des einen und kann von allen gesehen werden. Sie klammert sich an seinem Hals fest, weiß nicht, wie es zu dieser Situation gekommen ist, und guckt auf die Frisuren der Leute hinab. Man jubelt ihr zu: »Lu-cy! Lu-cy! Lu-cy! Lu-cy!« Sie hebt die Hand zum Gruß, wird wieder runtergelassen und richtet sich verlegen die Kleider und das Haar.

Gerade will sie zu einer Rede ansetzen – worüber genau weiß sie noch nicht –, da nehmen die Leute ihre Blicke von ihr runter. Nieler kommt hinter ihr reingesprintet. Er sieht ruinös aus, desaströs, komatös. Zwei Wochen durchgesoffen, schätzt Lucy. Das macht man aber nicht als werdender Vater.

»Mein lieber Herr Gesangsverein«, ruft er laut, drückt Lucy mit einem Arm an sich und lässt nicht wieder los, winkt mit dem anderen Arm die Leute zur Ruhe. »Ich entschuldige mich, dass ich in der letzten Woche das Schiff manövrierunfähig im Packeis zurückgelassen habe«, ruft er und erntet Pfiffe und Lachen. Lucy streift seinen Arm ab und tritt einen Schritt beiseite. Sie wollte für ihn einspringen, aber wo er jetzt da ist, kann sie gehen. »Zumindest muss es auf Sie den Eindruck gemacht haben«, fährt er fort. »Man hat mich fristlos entlassen, nachdem man mir fahrlässiges Verhalten in Bezug auf die Diebstahlserie nachgewiesen hat. Aber da wir unsere außerordentliche Ermittlerin haben … Oder was soll das A auf deinem Schild bedeuten?«, fragt er amüsiert an Lucy gewandt und schiebt das Kinn vor.

»Keine Ahnung, ich dachte, das haben Sie so in Auftrag gegeben.«

»Ich hab nur gesagt, dass du ein Namensschild kriegen musst. Mötlich?!« Er schaut suchend durch den Raum. Alle wenden sich um.

»Ja?«, kommt ein Flüstern hinter einer der Bierglaslampen hervor.

»Was bedeutet das A?«

»Arschloch. Ich dachte, die nimmt mir meinen Job weg. Entschuldigung.«

Die Menge johlt.

Nieler zieht Lucy schon wieder an sich ran. Ist dem nicht klar, dass seine Klamotten nass geschwitzt sind und sie sich was Besseres vorstellen kann, als von ihm umarmt zu werden? Doch sie schreit ihn nicht an, es wäre zwecklos. Sie vermutet, dass er hochprozentigen Alkohol getrunken hat.

»Weil wir Lucy Schröder haben, steht das Kaufhaus so gut da wie lange nicht. Und während für Sie der Eisberg* die ganze Zeit in Sicht war«, fährt er fort, »war ich keineswegs untätig. Wir konnten vor wenigen Stunden nachweisen, dass dieser Pascal Schmierei die Uhren gestohlen hat, was sich mit einer Tätigkeit für die Gesellschafter wohl kaum

* Wenn noch ein einziges Mal jemand die Eisberg-Metapher bemüht, kriegen Sie Ihr Geld zurück. Versprochen. Die Leute sind wirklich unoriginell.

vereinbaren lässt, und deshalb wird morgen die Kündigung aufgehoben. Ich bin wieder im Boot*, und wir haben gute Karten für die anstehenden Verhandlungen um die Zukunft des Kaufhauses. Ich werde mich für Sie und dieses Traditionskaufhaus einsetzen, das verspreche ich.«

Verhaltener Jubel. Man stößt mit Nieler an. Die Musik wird lauter gedreht.

Der kreidebleichen Margarete nimmt Lucy kurzerhand den Tortenheber weg und hilft ihr auf einen Barhocker. Margarete zieht Lucys Kopf zu sich her und gibt ihr einen Kuss auf die Wange. »Danke, Lucy Lou.« Sie reicht ihr einen rosa Klebezettel. »Bert hat mir doch tatsächlich ein Handytelefon geschenkt. Da drauf kriege ich jeden Tag zwei, drei historische Fakten geschickt und wie sie heutzutage bewertet werden. Sehr renommiert, das Ganze. Ich hab schon eine Woche nicht mehr gestrickt, ich komm mir vor wie damals an der Hochschule, nur dass ich keine Bücher lese, sondern das Telefon. Aber telefonieren kann es auch. Rufen Sie mich mal an?«

»Klar. Gleich morgen. Ich muss los.« So schnell wie gewünscht, kommt Lucy jedoch nicht zwischen den Leuten hindurch, die ihre Perspektiven durchsprechen, auf die Gesellschafter schimpfen und ihre Zukunftsangst in düstere Bilder fassen. Immer wieder wird sie auf dem Weg zur Tür am Ellenbogen genommen und gefragt, wie sie die Sache sieht. Als Lea mitkriegt, dass Lucy die Tür erreicht hat, kommt sie auch noch rasch her, nimmt sie in den Arm, das scheint in diesem Haus zur guten Gewohnheit zu werden,

* Nein, das ist eine andere gern verwendete nautische Metapher. Hierfür gibt's kein Geld zurück.

und sagt ihr ins Ohr: »Nächste Woche suchen wir dir ein Minikleid aus. Wenn ich solche Beine hätte wie du, wäre ich längst mit Ryan Gosling zusammen.«

»Der ist halb so alt wie du«, sagt Lucy.

Lea verdreht die Augen.

»Scheiß auf Ryan Gosling. Scheiß aufs Alter«, ergänzt Lucy eilig. »Nächsten Februar sitzt du in Rom an der Stirnseite einer langen Tafel. Diese Südländer wollen ja immer gleich heiraten. Das ist wirklich lästig.«

Sechs Tage später kämpft Lucy mit dem grünen Minz-Frosting, das zu flüssig ist zum Bestreichen der Schokomuffins. Die silbernen Kügelchen, die obendrauf kommen, sinken ein. Das ist beileibe nicht die erste Katastrophe in dieser Küche in diesen Tagen. Lucy muss sich sehr anstrengen, nicht bei Margarete anzurufen und zu schreien, dass verlassen ist, wer sich auf sie und ihre Rezepte verlässt. Bei der Entscheidung, nicht anzurufen, hilft die Tatsache, dass Margarete sowieso schon mehrmals täglich bei Lucy anruft. Um ihr zum Beispiel über die Weimarer Republik etwas mitzuteilen, das Lucy nicht die Bohne interessiert. Sie sollte Margarete in die Geheimnisse spirituellen Übens einweihen. Den ganzen Tag einem lebendigen Herzen zu folgen, das Unsinn macht wie ein Kleinkind, lässt wenig Zeit für ellenlange Telefonate. Andererseits hat Enno sich seit Tagen nicht gemeldet, und Lucy ist allein auf der Welt. Insofern lässt sie sich gern in Margaretes Freude über eine App ziehen, die man vor den Sternenhimmel hält, um dann die entsprechenden Sternbilder gezeigt zu bekommen.

Zwei misslungene Schokomuffins hat sie gerade gegessen. Den dritten bis sechsten hätte sie unter Umständen an die Dartscheibe in ihrer Küche geklatscht, wenn es nicht sechsmal geklingelt hätte.

Den Schneebesen drohend erhoben, geht Lucy aufmachen.

»Das Krankenhaus schickt mich. Ich soll die Kuchenflut stoppen. Die müssen sonst das Technische Hilfswerk alarmieren. Deine Straße riecht nach Kuchen, dein Haus ist mit Zuckerguss überzogen. Du musst aufhören. Ich flehe dich an.« Kurz darauf hat Enno überall grüne Flecken, weil Lucy auf ihn losgeht und mit ihrem Schneebesen so zärtlich auf ihn einwütet, dass er zurückweicht.

»Hey, ich dachte, du freust dich!«

»Wieso hast du dich nicht gemeldet? Ich hatte solche Angst. Sieben Tage ist deine letzte Mail her. Du hast nicht geantwortet. Ich musste so tun, als wär mir das egal, sonst hätte ich das nicht gepackt.«

»Ich hatte einen Infekt. Hab ich doch geschrieben. Ich war richtig krank.«

»Und jetzt bist du nicht mehr krank?«

»Nein. Jetzt bin ich hier.« Sie betrachtet ihn, hält ihn bei den Händen, der Schneebesen irgendwie zwischen ihnen, und schaut ihn sich ganz genau an.

»Komm rein. Ich backe grade.«

Er stellt seinen Koffer ab, zieht sie an sich. »Deshalb bin ich hier. Hör bitte auf zu backen, meine weißen Blutkörperchen sind inzwischen dottergelb, und ich scheiße Pralinen.«

»Ich kann nicht aufhören. Ein Freund von mir braucht Zuwendung. Das ist die einzige Art Zuwendung, die ich beherrsche, hat sich herausgestellt.« Sie macht sich los, geht vor in die Küche und zu den Muffins. Als sie jetzt ein paar Perlen auf den Zuckerguss schmeißt, damit sie hier mal fertig wird, stellt sie fest, dass der Guss leicht angehärtet ist und die Kügelchen jetzt halten. Das Leben stellt doch immer wieder mal die eine oder andere Lösung zur Verfügung, ohne dass man explizit bitten und betteln müsste. Sie bedankt sich trotzdem. »Danke, Universum. Entschuldige, Margarete.«

»Hast du dich wieder danebenbenommen?«, fragt Enno grinsend in der Küchentür.

»Bisschen. Ich hab Margarete beschimpft.«

»Aber sie war nicht da und hat es nicht gehört.«

»Stimmt.«

»Sehr gut. Vielleicht braucht der Freund verschiedene Arten von Zuwendung. Kuchen ist eine tolle Sache, und auch tägliche Mails helfen hervorragend. Aber es gibt ja noch andere Formen der Hilfestellung.«

»Die kenne ich aber nicht«, sagt Lucy alarmiert. »Was sind das für welche? Sex willst du nicht. Ich hab das wirklich versucht mit dem Helfen. Ich kann mich nicht ausdehnen, ich kann nur backen.«

Er tritt zu ihr, will sie in den Arm nehmen, das ist ganz klar. Sie macht einen schnellen Schritt zur Seite, räumt die Backutensilien weg, stellt die Muffins für ihren Piepel und dessen Tom auf einen Teller. Will gerade Wasser ins Becken lassen, ist sehr beschäftigt.

»Komm her«, sagt er.

Wie auf Stelzen geht sie zu ihm.

»Wieso bist du gekommen?«, flüstert sie an sein steinblaues, weiches Shirt. Sie hat wegen seiner Augen ein ganz ähnliches an. In der Boutique Basic Sole gekauft statt bei Schönstedts. Neue Jeans hat sie auch von da. »Mailen hätte gereicht. Was soll ich denn jetzt mit dir machen?« Er streicht ihr übers Haar, wieder und wieder, und ist ganz still.

»*Lucy Lou loves you*, hast du geschrieben«, sagt er. »Da musste ich doch herkommen, sobald es ging.«

»Ich kann versuchen, dir heilende Berührung zu geben«, sagt sie, ihre Lippen auf seinem Shirt. »Darf ich?«

»Willst du mit zu mir kommen?«, fragt er.

Sie schaut von unten sein stoppeliges Kinn an, während die Information langsam durch ihren Körper wandert, zu jeder Zelle einzeln, hat es den Anschein, denn es dauert bestimmt drei Minuten, bis ihr klar ist, was er da gesagt hat.

»Sie haben dich entlassen!«, jubelt Lucy los und tanzt auf einem Bein von ihm weg und quer durch die Küche.

Er ist zuerst zu ihr gekommen.

Mit seinem Koffer.

Aber sie hat nicht geduscht.

Aber sie hat gebacken.

Sie geht ihm hinterher durch ihre Wohnung, die er besichtigen will. In der Tür zu ihrem früheren Kinderzimmer sagt er: »Ich schätze, aus dem, was sich in diesem Raum befindet, könnte man eine funktionstüchtige Sojus-Rakete bauen.«

»Nicht ganz«, erwidert sie. »Aber den Rest hat mein Nachbar Herr Klöckener in seinem Keller.«

Dann tritt er an den Tisch und drückt dem Fisch die Seitenflosse. »Sie sind wunderschön, verehrter Herr Fisch. Darf ich um die Hand Ihrer Tochter anhalten?«

Lucy muss wahrscheinlich gleich brechen, so übel ist ihr vor Angst oder was Ähnlichem.

»Mal sehen.« Enno bemerkt ihr Unbehagen gar nicht, sondern reißt an den herrlich schiefen Schneidezähnen des magentafarbenen Fischmauls seinen Zettel ab.

Hat der Bauer kalte Schuhe, steht er in der Tiefkühltruhe.

»Igitt, das ist einer von deinen Sprüchen«, sagt er und schiebt Lucy vor den Fisch. »Jetzt du.« Sie drückt die Flosse.

Wenn die Liebe auf dich zurast, bleib einfach stehen, manche überleben.

Er wohnt in einer Ladenwohnung, nur mittelweit von ihr entfernt. Der Taxifahrer stellt seinen Koffer vor die Glastür mit dem altmodischen Messingknauf, und Enno schließt auf. »Ich war seit Monaten nicht hier«, sagt er drinnen und hält die Nase in die Luft wie ein Welpe. Der erste Raum ist sein Arbeitszimmer. Die Wand tintenblau gestrichen, auf grauem Steinboden ein roter, glänzender Schreibtisch, ein roter Schreibtischhocker – sonst nichts.

Dahinter die Küche, ohne Nippes, Gewürz- und Kaffeedosen, und dahinter wiederum das bis auf Couch und Sessel und Beistelltisch leere Wohnzimmer. Selbst bei Ikea ist mehr Leben in den Sitzlandschaften. Im genauso unbewohnt wirkenden Schlafzimmer sind immerhin weiße Plastikkreise von vielleicht zehn Zentimetern Durchmesser verteilt – von der Decke baumeln sie einem in verschiedenen Höhen entgegen. Darin jeweils eine große schwarze Zahl.

Lucy will schon danach fragen, aber er sagt: »Ich muss duschen, das Krankenhaus abwaschen« und zieht sich umstandslos aus, seine Sachen ein Häufchen neben ihm auf den weißen Dielen. Lucy weiß nicht, wo sie hingucken soll, ihr Herz schlenkert in ihr vor und zurück wie eine Schiffschaukel. Sie wirft sich aufs Bett, Blickrichtung Decke, von wo eine 7, eine 23 und eine 12, eine 4, eine 19 in verschiedenen Höhen auf sie runterhängen. Aber sie hat trotzdem gesehen, dass er sehr mager ist und seine Haut fast durchsichtig wie bei diesen Fischlein für 1,99 Euro, in denen man die Organe sehen kann. Als er weg ist, schleicht sie in den seitlich gelegenen Flur, will sich im Spiegel begutachten – sie wusste ja nicht, dass sie heute für ihn schön sein muss, und weiß nicht, ob sie es ist. Da ist aber kein Spiegel. Es ist wie bei ihr zu Hause. Sie schleicht zurück, lupft den Bund ihrer Jeans, guckt, was für eine Unterhose sie anhat – zum Glück eine der grauen, bei Lea gekauften –, strubbelt sich die Haare wild und legt sich wieder unter die schwebenden Zahlen.

Wie sie angesichts ihrer Aufregung hat einschlafen können, ist ihr ein Rätsel, aber es ist passiert. Als sie aufwacht, liegt er in Jeans und rotem T-Shirt neben ihr auf dem Bauch, seinen linken Arm und sein linkes Bein über ihren Leib gelegt. Wieso schläft der? Freut der sich nicht, dass sie da ist? Will der gar nichts von ihr? Liebe? Sex? Wut brandet in Lucy zu schartig weißen Bergen auf. Ein flacher Windstoß reißt Schaumfetzen von der Gischt. Drei der von der Decke baumelnden Kreise werden klackernd gegeneinander geweht. Davon wacht er auf.

Lucy schiebt sich weiter an ihn ran und in seine Umarmung, er zerrt und reißt die Decke unter sich hervor und deckt sie beide zu. Lucy laufen unerklärliche Tränen über die Wangen. »Was sind das für Zahlen?«, fragt sie.

»Das hab ich vor einer Weile geträumt«, sagt er. »Malen nach Zahlen oder so was. Irgendwann verbinde ich die und gucke, was rauskommt.«

»Willst du mit mir schlafen?«

»Sehr. Aber nicht jetzt. Ich hab Hunger.«

Lucy schnaubt, und die 23 hat einen angeschmorten Rand. Aber er sieht es nicht, weil er ja auf dem Bauch liegt.

»Dann küss mich wenigstens, du Idiot.«

Wie im Halbschlaf bewegt er seinen gesamten Körper, ohne sich irgendwie aufzurichten, die nötigen Zentimeter, bis er über ihr ist, und senkt sich behutsam auf sie herab. Seinen Blick in ihrem, wartet er geduldig so lange ab, bis sie neue Luft und einen Kuss von ihm zum Überleben braucht, dann legt er seine Lippen auf ihre. Schließt irgendwann die Augen, beatmet sie mit pfeffrigem, lavendeligem Hauch, lässt sich von ihr beatmen. Er und sie: ein großes, bedächtiges Lebewesen am Grund der Welt. Erschrocken reißt Lucy die Augen auf und weiß plötzlich, wozu die Zahlen sich verbinden werden. Und sie kann nichts, aber auch gar nichts dagegen tun. Sie entreißt dem Kuss ihre Lippen, rappelt sich auf und unter ihm weg, sagt sehr laut, damit ihre Stimme nicht zittert vor Angst: »Verflixt, hab ich einen Hunger, machst du uns was?«

Sie geht schon mal vor. Lehnt sich erschöpft in den Türrahmen, nimmt sich bebend das Versprechen ab, es zu genießen, solange es eben dauert. Sie kann das. Schließlich ist sie weltberühmt für ihre Tapferkeit. Mehr als ein paar Tage am Stück kann man eh nicht glücklich sein.

Er kommt hinterher, mit ganz weichen Bewegungen

drängt er sich an sie und macht die Schranktür auf. Da ist fast nichts drin, sieht Lucy: ein Teller, ein Glas und ein Paket Spaghetti.

»Dank dir hab ich gerade aufgehört, Dosenravioli zu essen, ich werd doch jetzt nicht mit Baukastenspaghetti anfangen«, sagt sie und klappt die Schranktür zu. Wieso ist das Wohnzimmer so kahl? Wieso wirkt die Küche, als wäre noch nie darin gekocht worden? »Lüg mich nicht an. Hier wohnst du doch gar nicht. Wieso ist es hier so leer?«

Er sagt nichts. Man soll Männern stets Fragen stellen, die sie mit Ja oder Nein beantworten können.

»Wegen deiner Krankheit?«, fragt sie.

»Ja«, sagt er.

»Damit du wenigstens einen Bereich deines Lebens unter Kontrolle hast?«, fragt sie.

»Ja«, sagt er. »Auch. Und damit im Fall der Fälle keiner Arbeit damit hat, meine Sachen zu ordnen.«

»Im Fall der Fälle?«

»Ja.«

Lucy legt sich auf die Schachbrettfliesen. Sie klopft neben sich auf den Boden. Als er neben ihr liegt, ist sie es, die sich über ihn legt. Sie tropft ihm versehentlich eine Träne in den Mundwinkel.

»Wieso machen wir keinen Sex?«, fragt sie ihn, als sie ein paar Häuser weiter beim Italiener sitzen und Pizza verschlingen. »Wir müssten doch Sex machen.«

»Warum?«

»Na, wenn du mich nicht begehrst, sind wir wie Hänsel und Gretel. Ich meine, die lieben sich auch. Aber ich will schon als Frau begehrt werden.«

Er grinst, sagt: »Soso«, und sie kommt sich vor wie zehn. »Du frisst, Lucy Schröder, das hat die Welt noch nicht gesehen«, sagt er irgendwann und schiebt ihr eine Sardelle, die ihr aus dem Mund hängt, zwischen die Lippen. Dann tupft er ihr mit der weißen Papierserviette auf eine Weise den Mund ab, dass die Frau Anfang vierzig am Nachbartisch, die mit Papier und Stift anwesend ist statt mit Mann*, fassungslos zuguckt und dann die Rechnung ordert. Enno ordert auch die Rechnung.

Es sieht doch tatsächlich danach aus, als würden sie ihre ganze erste gemeinsame Liebesnacht lang nicht Liebe machen. Anfangs ist sie gekränkt, aber irgendwann redet Lucy sich einfach mehr oder weniger erfolgreich ein, dass Enno noch zu schwach ist von dem ganzen … Transplantangetiere.

Im Buch ihrer Großmutter hat irgendwo die Empfehlung gestanden: *Schauen, was da ist, und dann damit arbeiten. Sich nichts hinzuwünschen, nichts wegwünschen.*

Nach ihrer Rückkehr aus der Pizzeria, die immerhin Arm in Arm erfolgt ist, hat er mit geschlossenen Augen rumgelegen und geseufzt: »Mann, ist das schön, hier in meinem eigenen Bett zu sein. Keiner schnarcht, keiner furzt.« Kein Wort über Lucy und deren Anwesenheit. Verrückt, wie weh das getan hat. Und andererseits ist er wirklich gerade erst mit dem Leben davongekommen und streckt sich mal kurz in der Normalität seines Alltags aus, ehe der Horror in die nächste Runde geht. Erstaunlich genug, dass er erstens gleich aus dem Krankenhaus zu ihr gefahren ist und sie zweitens hierher eingeladen hat.

* Die Autorin.

Sie geht aufs Klo, heult fertig, macht, auf dem Klodeckel sitzend, die Übung *Klares Licht* aus dem Buch ihrer Großmutter, wobei sie sich den Hinterkopf am Fallrohr stößt. Gestärkt und mit einem ehrlichen Lächeln und leichten Kopfschmerzen kehrt sie zurück zu ihm, breitet den Schläfrigen vor sich aus, legt ihre Hände auf seine Brust und seinen Bauch, streicht ein paarmal linkisch über ihn hin, weiß noch nicht, ob sie das wirklich wagt. Es zu machen ist doch anders, als nur darüber zu lesen. Als er mit geschlossenen Augen lächelt, wagt sie es: Sie sammelt sich, beugt sich über ihn und aktiviert vielleicht die Hälfte der hundertachtunddreißig Druckpunkte, die im Buch ihrer Großmutter für die Vorderseite verzeichnet sind. Nicht eine Sekunde zweifelt sie mehr, ob sie das richtig macht oder nicht. Ihre Hände wissen genau, wie fest und wie lange die jeweiligen Punkte massiert werden müssen, welche sie weglassen sollte. Ihr Körper ist mit seinem verbunden. Sie ist nicht die Lösung für ihn. Sie ist Teil der Aufgabe.

Ganz still und entspannt liegt er hinterher da, und sie hat Zeit, ihn zu erkunden. Sie riecht in seinen Achseln, pustet auf die Einstichstellen in seinen Armbeugen, lässt ihr Haar über seine Haut gleiten. Mit ihrem ganzen Körper streichelt sie ihn sanft in lichte, bizzelige kleine Träume und wieder heraus und schließlich in tiefen Schlaf. Sie selbst schläft die ganze Nacht nicht. Sie ist ja nicht wahnsinnig, der Mann stirbt, sie hat es vorhergesehen. Nicht zum ersten Mal in ihrem Leben wäre sie lieber unwissend und glücklich. So ist sie traurig und glücklich. Jedenfalls wird sie keinesfalls schlafen. Stundenlang fährt sie mit dem kleinen Finger die Minifalten neben seinem Ohrläppchen nach.

Vom Glockenläuten wird er wach und geht zerknautscht Kaffee kochen, während sie sich unter die kalte Dusche stellt. Auch im Bad kein Spiegel, nichts, nur Zahnbürste, Zahncreme und Duschgel. Lucy wird lächeln, bis ihr der Kiefer wehtut.

Als sie nach dem eng umschlungenen, aber einsilbigen Kaffeetrinken seine Räume durchquert hat und vorn in der Tür steht und ja weiß, dass sie in ihr Leben zurückmuss, verabschiedet er sich mit einem kleinen Kuss von ihr, sagt, er wird sich noch mal hinlegen, es langsam angehen lassen. »Danke für deine zarten Berührungen. Ich hab so was noch nie erlebt.«

Lucy macht natürlich glatt einen Knicks, sagt: »Alles Gute für deine Gesundheit« und geht mit einem fröhlichen kleinen Winken los, das erstunken und erlogen ist.

Er schaut ihr hinterher, schüttelt sich, macht auf Socken ein paar Schritte aufs Trottoir, fängt sie am Bund ihrer Jacke ein, zieht sie zurück zu sich, hebt sie hoch und trägt sie wieder rein. Nicht prinzenmäßig oder als wäre sie aus Weichplaste, sondern vor dem Bauch, als wäre sie eine sehr, sehr schwere Statue, die ihm die Dielen ruinieren wird, wenn er sie nicht schleppt.

»Komm mal her«, sagt er, als sie auf dem Bett liegt wie diese Statue und er ihr die Jeans abstreift, das Shirt vom Leib zieht und ihre Unterhose über die Knöchel. »Komm mal her.« Er dringt so kühl und umstandslos in sie ein und hält dann so lange still, dass es sich eigentlich nicht wie Sex anfühlt. Nach ein paar Minuten will sie ihn schon von sich wegschieben, da merkt sie, dass durchaus etwas passiert. Sie weiß nur nicht, was. Es ist vielleicht, als würde jemand in aller Ruhe und eins nach dem anderen irgendwelche

Lichter in ihrem Leib entzünden. Als er sich jetzt langsam und bedächtig zu bewegen beginnt und ihr Kinn anhebt, damit sie ihm in die Augen schaut, flammen die Lichter auf zu einem Meer aus Glanz und Wärme. Sie muss weinen. Und dann kommt sie in zarten Wellen und muss lachen. Er hält inne, bewegt sich nicht mehr, hat sie nur fest im Arm.

So liegen sie eng umschlungen, bis Lucy vor Furcht der ganze Körper juckt. Sie kann ja nicht sehen, wie er guckt. Was, wenn er sich längst langweilt? Was, wenn er die Liebe gar nicht gewollt, sondern nur ihr zuliebe gemacht hat? »Ich muss los«, sagt sie.

Er hat sie so leicht gehen lassen können, beinahe gleichmütig, dass sie, kaum daheim angekommen, ein wenig Lohkraut auf ihre Zunge legen und noch mal bei ihm anrufen muss, um seiner Stimme anzuhören, dass zwischen ihnen alles gut ist. Aber als er abnimmt und nur »hallo« sagt, weiß sie gar nicht, was sie erwidern soll.

»Das war schön mit dir«, sagt er.

»Ja.«

»Das machen wir mal wieder.«

»Natürlich, bei Gelegenheit.«

»Ich muss jetzt dringend schlafen.«

»Alles Gute.«

Zum Glück ist die zitternde, bibbernde Lucy für neun Uhr bei Margarete zum Frühstück eingeladen. Sie ist aus Verliebtheitsgründen nämlich schon seit drei wach. Leider will Enno sie erst am Nachmittag im Kaufhaus treffen. Sie werden zusammen einkaufen, und am Abend will er für sie kochen. Er kann das, hat er behauptet. Aber falls nicht, wäre das auch nicht schlimm. Sie isst nur eben gerne gut.

Damit sie ihm nicht zu den zweien, die er peinlicherweise schon von ihr gekriegt hat, noch mehr affige Mails mit roten Herzchen schickt, versteckt sie das Notebook oben auf dem Küchenbüfett. Sie will nicht wieder die ganze Wohnung einstäuben, obwohl ein rosa Nebelchen das rosa karierte Zimmer wahrscheinlich erst komplett machen würde. Trotzdem ist es unangenehm, man hat seine *special effects* schon gerne im Griff. Je vierzig Liegestütze und Klimmzüge lenken sie halbwegs ab, aber weil sie dabei mehrmals seufzen muss, schmort sie schon wieder das Weiß der Dielen an. Beim anschließenden Skaten fällt sie dauernd auf die Fresse, und außerdem klopft die Mattusch ziemlich energisch an die Decke. Das muss man ernst nehmen. Als letztes Ausweichmanöver sortiert sie mal die sieben Tüten Gummibärchen aus dem Küchenbüfett ganz hinten, ganz unten, jede Farbe in ein anderes Einweckglas, und sie wird nur die grünen behalten, weil sie eigentlich nur die grünen mag. Die anderen wird sie Margarete Fiebig mitnehmen, deren Wohnung ein paar Farbkleckse sicher guttun. Im Rahmen dieser Aktion verdrückt sie, weil die Gläser doch recht schnell voll sind, so viele rote Gummibärchen, dass ihr übel wird. Nun kann sie die Übungen aus dem Buch ihrer Großmutter vergessen, die sie ansonsten durch die nächsten Stunden navigiert hätten. Fühlen funktioniert vollgefressen nicht. Deshalb fressen die Leute ja. Um sechs weiß sie sich nicht mehr zu helfen und funkt in größter Not ihren Piepel auf dem Walkie-Talkie an.

»Mhm«, krächzt Valerie.

»Willst du mir vorlesen? Ich kann nicht schlafen.«

»Ich kann aber schlafen.«

»Es ist wichtig.«

»Nein.«

»Ich plane eine Geheimaktion für Oma Margarete. Fange grad an. Bist du dabei?«

»Okay! Komme! Nicht ohne mich anfangen!«

Lucy hört förmlich, wie Valerie aus dem Bett springt und sich in ihre Sachen wirft. Wahrscheinlich hat sie nachher wieder das Shirt linksrum an, und Lucy muss entscheiden, ob sie riskiert, das Mädchen zu kritisieren, oder ob sie sie einfach so in die Schule schickt. Sie geht in die Küche und macht Valerie ein Quarkbrot, auf das sie ein paar Apfelscheiben legt, darüber kommt eine Prise Zimt. Als Valerie fünfmal klingelt, lässt sie sie rein, und während Valerie ihr Brot isst, beratschlagen sie, was zu tun ist.

Leider gibt es bei Margarethe Käsekuchen zum Frühstück. Lucy hatte fürs Erste genug von Kuchen. Und auch wenn natürlich herrlich ist, dass Margarete sich über der telefonischen Betreuung von Lucys Genesungsbäckerei daran erinnert hat, wie gerne sie bäckt, weist Lucy sie nun auf die Existenz von Kartoffeln, Spinat und Spiegelei hin und speichert ihr Friedemanns Nummer ins neue Telefon. »Grüß ihn von mir.«

Margarete ruft sofort an.

»Mindestbestellwert zwölf Euro«, sagt Friedemann, als sie

alles aufgezählt hat, und Margarete fragt ratlos, was sie denn noch brauchen könnte. Lucy grinst. Auf Friedemann ist Verlass; alte Frauen, die nicht mehr vertraut sind mit dem Angebot eines Supermarktes und deshalb jeden Tag das Gleiche essen, kennt er aus dem Effeff. »Kaffee«, schlägt er vor, »eine schöne grüne Gurke, die Scheibchen können Sie mit Salz bestreuen und beim Fernsehen essen. Heumilchkäse ist hervorragend würzig, 2,39, dazu ein halbes Mischbrot. Oder ein Glas saure Gurken und Matjes für die restlichen Kartoffeln.«

Margarete sagt: »Sie schickt der Himmel, junger Mann« und bestellt alles, was er genannt hat. Hinterher schaut sie Kuchen essend zu, wie Lucy gegenüber vom Bett eine magnetische Metallplatte, achtzig Zentimeter mal einen Meter, anbringt. Lucy holt den Eimer mit Margaretes bei Schönstedts erbeuteten Metallteilen unter der Spüle hervor und fordert sie auf, die an die Platte zu hängen. Erst hat Margarete keine Lust, aber als sie sieht, wie Lucy Schrauben an die Platte wirft und die hängen bleiben, macht sie mit. Am Ende ragt ein silberner Metallberg von der Platte ins Zimmer, in dem die Griffe der Messer fröhliche Farbkleckse sind.

»Das ist wunderschön«, lobt Margarete und betrachtet gerührt ein großes, von Valerie aus Büroklammern zusammengestecktes Fragezeichen, bevor sie es an die Wand pfeffert.

»Man muss das Ganze noch fertig fixieren, bis jetzt klebt nur die unterste Schicht. Machen wir nächste Woche. Falls es nachts kracht, ist das kein Einbrecher, sondern das sind die Schrauben, die nacheinander abfallen. Ich hoffe, Sie haben Spaß damit. Valerie und ich haben beschlossen, es heißt *Elsternest* und ist siebzig Euro wert. Falls Sie je in Not sind …«

»Ich werde es in Ehren halten. Danke! Aber komm mal

mit, Kindchen.« Margarete nimmt Lucy beim Arm und führt sie ins Badezimmer. »Neuerdings kriege ich andauernd Geschenke«, sagt sie und zeigt auf den Badezimmerspiegel. *Du bist schön*, steht in weißer Schrift darauf. »Na, super, der Esospiegel.«

»Den hat Marilyn gebracht. Und weißt du was? Jedes Mal, wenn ich da reingucke, lache ich laut. Ich alte Schachtel und schön.«

Lucy möchte diese Marylin am liebsten anrufen und ihr sagen, dass sie sich von Margarete fernhalten soll. Aber sie kann sich beherrschen. »Dieser Spiegel ist natürlich nur 12,99 wert«, sagt sie lediglich, geht rasch runter zum Türken und holt eine hölzerne Gemüsekiste, die sie über dem Tisch an die Wand dübelt. Als die Gummibärchengläser drinstehen, klatscht Margarete in die Hände. »Du bist wirklich begabt, Lucy Lou: Mit so einem kleinen Aufwand so einen Effekt zu erzielen …« Sie stellt sich in die Tür und überblickt von da ihr kleines Zimmer. »Hier gefällt's mir«, sagt sie. »Hier bleibe ich.«

Lucy hofft, dass sie ihr Schild *Arschloch-Ermittlerin* nicht abgeben muss. Das würde sie zur Erinnerung gern behalten und hat es deshalb zur Sicherheit nicht angesteckt, sondern in der Hosentasche. Leider ist Nieler nicht da. Er verhandelt mit einer Partei der zerstrittenen Gesellschafter. Eigentlich hatten sie gemeinsam Lucys Tätigkeit für das Haus auswerten wollen. Aber das ist nicht nötig. Es läuft Wham, und wer dazu nicht mit dem Hintern wackelt, sitzt auf einem der Bänkchen, die in den Nischen aufgestellt wurden. Die Verkäuferinnen winken kurz, wenn sie Lucy sehen, aber sie haben zu tun, die Bude ist voll.

In der Kantine gibt es Kohlsuppe und Quinoa-Salat. »Sie sind mir eine Freude«, sagt Marilyn, als Lucy sich eine Tasse Kaffee holt.

»Sie mir auch«, antwortet Lucy. »Was immer das heißt.«

Eigentlich ist sie so früh da, weil in ihrer Wohnung eine Putzfrau ist. Enno braucht es halbwegs keimfrei die nächsten Wochen, damit er gesund wird. Den Futon hat sie selbst frisch bezogen, alle Sachen gewaschen und einmal durchgesaugt. Die Liste an ihrer Zimmertür war ihr plötzlich peinlich. Wegschmeißen hat sie sie nicht können, die ist quasi ihr Rückgrat. Aber die liegt jetzt zusammengerollt unter dem Futon.

Lucy geht zwischen den Haushaltswaren hindurch und legt eine große Pfanne in ihren Korb, Rührgeräte aus Metall, eine Pfeffermühle. Sie hat Enno nicht gesehen seit ihrer gemeinsamen Nacht, aber er ruft manchmal an, um zu erzählen, was er erlebt. Eigentlich ruft er oft an. Und er mailt mehrmals am Tag. Lucy streichelt über die Brüstung der Rolltreppe, merkt zu spät, dass erstens die Rolltreppe gleich zu Ende ist und zweitens Schwertmann vor ihr steht und sie belustigt mustert. Er hat die Haare zurückgegelt, riecht nach Limetten, pflückt Lucy von der Treppe und schiebt ihr umstandslos seine Zunge in den Mund. Als von oben Leute nachkommen, legt er seine Arme unter ihren Hintern und trägt sie ein Stück zu Seite, ohne mit dem Küssen aufzuhören. Enno küsst nicht so leidenschaftlich. Kurz gibt sie sich dem Kuss hin, aber da pulst und bebt nichts, in dem Mann ist kein fühlendes Herz. Cyborg. Sagt sie ja. Sie stößt sich von ihm weg und deklamiert in sein selbstgewisses Grinsen hinein: »Nicht schon wieder! Das letzte Mal hatte ich drei Wochen Herpes. Außerdem hab ich mich noch nie so gelangweilt. Acht Minuten können lang werden; ich war kurz davor, einen Orgasmus vorzutäuschen, damit du mal fertig wirst.«

Das ist nun weder besonders geistreich noch besonders elegant, aber es verfehlt seine Wirkung nicht. Schwertmann ist den kurzen Moment überrumpelt, den sie braucht, um aus der Gefahrenzone zu kommen.

»Tschüss dann«, sagt sie und wendet sich ab, sieht in diesem Augenblick keine zehn Meter entfernt Enno im Laufschritt das Kaufhaus verlassen.

Seinen Namen rufend, läuft sie ihm nach, im Slalom um langsam sich voranschleppende Frauen herum – was wollen die denn alle hier, wieso sind das plötzlich so viele? Haben die kein Zuhause?

Als sie das Trottoir erreicht, wirft sich Enno gerade in das letzte Taxi der Reihe vor dem Kaufhaus. Mit quietschenden Reifen schert das Fahrzeug aus und prescht los, die anderen hupen ihm empört hinterher.

Lucy steht da und schaut über den Platz. Es ist unbescheiden, Liebe zu wollen. Immerhin ist Winter. Sie stapft los, dem Rand der Finsternis entgegen.

Nicht mal eine scheiß Wärmflasche gibt es in dieser Wohnung, nichts. Schlafen kann sie auch nicht. Also liegt sie nur da wie aufgebahrt und schaut an die Decke. Lichtstreifen von vorbeifahrenden Autos durchziehen die Dunkelheit, Thomas Feiner war vielleicht keine gute Idee, der ist noch trauriger als Lucy, der ist so traurig, dass sie augenblicklich nach Schweden reisen und ihn in den Arm nehmen will. »*Wade, in the ocean of forgettable things, are we just traveling in time.*« Lucy holt sich den Abschiedsbriefumschlag ihrer Mutter ins Bett, lauscht weiter auf die dunklen Klänge. Weint. Holt sich aus dem Küchenbüfett, ganz hinten, ganz unten eine Tüte Gummibärchen, holt sich aus ihrer Tasche das magische Buch der Großmutter, holt sich aus dem Regal Leas graues Kleid und die Unterwäsche. Holt einen Teddy und ein bisschen rosa Schminke. Als sie alles um sich herum auf dem Futon zu einem Kreis ausgebreitet hat, setzt sie sich aufrecht hin und atmet.

Mehr ist nicht zu tun.

Am nächsten Morgen ruft sie Pawel Schneu an, der ihr leider nur für neunzehn Uhr einen Telefontermin anbieten kann. Besser als nichts. Sie läuft in großen Schleifen durch die Wohnung, bis es immerhin vierzehn Uhr ist. Dann nimmt sie ein Taxi ins Kaufhaus. Am Detektiv vorbei, an den Pralinen vorbei geht Lucy zur Rolltreppe und fährt in den ersten Stock zu Lea an die Kasse, fragt sie, ob sie heute mit ihr essen möchte.

Lea wirft den kürzesten Blick auf Lucy, der überhaupt je auf irgendwen geworfen wurde, schnappt sich ihre lila Handtasche und sagt: »Die paar Stunden schafft Henriette das auch mal ohne mich.«

»Wir müssen aber noch Essen kaufen«, sagt Lucy, als Lea sich bei ihr einhängt.

»Ach was, das ist ein Notfall. Ich lasse uns die große arabische Liebeskummerplatte kommen, eine Flasche Wein und eine Schachtel Pralinen.« Sie zerrt Lucy in Richtung Ausgang, wirft sie in das erste Taxi der Reihe, setzt sich daneben und fragt: »Was ist passiert?«

Lucy meinte eigentlich, sich tapfer gehalten zu haben. »Woran siehst du, dass was passiert ist?«

»Ich bin deine Freundin, ich sehe, wenn es dir nicht gut geht. Und dir geht es beschissen. Auch wenn du hier die Form wahrst wie mit Drei Wetter Taft eingesprüht. Komm her, meine Liebe.« Sie zieht Lucy an sich und streichelt ihr über den Rücken.

Lucy setzt sich lieber wieder ein Stück weg. »Ach, es geht schon. Enno hat mich mit Schwertmann gesehen.«

»Schwertmann ist dieser Fürlei?«

»Genau. Und jetzt ist er weg.«

»Fürlei?«

»Enno. Wir waren für gestern verabredet. Er ist nicht gekommen.«

»Hast du ihn angerufen?«

»Nein, ich lerne gerade, mit dem zu arbeiten, was ist, nichts hinzuwünschen, nichts wegwünschen.«

»Was ist denn das für ein Unsinn? Sobald wir daheim sind, wäschst du dir das Gesicht mit kaltem Wasser, trinkst einen kleinen Schluck Wein und rufst ihn an. Der wird dir schon sagen, was los ist.«

Und so wird es gemacht. Lea bereitet alles vor. Sie bestellt Valerie und Tom zum Abendessen und legt im Trampolinzimmer Sitzkissen aus, sucht fröhliche, sanfte Popmusik aus, macht die Diskokugel an. Lucy wäscht sich das Gesicht und bekommt ein Glas Wein in die Hand. Sie stoßen an und trinken.

»Warte nur ab, das klärt sich bestimmt«, sagt Lea.

»So wie es sich bei dir und Boxer geklärt hat«, sagt Lucy.

»Quatsch. Ruf an.«

Zwei Stunden später sitzen sie zu fünft in Lucys Trampolinzimmer, essen von der großen Silberplatte auf dem Trampolin arabische Köstlichkeiten, hören Musik, lachen, vorhin hat die Mattusch sogar Bauchtanz gemacht. Aber es nützt nichts. Lucy hat versucht, etwas zu essen, doch die Falafelkörner zerkratzen ihr den Mund und den Hals. Und eine zerhackte Walnuss treibt ihr die Tränen in die Augen. Als es halb sieben klingelt, würde sie am liebsten gar nicht aufmachen. Und nun sieht er nur freudig aus, wie er dasteht. Und verliebt. Das erkennt man selbst durch einen Tränenschleier. »Dann bist du nicht böse?«, fragt sie tonlos.

»Böse?« Er klingt überrascht. »Nein. Tut mir leid, dass ich dich hab sitzen lassen, kommt nicht wieder vor.«

Lucy muss ihn noch im Flur abküssen und ihm sagen, dass es ihr leidtut, aber er will nichts hören, nur mehr geküsst werden.

Lucy ist gerade in der Küche und holt Wein, da klingelt ihr Handy. Enno geht ran und sagt: »Schneekugelatelier Schröder, Enno am Apparat. Frau Schröder hat leider gerade eins, zwei, drei, vier, fünf Gäste, sechs, mich eingerechnet, dabei wollte ich den Abend mit ihr allein verbringen.« Lautes Gejohle von den anderen. Den Kindern ist das zu viel. Sie verziehen sich nach oben in Valeries Kinderzimmer. Enno, der *Ich sehe was, was du nicht siehst* mit ihnen gespielt hat, winkt noch mal und fährt fort: »Kann ich Ihnen vielleicht weiterhelfen, oder wollen Sie einen Termin für 2020? Die Warteliste ist enorm. Offenbar möchte jeder einen Abend mit Lucy Schröder verbringen.«

Er lauscht, nickt und gibt das Telefon an Lucy weiter. »Schneu. Versteht keinen Spaß.«

»Ach, du liebe Güte«, sagt Lucy ins Telefon. »Sie hatte ich völlig vergessen.« Wieder Gelächter.

»Ja, danke … Ja, besser. Viel besser. Entschuldigen Sie. … Ja … ich kann schon Unterstützung brauchen, denke ich … Nächsten Freitag, vierzehn Uhr? Oh … danke. Ich freu mich.« Sie drückt mit großer Geste auf den roten Knopf und sagt laut in die Runde: »Der Seelenklempner sagt, er ist stolz auf mich.« Laute Jubelrufe. Sie stoßen auf Lucy an.

Als alle weg sind und sie beieinander im dunklen Zimmer auf dem Futon liegen, fragt sie endlich, was los war, wieso er weggelaufen ist.

»Ich hab dich mit dem Mann gesehen und wusste natürlich sofort, wer das war.«

»Das tut mir sehr leid, aber ich schwöre dir, er ist mir vollko…«

»Als ich euch gesehen habe, ist mir eingefallen, dass ich, genauso wie du offenbar, noch etwas zu erledigen hab. Ich musste die Zahlen über meinem Bett verbinden, dachte ich zumindest. Das war mittlerweile eine fixe Idee. Ich dachte, ich muss das machen, bevor ich zu dir darf. Sei mir nicht böse, ich hätte anrufen sollen. Aber ich hatte Angst.«

»Verstehe ich«, sagt Lucy matt. »Aber das bedeutet gar nichts. Orakel sind Quatsch. Hab keine Angst. Dir passiert nichts.« Wenn es doch nur wahr wäre. Sie nimmt seine Hand.

Er entreißt sie ihr und hebt beide Arme. »Herrliche Zeiten brechen an! Ich wollte schon immer einen Opel Kadett, und jetzt werde ich mir einen kaufen, zur Belohnung, weil ich das durchgestanden hab.«

»Opel Kadett? Was? Wie?«

»Na, die Kreise über meinem Bett, erinnerst du dich? Wenn man die Zahlen verbindet, ist das ein Opel Kadett, ganz klar, mit dem Heck …«

»Also kein … Sarg?«

»Wieso denn ein Sarg?«

Jemandes Zukunft vorauszusehen, den wir lieben, ist uns nicht möglich und soll auch nicht versucht werden. Lucy schickt ihrer Großmutter einen demütigen Dankesgruß. »Und ich dachte die ganze Zeit, das wäre ein Sarg«, sagt sie leise. »Ich dachte, du stirbst. Und jetzt lebst du.« Sie ist plötzlich so müde, als hätte sie für die Jahre, die er haben wird, welche von sich hergegeben.

Er beugt sich über sie. »Mit deinen angeblich so besonderen Fähigkeiten ist es wohl nicht weit her, Süße; da kann ja ich besser die Zukunft vorhersagen.«

Er verschränkt seinen Blick mit ihrem, gibt ihr sieben kleine, schnelle Küsse. Dann verkündet er: »Ich sehe dich Arm in Arm mit einem unfassbar gut aussehenden, kerngesunden Mann auf der Kühlerhaube eines sargförmigen Autos an einer Steilküste sitzen und den Sonnenuntergang bewundern.

Lucy sieht es auch.*

* Und wenn sie nicht gestorben sind, dann leben sie noch heute. Aber das geht ja allen so.